ふうじんのて

風神之手

SHUSUKE MICHIO
道尾秀介

風神之手　目錄

「倘若沙粒從未落入牡蠣殼中，那兩條生命或許得以存活。他們活下來，也許積極行善，也許惡貫滿盈。有誰能真正衡量一件事的輕重與否？」

——柯南·道爾《約翰·赫克斯佛德的空白（John Huxford's Hiatus）》

第一章

心中花

我望著整片盛開的向日葵，心想「不對」。

這個地方不該長著向日葵。這花開得這般高傲，它的黑比黃更加引人注目。它不應該開在這裡。

「……怎麼了？」

媽媽在身旁用手帕輕按臉頰，低頭看著我。

「沒什麼。」

媽媽之前告訴我，這裡有油菜花田。所以，我以為自己會跟媽媽走在開滿油菜花的山坡，在前往照相館的途中享受撲鼻的濃郁香氣。

她們在春天來時也許看得到油菜花田。不然媽媽怎麼會告訴自己，照相館就在油菜花田旁的斜坡上？全家搬到這座小鎮之後，媽媽只路過那間照相館一次。當時還是春天，這裡想必遍地都是油菜花。可是仔細思考就知道了，現在正值盛夏時節，怎麼可能還有油菜花？媽媽為什麼不先想一想再告訴我？

我突然不太想去照相館了。

「小步，妳累了？」

我都已經十五歲了，還叫我「小步」。

媽媽如果還能活下去，會不會有一天改口叫我「步實」？假設她會在我成年之後改口，至少要再等五年。但媽媽已經病入膏肓，大概活不過五年了。

「嗯，累了。」

「忍一忍，再走一下就到了。」

「那間店裡有開冷氣嗎？」

媽媽露出困擾的表情。

「……別用『那間店』來稱呼呀。」

我們現在要前往一間專拍遺照的照相館。媽媽會在照相館裡拍好照片，等媽媽死後，這些照片就用來裝飾在祭壇或佛壇上。

「照相館怎麼不是商店？拍照要付錢啊。」

我從包包抽出智慧型手機，拍下遍地盛開的向日葵。媽媽淡然一笑，低聲說「也是」，輕易地退讓了。媽媽的頸子緩緩滑下汗珠。看來戴假髮確實很悶熱。

我們其實是瞞著家人來拍媽媽的遺照。我的家裡還有爸爸、外公、外婆。是媽媽說要隱瞞其他人。他們覺得只要開始做那些「準備」，那一天就會越來越近。他們三個一發現媽媽在進行某些「準備」，總會哭喪著臉，哀求媽媽別這麼做，簡直像是小孩子耍賴不讓母親出門。媽媽逼不得已，只能悄悄進行。她特地挑爸爸、外公出門工作，還有外婆不注意的時候，偷偷摸摸將至今拍下的數位相片檔印出來，做成相簿。難不成他們以為什麼都不做，那一天就不會到來？根本痴人說夢，媽媽的病情又不會因此好轉。

鏡影館就在斜坡頂端。

公車站的標示牌孤零零地立在房屋前方。以前公車站旁似乎設有公車亭，如今只剩下四座石造柱礎，被草叢層層覆蓋住。

「明明就能搭公車來啊。」

「我想用走的過來。」

媽媽望向剛走過的斜坡。

「我想盡量自己走。」

我們住的城鎮叫做「下上町」。每個人第一次聽到這個名字，通常會一臉古怪。下上町北邊有一條西取川，過了河之後會抵達另一座城鎮，叫做「上上町」。那裡的地名跟下上町差不多奇怪。這條河很乾淨，一旁就是出海口，所以夏季的下上町、上上町盛行海水浴和捕香魚，十分熱鬧，不過一到其他季節就空蕩蕩的。這塊土地在冬季非常寒冷，春季、秋季不冷也不熱，但也僅止於此。

五年前，我們全家搬到這座小鎮，我那時才小學四年級。聽說外公、外婆和媽媽很久以前住過這裡，但我只認得下上町這五年的景色。

「歡迎光臨。」

打開拉門進到屋內。這棟建築物外表老舊，屋內卻是又新又乾淨，可能重新裝潢過。左手邊設有木造櫃檯，一名女子向我們露出微笑。她看起來大約三十五歲，下眼瞼微微膨起，整張臉給人十分溫和的印象。
「敝姓藤下。」
媽媽報上姓氏，女子不知為何面露一絲詫異，在櫃檯下方確認文件。
「您是藤下奈津實小姐？」
女子回頭看了看牆上的時鐘，望向我們。
「呃……攝影師正好有事出門了，可能要麻煩您稍等一下。我會通知他，請他立刻回來。」
「不好意思，是我來太早了。」
「妳到底跟人家說幾點來拍照呀？」
時鐘指針顯示一點二十五分。我盯著牆上的時鐘詢問媽媽，她才說是兩點。我無奈地心想，媽媽又來了。媽媽從以前開始不管跟誰約見面，總是提早抵達目的地，而且會非常早到。我不知道她為什麼要這麼做。
「和別人約在別的地方也就算了。妳是約好要去人家店裡，至少要按時抵達呀。」
「嗯。可是我已經習慣早到了。」
「這次還拖我下水。」
女店員偷瞄我一眼。我想，這間照相館的顧客若是帶人來，肯定沒有人像我擺出這種態度。但沒辦法，我就是這種個性。
「那麼，不好意思，請兩位先在那邊的沙發上稍待片刻。我馬上聯絡攝影師。」
媽媽點了點頭，但是她沒有坐下，目光在屋內四處游移。我也站在原地觀望四周。照相館的顧客多半是老人家，室內冷氣開得並不強。

正前方和右邊的牆上裝了木架。正前方的木架擺著相框樣品。每件樣品旁附有說明文，可能是為高齡顧客著想，文字標得特別大；右邊架上擺滿相框，框內裝著大頭照。我走到木架前方，媽媽也來到我身旁，配合我的臉部高度蹲下身子。媽媽以前若是想和我一起看某個東西，總是會像這樣把臉壓得和我一樣高。媽媽正在整理的相簿中，我從瞭望臺觀看景色，或是我觀察路旁一整排的蒲公英絨毛，照片的視線都和我一樣高。現在我和媽媽的身高已經相差無幾，媽媽只需要微微屈膝。

「這些照片裡的人都在這裡拍過照嗎？」

「我也不知道呢……」

拉近一看，媽媽的臉蛋帶了點稚氣。我以前就覺得媽媽有娃娃臉，她的臉又因為吃藥有些浮腫，看起來更像小孩。

「這些客人都曾經光顧本店。」

女店員在櫃檯內打完電話，放下話筒走了過來。

「這間照相館的顧客多半是為了紀念至今為止的人生，才來店裡拍下這些照片。一般人都會將紀念照擺在自家做為裝飾。所以很多客人一旦要從拍下的照片中挑選成品，會覺得這張好看、這一張也好看……總是會猶豫很久呢。」

女店員一一看過相框內的照片，說道：

「他們最後大多會淘汰到剩下兩張，不過二選一似乎是最困難的一關，甚至有客人兩張都想用——假如是普通相片，我們當然會兩張都沖洗出來，交給客人。但是這類照片性質特殊，萬一客人自己沒挑好，反而會給家屬添困擾……於是我們會建議客人，可以將其中一張擺設在店內。」

據說有不少客人贊同這個提議。

「也就是說，這些照片的主人還有人活著嗎？」

我這麼一問，店員疑惑地眨眨眼，開口答道：

「客人還在世，我們當然不會將照片擺出來。通常會等到客人帶走的照片實際派上用場……家屬聯絡我們之後，我們才會將照片裝框，擺設在店內。」

總而言之，這些陳列在架上的照片，裡頭的人都已經去世了。

架上擺了非常多張照片。老爺爺、老奶奶、老奶奶、老爺爺……老奶奶的照片稍微多了一點。木架最下層的內側並排著兩副相框，相框內的照片似乎都是還在唸小學的男孩子。也有這麼小的男孩來拍照？裡頭太暗，看得不是很清楚。我側著頭，想仔細看看那兩張照片。此時媽媽忽然倒抽一口氣。

我抬起頭，只見媽媽盯著其中一張照片。

她伸出手——指尖僵在半空中，彷彿隔了一層透明牆壁。

我望向那張照片。那是一名留著灰白短髮的老爺爺。眼睛和嘴角旁刻著深邃的皺紋。老爺爺在木框中靜靜地微笑。媽媽凝視那張照片，眼角浮現某種強烈的悸動。體內像是有某種事物逐漸膨脹，四處尋找出口，硬是從雙眼內側傾瀉而出——

「不好意思，讓您久等了。」

一名高大得嚇人的男人從入口的玻璃門走進店內。男人單手握著手帕，正打算繼續說些什麼，媽媽卻先一步開口。

「請問，這位老先生是不是姓崎村？」

她的聲音隱隱顫抖。

男人怔怔地停下腳步，龐大的身軀彎了下來，頭伸向照片的方向。

「呃、是……他是崎村先生。兩位認識？」

媽媽沒有回答，繼續問道：

「崎村先生是這陣子才來拍照？」

男人猶豫了片刻，答道：「是這陣子沒錯。」

「外婆，妳認不認識一個姓崎村的老爺爺？」

我回到家後，馬上詢問外婆。

「那個人可能是媽媽的熟人，是以前住在這個鎮上的時候認識的。當然，他那時候應該沒這麼老。」

外婆坐在桌前撕豌豆筋，她低喃著「崎村」，抬起了頭。我當下就察覺了，外婆認識這個人。

「……妳怎麼會問這個？」

外婆回問。我一時之間不知該如何回答。我們是瞞著外婆去那間專拍遺照的照相館。今天我跟媽媽出門的時候還找了藉口，說要去買我夏天要用的帽子。我後來說自己沒找到好看的帽子，找了個藉口蒙混過關。

「我們在商店街上遇到一個人，好像是媽媽的朋友……然後就聊到那個叫崎村的老先生。」

我隨口捏造理由掩蓋事實。

「那個人說崎村老爺爺最近死掉了。媽媽聽了之後反應超級奇怪，我就想說到底是誰？我問了媽媽，她也不告訴我。」

我們在那之後還是沒有拍遺照。媽媽忽然說今天不想拍了。她看到那位崎村老爺爺的照片之後，態度變得很怪異，感覺擺不出遺照用的平靜表情，所以我也認為今天不拍比較好。我們回程改搭公車回家。媽媽一路上默不作聲，不管我問什麼，她都只是微微搖了搖頭。她剛才說自己累了，現在在二樓的臥室休息。

「……呃、怎麼了？」

我嚇了一跳，再次觀察外婆的表情。媽媽看見崎村老先生的照片時，她的表情和現在的外婆非常相像。

「這個名字啊，外婆只聽過一次而已。」

「媽媽跟外婆說的？什麼時候？」

「她沒有告訴我，是我碰巧聽見她在和妳說話。」

我完全聽不懂。

「那時我們還在神奈川租房子，妳才剛出生沒多久——」

外婆說，當時我的嬰兒床放在二樓房間。她正巧聽見媽媽在房間裡一邊哭一邊說話。

「我原本以為她在跟人講電話。我知道這麼做不太好……但那時候挺在意的，就去看看怎麼回事。」

外婆豎起耳朵，走上樓，這才發現媽媽在對我說話。當時的我才一個月大。

「她哭得很傷心，又像是喜極而泣，還不停地對妳說：『很高興步實能來到這個世界』、『我能見到步實真是太好了』之類的話──」

心頭忽然一陣揪緊。我急忙深吸一口氣，刻意忽略這股感受。是嗎？原來媽媽一開始就是叫我「步實」。

「她說希望妳能健健康康、長命百歲……然後好像覺得對嬰兒這麼說很奇怪，說到一半又笑了出來。我聽她抽抽噎噎了好一陣子，正想差不多該下樓了……」

媽媽這時候又開始對我說話。

──媽媽很久以前曾經害死一個人。

──都是媽媽不好，是媽媽害死了崎村哥。

「然後她又哭著對妳說，希望妳健健康康地長大。」

媽媽之後哭上好一段時間。最後還是嬰兒的我跟著嚎啕大哭，媽媽這才止住哭泣，開始安撫我，外婆也下樓去了。

「那媽媽應該是誤會了吧？」

我雙手抱胸，細細思考。

「媽媽以為自己害死那個叫崎村的人，可是他其實沒死啊。不然媽媽的熟人怎麼會說那個崎村老爺爺最近才死掉？」

外婆盯著手上的豌豆看了好一會兒，輕吐一口氣，抬起頭。

「或許真是這麼回事。」

我還是想不通。媽媽誤以為自己害死的那個人，其實好端端地活到最近才去世。照理說，她聽到這件事，應該鬆一口氣才對。

此時，我想起一件事。

我也曾經撞見媽媽暗自哭泣。五年前，也是在神奈川的租屋處。

當時外公宣布我們要全家搬到這個鎮上。當天夜裡，家人都睡了，我半夜起床去上廁所的時候，赫然聽見樓下傳來奇怪的呼吸聲。我悄悄走下樓梯，偷看客廳。只見媽媽坐在矮桌前，手肘撐在矮桌上。四周明明沒有人，她卻用手遮住臉龐哭泣。媽媽這麼討厭搬回以前住的小鎮？可是她又不像是討厭鄉下。當時我就隱約發現，這座小鎮對媽媽來說，或許擁有某種**特別的意義**。

我左思右想，還是想不出個所以然，最後只能假裝沒看到。那時我在學校和朋友處得不好，一聽到要搬家就開心得不得了。我不希望因為媽媽取消這次搬家。假如我擔心媽媽哭，跑去過問原因卻把事情鬧大，反而得不償失。

（二）

奈津實第一次見到崎村，是在二十七年前的火漁之夜。

火漁主要盛行於西取川一帶，是一種捕香魚專用的傳統漁法。漁夫乘著小漁船來到河上，以火把的火光嚇唬香魚，趕入漁網。高知縣的四萬十川也會實行這種漁法，後來成為聞名全國的火漁聖地。西取川的火漁同樣小有名氣，總是能吸引鄰近縣市的觀光客前來觀賞。

「啊，我看到了。」

奈津實一走近河堤，身旁的真也子隨即踩著木屐，踮起腳尖。

漆黑的河面上，橘紅火光拖著長尾，描繪出橫向的「8」字。「8」字共有五個，彼此隔著些許距離。總共有五艘漁船。

「漁夫拿著火把不會燙嗎？」

真也子語氣輕快，腳步也逐漸加快。

「不知道。我以前也看過火漁。印象中他們的火把很長，而且只在木棒尖端點火，」

奈津實還在唸小學一、二年級的時候，她的父母曾經帶她欣賞火漁。奈津實升上高中才認識真也子。真也子在下上町長大，自幼雙親不和，所以幾乎沒有全家一起出門旅遊，今天是她第一次來觀賞火漁。真也子的父母已經離婚，父親獨自在別的地方生活。

「有多長呀？」

「妳說木棒的長度？大概比晒衣竿再短一點點。」

長竿的最前端掛有鐵籠，漁夫會將松木片放進鐵籠點燃。揮火把的人不但得舉起掛火籠的長竿，還要揮得特別緩慢，想必非常耗體力。火漁是兩人一組進行，一人在船首揮舞火把，另一人在船尾划槳，操縱船隻。應該是力氣比較大的漁夫負責揮火把。奈津實仔細瞧了瞧河面，但是她只看到火光在半空中游移，完全見不到漁夫的模樣。

「幸好妳爸爸答應讓妳來。」

「嗯，真是幸好。」

奈津實已經高中二年級了，卻幾乎不曾在晚上出遊。她的父親不許她夜裡出外遊蕩。好友有時邀請她晚上外出，她卻因為害怕父親，總是拒絕。

奈津實的父親從以前就十分嚴厲，但是奈津實是從一年前才開始如此畏懼父親。父親在那件事之後彷彿變了個人。奈津實只要忤逆父親——雖然父親從未大發脾氣、出手打人——深夜總是會聽見母親啜泣。奈津實原本很猶豫今天要不要來觀賞火漁，但今年夏天是自己在這座小鎮度過的最後一個夏季，於是她鼓起勇氣和母親商量，母親表示會和父親談一談。隔天母親便笑著要奈津實放心去玩，可是真的沒事嗎？

「我們要下去河畔吧？」

真也子說著，緩緩走下河堤。奈津實隨即跟在真也子身後。溼潤的青草香迎面而來。河堤斜坡很陡，兩人又穿著浴衣和木屐，不方便活動，只能踩著小碎步，看起來有些滑稽。兩人走著走著也覺得好笑，半路上噗哧一聲笑了出來，最後乾脆雙腳併攏跳上河畔，彼此撞成一團，開懷大笑。浴衣衣領一陣悶熱。夜晚的氣息、昏暗的腳邊，兩人響徹黑夜的嘻笑聲，一切的一切都令奈津實新奇不已。蟋蟀從某處聚了過來。

「很好很好，這樣我們就算一半的大人了。」

真也子望向河畔，用古怪的說法形容兩人。

對當地女孩子而言，在夏季夜晚前來欣賞火漁，可說是稍微接近成熟大人的活動。當地女孩第一次交到男朋友之後，會和男友來到河畔，一起欣賞火光搖曳。這不是當地習俗，純粹是不知不覺間約定俗成的小活動。奈津實和真也子都沒有男朋友，兩個女孩一起跑來看火漁，也難怪真也子會做出那種怪異發言。

五道火焰在深邃的黑夜中緩緩舞動。火光各自描繪「8」字，亮度逐漸增強。火光倒映在水面上，化為一道道纖細的皺摺，眾多皺摺一伸一縮，變換成各式各樣的形狀。觀眾全成了一道道剪影，但仍然看得出身高、服裝。在場的情侶似乎沒有兩人想像得多。

「漁夫會用那些火嚇香魚，把香魚趕進漁網，對不對？漁網在哪裡呀？」

「在右邊，下游那裡。聽說香魚一定會往河川下游逃，所以漁夫會在下游布置一張大漁網。」

全家三人一起來的時候，父親曾經告訴奈津實這些知識。

那時的父親雖然嚴厲，卻總是笑容滿面，聲音宏亮，還經常逗笑奈津實。當時父親創立的中江間建設剛上軌道，工作應該非常忙碌，但父親只要一有空，就會帶著母親和奈津實去海邊游泳，或是來西取川教她釣魚，甚至特地開一小時的車，帶兩人去電影院。然而到了去年春天，中江間建設發生那起事件之後，奈津實再也沒見過父親的笑容。

「下游是二之橋那一帶？」

「再前面一點，一之橋附近。」

「對喔，二之橋那邊的河水已經是海水了。」

這裡是西取川下游附近，沿著河畔騎腳踏車二十分鐘左右就會抵達海邊。而在出海口前方有一座一之橋，進入汽水域的地方則架了一座二之橋。兩座橋都非常狹窄，只能單向通行，所以車輛從下上町往上上町的時候會走一之橋，上上町往下上町的時候改走二之橋。

兩人一起在河畔上走了一會兒，沙子不時跑進腳和木屐的夾縫中。

「乾脆脫掉算了。」

真也子踢開木屐，奈津實也模仿她脫光了腳。兩人各自拾起自己的木屐，走在沙灘上。腳底的石子隱約殘留白天太陽的熱度，踩起來很溫暖。

她們走向河川右邊的下游處，打算先繞過去等漁船。在人群邊緣有一塊又扁又大的石頭，看起來好像一顆壓扁的南瓜。兩人闔起浴衣衣襬，坐在扁石上。火焰漂浮在河川上，在左手邊閃爍熾烈的光芒。微風撫過兩人的臉龐，可能是吹過河面，感覺沁涼如水。奈津實和真也子像是被催眠了似的，默默注視那五盞火光，以及火焰描繪出的朦朧「8」字。

「奈津實，我們還有機會再來看火漁嗎？」

奈津實一聽，搖了搖頭，沒有直接答覆。自己搬到遠方，等到唸大學或是長大成人以後，或許會一個人來到這座小鎮遊玩。但她並不想馬上回來。

火漁的火焰漸漸接近，來到眼前。觀眾跟著漁船緩緩移動到兩人的左、右側，人們三五成群，四散在周遭。

奈津實身後一陣沙沙作響，她轉過頭去。有兩個男人走了過來。遠處的火光隱約映出兩人的身影，奈津實想看個仔細，卻只看出兩個人都穿著T恤。身旁的真也子站起身。

「我們跟著船走吧。我想看網住香魚的瞬間。」

奈津實也站了起來，隔著河岸與小船並列，緩緩移動。

「火漁的漁夫只會在這個季節工作嗎？」

「我也不清楚，應該不是。」

奈津實回了話，順勢轉頭，發現剛才那兩個男人跟在後頭。她每回過頭一次，兩人就越來越接近她們。最後腳步聲似乎分成兩邊，一左一右包圍奈津實和真也子。

「那是什麼呀？」

真也子指向一之橋橋墩前方的暗處。河邊聚著四、五道人影。隱約看得見機器的輪廓。

這時河川方向傳來響亮的喊聲，聲音整齊劃一。漁夫並不是在對話，而是互相打暗號。火把靜止不動。漁夫在各自的小船上忙碌起來，橘光照亮他們的模樣。漁夫兩兩一組彎下身，將手伸進河水。然後每間隔一定的時間就高聲吆喝，上半身則配合吆喝一陣搖晃。水中的漁網逐漸被拉上船，漁網底部伴隨水聲逐漸現出模樣。

從邊緣一點、一點又一點地拉——漁網閃動光點，宛如撈起散布在河面的絲絲光紋。那每一個小光點似乎就是香魚。

眼前忽然間明亮如白日。

方才聚著四、五道人影的地方，突然朝兩人打出強光。到底是怎麼回事？兩道輪廓從眩目的強光中快步走來。

「晚安！」

其中一道輪廓是一名女子，她遞出麥克風；另外一個則是男人，他肩上扛著攝影機，跟在女子後方。一旁的真也子興奮地回了句：「晚安！」

「兩位小姐是從附近來的嗎？」

「是呀，我們就住附近。」

真也子甜甜一笑。

「兩位以前曾經觀賞火漁嗎？」

「不是，我是第一次看，所以看得超感動的。我聽說火漁會捕到很多香魚，沒想到能捕到那麼多，而且香魚看起來又那麼漂亮，嚇了我一跳！」

「就是說呀，真的很美呢。」

奈津實正想悄悄逃離攝影機，麥克風卻像是追著她的行動，湊到面前來。

「妳覺得漁夫如何？」

奈津實不太懂女子想問什麼。

「……如何？」

「對，妳看過漁夫之後，覺得他們怎麼樣？」

記者可能發現奈津實想離開，急忙問了問題。奈津實仍然聽不懂問題，只能隨口回答。

「我覺得他們很帥。」

「沒錯沒錯，很帥呢！」

奈津實雙眼轉向河上的漁船，但是強光把自己周遭照得太刺眼，她根本看不清楚。

她一打開玄關大門，就聽見母親的聲音。

「啊、她正好回來了。妳等等。」

奈津實的心臟一緊，全身僵在原地。父親還在客廳？奈津實不小心太晚回家，他或許是等自己回來好罵人。早知道當初就別去看火漁。

不過母親明明是和父親說話，語調格外活潑。

奈津實不開燈，直接走過走廊，悄悄打開客廳門。只見母親右手拿著牙刷，左手握著話筒。

「妳朋友打電話來。」

她接起電話，才發現是真也子打來的。

『奈津實，快看電視！』

她叫奈津實轉到地方頻道。

『剛才那個——啊——！』

「呃、怎麼了？」

『奈津實快點，電視！』

「媽媽開電視！」

母親以為發生了重大案件，表情繃緊，急忙跑向電視，轉到奈津實說的地方頻道。電視出現方才在河畔見過的女記者。

「咦？小奈，怎麼回事？轉到這個頻道對嗎？」

「嗯，對。」

畫面一轉，螢幕映出漁網網住的大量香魚。這似乎是從河畔拉近鏡頭拍到的畫面。漁夫慢慢拉起漁網，一條條香魚強而有力地跳動，魚身反射火光，全身鱗片彷彿散發金色光芒。鏡頭一個移動，拍到正在拉網的漁夫。「咦？」奈津實不自覺驚呼一聲。螢幕上的漁夫模樣令人訝異。

那是一名戴眼鏡的男人，他胸板單薄，手臂、脖子十分纖瘦，神情認真地拉著漁網。男人的年紀似乎和奈津實相去不遠。他的動作、表情都顯得有些生疏，可能是新手漁夫。

「啊、是小奈！」

母親含著牙刷，臉湊向電視。

浴衣打扮的奈津實和真也子就站在女記者旁邊。

『妳覺得漁夫如何？』

『我覺得他們很帥。』

（二）

幾天後的下午。

這裡是真也子住的公寓起居室。奈津實和真也子面對面坐在矮桌前。桌上的盤子裡裝有做成冰塊的可爾必思，兩人一邊聊天，一邊妳一口、我一口地咬著冰。

「奈津實的媽媽真的好賣力喔。居然還能跟那種丈夫生活。換成我媽媽，肯定馬上離婚，帶著女兒頭也不回就跑了。」

「離開家裡又沒辦法生活。」

她從剛才開始就吃冰吃個不停，連說話時的氣息都一陣冰涼。

「總會有辦法嘛。我家就是這樣。」

真也子的父母似乎是在她國中的時候離婚。母女兩人展開新生活之後，她的母親就在鎮上的超市「彌生屋」擔任收銀員，同時還在某一間不知名的居酒屋兼差當服務生，賺取生活費。

真也子的家就在公寓二樓。奈津實放學之後或放假時，經常到真也子家裡作客。她會在這裡欣賞錄好的歌唱節目或連續劇，和真也子一起喝果汁、紅茶，吃吃點心或是冷凍可爾必思。她很喜歡在真也子家裡度過的時光，只可惜自己必須在傍晚之前回家。

「妳知道嗎？聽說含著冰再喝果汁，冰就會變得很好吃耶。」

真也子把可爾必思冰塞進嘴裡，輕啜一口玻璃杯中的蘋果汁。她嚼著冰瞇起雙眼，看起來一臉幸福。奈津實見狀，也效仿了一下，的確很美味。紗窗外傳來蟬鳴聲，從未間斷。

「不知道奈津實搬家之後，在那邊交不交得到男朋友？」

真也子突然冒出這句話。

「怎麼這麼說？」

「妳不是要搬去神奈川的市區？那裡和這種小鄉下不一樣，到處都有約會好去處，應該會有很多男生邀妳去玩吧？」

「我才不想交男朋友。」

「騙人。」

「真的。」

「等妳喜歡上別人，一定會想跟他交往呀。」

奈津實從未喜歡過男孩子。

不過，印象中或許有人曾經喜歡上自己。只有一次——那是奈津實國中三年級的春天，班上的男同學在學校到公車站的半路上等自己路過。對方莫名滿頭大汗，沒來由地聊起級任導師或自然課實驗，然後話鋒一轉，開始問她平常假日怎麼過。奈津實說自己會在家看書、看電視，接著男同學就邀她一起出去玩。奈津實一開始隱約察覺男同學的用意，但她幾乎不曾應付過男孩子，對方一開口，她便慌了手腳。最後等到公車來了，她就直接搭上車。那位男同學在窗外朝奈津實點頭道別，奈津實也點頭回應。奈津實到家後，一個人想了又想。男同學說是去玩，但實際上他想帶自己去哪裡玩？這個小鎮沒什麼男女約會的好去處。換成夏天倒還能去海邊游泳——她一想到這裡，想像自己穿著泳裝坐在男同學身旁，忽然覺得很討厭。於是從那之後到畢業為止，她幾乎沒和那位男同學說話。奈津實知道對方在課堂上或休息時間會盯著自己看，每每與對方對上眼，都覺得有點困擾。

但是，這座鎮上恐怕不會再有人和那位男同學一樣，對奈津實抱持好感。鎮上的每一個人都知道，去年春天中江間建設弄出了什麼意外。

「我想交男朋友。」

真也子說著。她總是把這句話掛在嘴邊。

「妳交了男朋友，會想去哪裡玩？」

「不知道。總之就是想交一個。」

真也子這麼想交男朋友，是不是和她父母離婚有些關聯？假如真是如此，總覺得自己是不是沒能好好陪伴朋友。她一想到這裡，突然有一點寂寞，不、是非常寂寞。

奈津實沿著西取川旁的河堤道路走回家。

河川對岸傳來陣陣暮蟬鳴叫，始終無法消弭心中的寂寞。夕陽落在身體左側，將她的影子拉得細長，延伸至下方河畔。連自己的影子都看起來那麼可憐、靠不住。

她走過二之橋附近，看到一個男人蹲在河畔。他應該是在拍照。不過他究竟在拍什麼？他的相機接了一支非常長的望遠鏡，鏡頭前端卻幾乎要靠上地面。有人會這麼拍照？那種長鏡頭應該是用來拍遠處的事物才對——奈津實一邊向前走，一邊茫然地思索。此時延伸到河畔上的影子恰巧遮住鏡頭下方。

男人從相機上抬起臉，疑惑地查看奈津實的影子。奈津實發現自己妨礙人家照相，趕緊彎下膝蓋。影子變短了。男人不解地循著影子看去，轉頭望向奈津實。兩人對上了眼。她發現自己認識這個人，可是他是誰？男人似乎——和奈津實同齡，但並不是學校的同學。男人面向自己，微微歪了歪頭。對方可能也在嘗試回想眼前人的身分？不、不對，是因為奈津實的姿勢太奇怪了。奈津實現在半蹲停在河堤上方，看起來像是在做深蹲運動。

奈津實急忙向前走去，此時她終於想起對方是什麼人。自己曾在電視看過他。奈津實又停下腳步，看向河畔。對方一臉困惑。但也怪不得他，是自己要走不走的，在原地徘徊那麼久。

「我之前看過你。」

奈津實說道，聽起來像是在找藉口。對方伸長了脖子，滿臉問號。

「我在電視上看過你。」

她又說了一次。男人思考片刻，不自覺地半張開嘴，露出尷尬的表情。他低下頭，宛如一個惡作劇曝光的孩子。男人猶豫了半晌，迅速撇過臉，再次架起相機。奈津實不懂他為什麼要那麼慌張，但他的動作實在太匆忙了。下一秒，馬上就發生驚人的意外。

相機上的長鏡頭居然脫落，拋到空中。他架相機的時候是有點用力過猛，可是相機鏡頭會這麼容易脫落？鏡頭落在男人斜後方，發出些微聲響，但是男人沒有察覺鏡頭脫落，仍然窺視著相機。他一動也不動，看了好一陣子之後，一臉狐疑地從相機上方抬起臉，這才驚覺鏡頭不見了。

「……在你後面。」

「咦？」

「飛到後面去了。掉在那顆大石頭跟草叢那附近。」

男人聞言，趕緊跑到石頭旁蹲下，撿起鏡頭。不對，那不是鏡頭。

「是萬花筒？」

（三）

好多茶杯浮在空中。

奈津實待在自己位在二樓的房間裡，站在床邊，從上窺看三面鏡內部。她闔起兩旁的側鏡，用三片鏡面組成一個三角形，三角形中央放了一個茶杯。這就是最簡單的萬花筒。左右鏡面寬度不夠，第三面會露出一條小縫，沒辦法像真正的萬花筒製造出無限鏡面，但也還算過得去。三片鏡面照出奈津實的茶杯，看起來就像無數茶杯排列在半空。

——把萬花筒裝在相機鏡頭上，就能拍出很漂亮的照片。

在河畔遇到的那個人忽然露出欣喜的表情。薄唇往左右勾起，眉毛高高翹過眼鏡。

——不管是再大的物體或景色，彷彿所有事物都能裝進萬花筒裡。

奈津實驚訝地點點頭，但有點難以想像實際畫面。所以她回家之後決定用三面鏡做實驗。但她是用茶杯做實驗，還是很難想像那些景色塞進萬花筒之後，會是什麼模樣。

——我之前在電視上看過你。就是火漁的時候。

奈津實又說了一次，男人喜悅的神色頓時黯淡下來。

——那一次……我不知道會上電視。

電視臺拍攝節目都沒有通知本人嗎？

——我看起來應該很笨手笨腳吧？

——呃、請教一下……

奈津實不知道他的名字，所以舉起單手詢問對方。

——啊、我叫做崎村。

——崎村先生是說自己捕魚時的動作？

——是。

奈津實不知道該如何回答。說實話，當時他看起來的確有點笨拙。崎村見狀，沮喪地垂下脣角。

——我去年年末才剛回到鎮上，這次是第一次幫忙火漁。也就是說，我直到這次火漁漁期才第一次當漁夫……

——原來是這麼回事。不過我在河邊看到的火光真的很漂亮。感覺揮火把的時候還是很有架勢。

——揮火把的人不是我。

火漁是兩人一組，由「持火人」負責揮火把，另一名「船夫」則是負責划船。按照崎村的說法，持火人等於是火漁的焦點，需要一定體力和技巧，所以他還沒能力接手。

——可是划船感覺也很辛苦。每天晚上都要划？

——不，今天的氣象預報說晚上會下大雨，所以今天休漁。

奈津實順著崎村的眼神望向西方天空，夕陽左側出現一塊看似黏土的灰色雲塊。她這才想起來，昨晚她用房裡的十三吋電視看天氣預報，播報員當時說今晚會下雨。

——雨勢小的話倒還勉強能捕魚。

兩人的對話就停在這裡，對面河岸聽得見暮蟬的叫聲。自己一下找人搭話一下突然離去，未免太詭異。所以奈津實努力尋找其他話題。

——請問，火漁的漁夫在捕香魚以外的季節都在做什麼？

她想起真也子當時在河畔問的問題。

——有的人會去捕其他魚種，有的人是家中兼作農業。兼作農業的漁夫應該比較多。只靠捕河魚太難生活了。

崎村家是在上上町種田，主要種植高麗菜、馬鈴薯、小松菜、菠菜等等。崎村提到自己家在城鎮北邊的山腳下，奈津實大概知道在哪個位置。她搭父親的車經過山腳好幾次。印象中那裡蓋了幾棟房子，其中一間應該就是崎村的家。

——所以我家在這個季節裡白天會忙農事，晚上才去捕火漁。

奈津實說了句「好忙呀」，崎村瞇起眼鏡後的雙眼笑了笑。他的牙齒很整齊。

——我現在還是新人，還有很多工作要記。不過偶爾抽得出空，我就會跑來拍照。

——拍萬花筒的照片？

——我現在很難出遠門攝影，所以只能費點功夫，看看能不能拍出有趣的照片。

崎村搖了搖手上的萬花筒。奈津實以為那支萬花筒會沙沙作響，萬花筒卻沒發出半點聲音。他應該是把珠子或玻璃珠都倒出來，只留下鏡面。

——我去年年底之前都是在東京的職業學校學攝影。不過老家出了點事，我就辦退學回鄉了。火漁、農事原本都是我父親的工作，後來才由我接手。

奈津實正想詢問崎村家中出了什麼事，但她問出口之前，赫然驚覺對方是忙裡偷閒來拍照，自己不能在這裡一直打擾他。

——啊、不好意思，請你繼續拍照吧。

——嗯，好。

崎村順從地點點頭，把萬花筒裝回相機鏡頭前，但是怎麼也裝不上去。萬花筒似乎是用透明膠帶黏在鏡頭前，但剛才萬花筒飛出去時讓膠帶沾了土。崎村弄了老半天還是黏不回去，最後只能放棄，改用手支撐。他左手握著萬花筒，右手持相機蹲了下去。他正在拍一株從石縫間探出頭的——那是什麼？奈津實看過這種植物，可是不知道名稱。這種植物直挺挺的，表面有許多皺紋，看起來就像一株拉得非常細的蘆筍。

——以前的人會把木賊拿來當成**磨砂紙**用。

——木賊？

——啊、這種草就叫做木賊。

崎村扯下一小段木賊，用指甲代替美工刀割開一條直縫。木賊的莖是中空的，攤開莖之後變成一小片。崎村將木賊片遞給奈津實，她接過之後看了看，木賊表面粗糙，的確很像磨砂紙。

——還可以用來磨指甲。

——你懂得真多。

——父親在我小時候教了我很多。唉……不行，一邊扶著萬花筒果然很難拍好。

——需要幫忙嗎？

——沒關係，兩個人一起可能會更難拍。

崎村說完，忽然回頭望向河堤，似乎是發現了什麼。奈津實跟著看過去，便見到雲朵從右側輕撫偌大的夕陽，彷彿有顏料滲進雲裡，雲彩染上橙紅色。

——抱歉，借過一下。

崎村走向河川，奈津實也跟了上去。

兩人踩著河畔的石頭筆直向前走。崎村的目的地是河川右邊的二之橋旁。西川的河水晶瑩剔透，淺灘部分的河底能看得一清二楚。風的指尖拂過水面，在水中劃過隨意又美麗的紋樣。兩人的腳步聲驚動小魚，牠們輕拍細沙，瞬間消失無蹤。

河川正面有一個地方，河水濺起的泡沫特別明顯。層層疊起的石頭正好凸出河面，河水不斷敲打石頭，激起水花。這裡的水流緩慢，一滴又一滴的透明水珠變得圓滾滾，宛如許多小巧的彈珠不斷流下。一顆顆彈珠吸取兩人身後落下的夕色，透著淡淡金色。

——好漂亮。

——是不是？我原本想把這一幕——

崎村說到一半就沒說下去了。

——你想用萬花筒拍下這個景色？

崎村一臉無奈。他果然是這麼打算的。

——拍成照片之後一定會很漂亮……

——妳要看嗎？

——咦？你現在手邊有照片？

——沒有，不過可以這麼做。

崎村蹲下身，將相機遞給奈津實。奈津實接過相機，跟著彎下膝蓋。單眼相機拿起來比外型沉重許多。

——妳隔著相機看看。

奈津實將右眼靠向方形觀景窗，閉上左眼。眼前只看到框成方形的水流。不，下方突然冒出一根圓形物體。

下一秒，右眼前方出現一幅極為美妙的風景。

——看到了嗎？

她不由得回答晚了。

——看到了。

眾多圓形水珠反射夕陽，在無數切成三角狀的空間內流竄，分別流向不同的方向。這幅景象讓奈津實聯想到時光機或宇宙，另外她也回想起火漁之夜見到的，香魚身上的光輝。

——拍成照片之後，水滴的流動會變得更清晰。按照水滴流速調整快門速度之後，該怎麼形容……殘影？對了，流星劃過之後不是會出現一條直線嗎？照片上會出現類似的影像。嗯——好像跟流星的殘影不太一樣，應該比較類似氣體……

崎村還在埋頭苦思形容方式，奈津實早已深深沉浸在右眼的景象。她想起剛上中學的時候，社會科老師曾經解說西取川的河水狀況。老師當時發了一份印有數據圖的模造紙，並向同學解釋，曲線代表某種物質，這種物質從幾年前開始就慢慢增加。她已經忘記老師當時說的是什麼物質，但西取川的水質因此漸漸惡化。然而現在看到的水珠是如此透亮，令她忍不住懷疑老師在說謊。

奈津實抬起頭，看向河川下游。從二之橋前方到接近出海口處，有一整條水泥護岸。這條護岸在今年春天剛完成。原本是由奈津實父親經營的中江間建設負責整個工程。公司那時還沒經手如此龐大的工程，她的父親高興得不得了。奈津實當時萬萬沒想到，這次工程會害得父親公司倒閉，自己從此不敢在人前說出「中江間」這個姓氏，甚至必須舉家搬到遠方。

撲通。附近響起了水聲。

有兩個小孩站在二之橋上，身體挺出欄杆，低頭看著河川。那兩個孩子似乎是小學高年級生，兩人身材相差極大，一人又高又壯，另一人卻很矮小。矮小的孩子把手伸過欄杆，往河裡丟了某樣東西。

——是水母柏青哥啊。

那是什麼怪東西？

——妳不知道？那是一種遊戲，玩的時候會像他們那樣，從二之橋上朝浮在河上的水母扔石頭。這附近因為河水和海水混在一起，有不少水母游進河裡。只要從橋上順利丟中水母，水母就會一口氣沉下去。

——用石頭把水母壓進水裡？

——對。不過這遊戲其實挺困難的。石頭沒落在水母的正中央，水母就不會沉下去，有時還會被石頭扯掉身體。我讀小學的時候很常玩水母柏青哥。那時候大家都在玩這種遊戲。

奈津實聽對方一說，這才想起之前經過二之橋的時候，曾經看到一群男孩子，就像那兩個孩子一樣把身體湊到欄杆外。原來那群男孩子在用石頭丟水母？

——崎村哥丟得準嗎？

又是撲通一聲。橋上的男孩子簡短交談了一下。

——這個嘛，我根本不會玩，技術爛得很。不過我父親很擅長玩水母柏青哥。我還是小學生的時候常和父親站在橋上，一起丟石頭，然後父親會教我水母柏青哥的訣竅。父親總是百發百中，但我還是怎麼也丟不中。

奈津實從未和年齡相近的男生聊得這麼起勁。所有的男生都會這麼開心地聊著父親的趣事？

——父親小時候會和三五好友一起比賽，他那時可是水母柏青哥的冠軍。當時身邊人甚至給他取了綽號，叫做「水母神射手」。

撲通！又一顆石子敲打水面。這次換高大男孩扔石頭。他成功讓水母沉下去了？從奈津實和崎村站的地方看不清兩個男孩的模樣。

兩人蹲在淺灘處，靜靜觀看兩個男孩遊戲。良久，矮小男孩發現他們兩個，對另一個男孩說了句話。一高一矮的小學生可能以為大人要來責罵他們，急忙離開欄杆。奈津實看了看手錶，她必須趕回家了。她站起身，輕輕拍了拍裙襬，崎村也跟著起身。

——抱歉，我太多話了。我搬回鎮上之後完全沒有同齡朋友可以聊天，一不小心聊得太開心了。

奈津實將相機還給崎村，兩人一起回到河堤。風從旁一掃而過，斜坡上的青草隱隱露出葉背，彷彿有許多魚兒穿梭在隙縫之間。

——我想看看你用萬花筒拍出的照片。

奈津實鼓起勇氣，說出方才最想說的話。崎村聽了，淡淡地揚起雙頰，若無其事地說：「好呀。」

——不過我白天要忙農事，晚上要幫忙火漁，好像找不到時機讓妳看照片。

——下雨天的話，有空嗎？

她試著提議，崎村恍然大悟地開口：

——對喔，下雨天。下雨天火漁要休息，農事能做的工作也有限，應該抽得出時間。

可惜的是，最近應該不會下雨。印象中，昨晚的天氣預報從明天開始，至少有一個星期都標著晴天記號。

——滿月的時候應該也有時間。

——滿月？

——據說滿月的晚上天色很亮，點著火把也嚇不了香魚，所以滿月夜晚不會捕火漁。但實際上這個習俗已經變成漁夫的休假了。我看看，下次滿月是……

崎村仰望夜空。

——應該是大後天。

——很快呢。

——學校傍晚應該已經放學了？

——現在放暑假。

於是，奈津實和崎村約好，三天後傍晚五點在河畔見面，便回家去了。

奈津實下了床，掀開立在三面鏡前方的側鏡。大型萬花筒分解開來，只剩下一只茶杯孤零零地放置在鏡前。茶杯的熱氣不知何時消失無蹤。自己居然花那麼多時間回想與崎村的邂逅？她心想不可能，伸手摸了摸茶杯。茶水已經涼了，只留下些許餘溫。

鏡中倒映著自己。奈津實拿起梳子輕輕梳開捲髮。她從小學高年級開始就很討厭這頭捲髮。她的捲髮遺傳自父親，雖然自己的頭髮不如父親那般捲翹，但耳下的髮絲總是一下就翹起來，下雨天還會讓頭看起來變得很大。奈津實很清楚，只有自己才會發現捲髮有什麼變化，但是她就是討厭，就是覺得困擾。有一天下雨天，真也子勸奈津實乾脆把頭髮留長，頭髮重量夠重，頭髮就會變直。留長頭髮或許真能壓住捲翹的髮尾，但是和真的直髮一比，兩邊差異搞不好會更明顯。所以奈津實一發現頭髮快長到肩膀處，她就會騎著腳踏車奔向理髮店。

她望著梳子，梳齒上纏了幾根毛髮。梳子的柄是木製的，父親說這種木頭是黃楊木。自己升上國中一年級的時候，父親買了這把梳子給她，說「這是好東西」。握柄正中央用手寫字體刻上「N・N」，這是奈津實全名的縮寫。

兩人分別之時，崎村問了奈津實的名字。

——我叫做奈津實。

她不想說出「中江間」這個姓氏。崎村隨後又問了她的姓氏，她不知道崎村為什麼要問。或許是因為兩人才剛認識，崎村不太想直呼自己的名字；又或者只是隨口問問，他並沒有特別的用意。

——姓氏是秋川。

奈津實下意識說了謊。秋川是真也子的姓氏。雖說可以隨便捏造姓氏，她還是脫口說出了「秋川」。

奈津實面對初次見面的人，必須下定決心才能說出姓氏。有時甚至盡可能不提到自己的姓氏。一切的一切，都源自於去年夏天。

起初是在事件發生前三個月的春假，奈津實正要升上高中。那一天，家裡的電話忽然在天亮前響了起來。一開始他們以為有親戚去世，三人一起下樓來到客廳，由父親接起話筒。那通電話是父親的公司打來的。只見父親的語氣越來越僵硬，到最後幾乎聽不見聲音。父親最後掛斷電話，什麼也沒說就開車出了門。母親追到玄關之後，奈津實只聽見父親對母親說今天不會回家。

父親直到隔天清晨才返家。父親到家時，奈津實和母親一起坐在客廳沙發上，徹夜未眠。那時太陽還沒完全升起，窗簾隙縫隱隱透著白光。

奈津實恐怕一輩子都忘不了父親那時的模樣。他雙眼凹陷，雙脣緊閉，無論母親和奈津實怎麼問，他都一個勁地搖頭。母親繼續追問，想知道究竟發生什麼事，此時父親忽然大聲吼叫。他咆哮之餘還是沒吐露任何一句話。奈津實也許是有生以來，第一次聽見父親的吼聲。

日子一天一天過去，父親依舊沒向母親、奈津實做任何解釋。他變得非常沉默寡言，但仍會在晚餐時間與妻女同桌吃飯。

過了三個月，時間來到夏季的深夜，家中的電話再度響起。奈津實見到父親接電話時的態度，不由得想起春天夜裡的那通電話。母親恐怕也這麼認為。父親接到這兩通電話的反應太過相似了。

父親這一次掛斷電話之後，並沒有衝出家門。他靜靜地佇立在電話前，良久，他面向奈津實和母親，卻沒有直視兩人的雙眼，悄聲低喃。

——家裡之後可能沒辦法再過以前的生活了。

父親這時才第一次解釋前因後果。

父親說，三個月前，中江間建設在二之橋對岸進行護岸修建工程時發生意外。當時正在進行夜間施工，工人操作失誤，不慎將施工使用的藥劑流入西取川，造成魚群暴斃。那時排放的藥劑是熟石灰——這種物質專門用來固定水泥。熟石灰一旦溶於水中，會將水質變為強鹼性。父親打算隱匿整起意外，當下召集部分員工打撈死魚、處理魚屍，直到清晨才結束。然而過了三個月，忽然有週刊掌握相關線索，才讓整起意外徹底曝光。

工安意外演變成違規案件。

父親從此再也沒和家人同桌用餐。從那天之後好一陣子，父親每天直到深夜才回家，公司倒閉後更是成天窩在二樓的工作房，出房間的次數少之又少。奈津實不知道父親在房間裡做什麼，有時母親找父親談話，奈津實聽不見對話內容，房內傳來的嗓音卻總是沉重又含糊，滿溢著焦躁。母親有時會把飯菜端去二樓給父親，有時父親會突然下樓來，在空無一人的廚房裡翻找冰箱。奈津實這時候只能悄悄走回二樓，躲進房間。

電視新聞、報紙都報導了父親公司引發的這起案件。西取川原本就存在水質惡化的隱憂，居民因此更加反彈。當地立刻發起抗議，經由縣政府指導後，護岸工程交由同規模的另一間建設公司「野方建設」接手。中江間建設從此再也接不到委託，付不出員工薪水，員工一一離職。父親在今年春天收掉公司，野方建設也在同一時間完成西取川的護岸工程。

公司歇業後，父親在別的縣市找到工作，奈津實一家人會在今年秋天搬離這座小鎮。預定搬家日期是十月十六日，也就是兩個半月後。父親的新工作地點是神奈川縣的一間小型建築公司，這間公司是家族企業，不曉得是社長的父親還是其他長輩，曾受奈津實的父親關照過。父親或許會一直留在那間公司工作，也可能再次創設自己的公司，但那位社長目前會全權照顧父親。公司甚至準備奈津實全家人的住處，租金比那附近的公定價更便宜，不需要擔心生活開銷。

自從案件曝光，剛認識不久的高中同班同學忽然開始疏遠奈津實。他們也許沒有抱持直接的怒意或惡意，純粹是不知道該怎麼對待奈津實。奈津實自己也有相同想法，所以隨著日子一天一天過去，她越來越不想在教室開口說話，也越來越難面對同班同學。只剩下真也子願意一如往常對待奈津實，自己也能自在與她相處。

中江間這個姓氏太稀奇，這附近只有奈津實一家人。更別說崎村家還是捕河魚的漁夫。事實上，經過縣政府調查，那一次熟石灰外漏並沒有帶來多少實際汙染。

但輿論卻嚴重打擊香魚市場。

——秋川？妳真的姓秋川？

崎村眼鏡後方的雙眼瞪得大大的。奈津實心中一驚，以為崎村看穿自己的謊言，但似乎不是這麼回事。

——又是秋又是夏，唸起來真奇特。

奈津實沒想到這一點。日文裡奈津實的「奈津」和「夏」同音，秋川夏實，聽起來確實有點奇怪。

——經常有人這麼說。

奈津實拿起拋在床上的書包，從裡面撿起木賊皮。崎村在河畔拔下這片木賊皮給奈津實，但她不知道該拿這東西怎麼辦，只好隨手放進書包。木賊皮捲成一捲，奈津實試著把皮攤開來。外皮沒了水分，變得有些粗糙，她把皮捲在食指前端，磨了磨指甲。「以前的人……」奈津實下意識嘀咕著，不知道自己在對誰說。話語在寂靜無聲的房間中顯得特別清晰，她忽然意識到自己現在是孤獨一人。過了不久，窗外開始傳來雨聲。崎村到了不忙火漁的夜裡，會在家裡做些什麼？

（四）

「可是，我明天跟朋友約好要見面。」

奈津實急得心頭一片慘白，連忙反駁。

「爸爸說一定要全家一起去打招呼——」

「你們怎麼自己決定，都不先問我有沒有空？」

母親告訴她，家裡之後就要受那位建築公司的社長照顧，所以明天要全家三人一起去神奈川問候對方。然而明天就是滿月，是她和崎村約定見面的日子。

「對不起，小奈。總之，事情已經定了。」

奈津實心知肚明，依照以往的經驗，繼續爭辯下去也無濟於事。奈津實直接跑去和父親談，父親一定半句話都不回她。拜託母親去勸說，又可能害母親挨罵。

「……我知道了啦。」

奈津實彷彿強行折斷硬枝，僵硬地彎下脖子答應。緊接著，她馬上奔出客廳，走向家門口。

「小奈——」

「我去取消約定。」

「都那麼晚了。打電話比較快呀？」

「我不知道。」

「嗯？」

「我不知道對方的電話號碼。」

母親一副欲言又止，但奈津實背對母親，逕自套上運動鞋。她從鞋箱上的托盤拿起腳踏車鑰匙，衝出家門，跨上腳踏車，這時已經難過得一陣鼻酸。她踩著踏板，騎出巷弄，眼淚隨即湧上眼眶。奈津實繃緊了雙眼，強咬雙脣，奔向籠罩夕色的街道。當她接近二之橋，一見到自己和崎村閒聊的那片河畔，淚水終於奪眶而出。奈津實不斷踩踏板前進，淚珠涔涔滑落，鼻涕吸了又吸。她騎進上上町，騎向山區。山邊的柏油路變得越來越老舊，路面坑坑窪窪。

崎村的家應該就在這附近。

民房相互隔著間隔，而且只蓋在道路右手邊，左手邊是一望無際的田野。天色逐漸轉暗。奈津實經過一間間外表相近的老舊房屋。每間房屋外都立著泛黑的門柱，上頭掛有門牌，但沒有一處門牌寫著「崎村」。不是這間，也不是這間，這間也——啊。

奈津實將腳踏車停靠在珊瑚樹樹籬旁，用手背抹乾淚水，走向其中一間房屋的門柱。那根門柱的門牌就寫了「崎村」二字。

這間屋子和鄰近左右的房屋一樣設有門柱，卻沒有庭院門。高聳的日本黑松彷彿能覆蓋整片天空，枝葉伸展至另一端，黑松樹幹與門柱之間形成出入口。房屋正面看起來是一棟老舊的兩層樓住宅。右手邊有一座木造建築，那可能是倉庫。龐大的雙開大門敞開，門前停著一輛輕型卡車。

奈津實走進房屋用地，緊張與尷尬使胸口繃得緊緊的。太陽已經西沉一大半，周遭事物的輪廓模糊不清。回頭一看，夕陽餘暉逐漸溶入遙遠的樹林頂端，渲染開來。景色的盡頭漸漸吸收最後的橘紅餘光，色彩一點一滴逝去。某處傳來狗兒吠叫。

起居室位於外廊內側，室內透著白光，十分明亮。紙拉門拉開一半，看不清屋內的模樣。紗窗另一端看得到方形矮桌邊緣以及大衣櫃。其他窗戶並未點上燈，崎村應該就在起居室裡。

此時，房內忽然傳來巨響。

「全都要怪我啊！」

這嗓音不像崎村，似乎是個比他更加年長的男人。

緊接著，屋內便傳出崎村的聲音。

「不是，真的不是。」

他彷彿在懇求對方——

「我說過很多次，真的不是爸的錯啊。」

「誰說不是！」

兩道人聲重疊在一起，響起沉重的敲打聲。又是一次相同的敲打聲，接著便是一連串餐具碰撞、碎裂的聲響。奈津實動都不敢動，只能愣在原地。屋內的怒吼令她聯想到自己的父親。去年夏天，熟石灰外漏的消息曝光之後，她已經聽過無數次類似的吼聲。像是憤怒，像是悲傷，像是不甘，又彷彿不屬於上述任何一種情感。這股不知名的情緒在體內忽地爆發開來，話語就這麼從喉嚨噴湧而出。奈津實感覺自己就身在眼前的房間角落，恐懼地瑟縮身子。他們為什麼要發出這種吼聲？為什麼他們要讓某人體會如此難過的心情？

良久，房內漸漸不再傳出聲響或說話聲。

一切好像什麼也沒發生過，歸於寧靜。徐風吹拂，身後的黑松葉隨風搖曳。

奈津實背對崎村的家，轉身回到那條昏暗小巷。她正要握緊腳踏車把手，耳後隱約聽見細碎的聲響，似乎有人在收拾摔碎的餐具。

（五）

隔天，奈津實全家前往神奈川拜訪那位社長，到家時早已超過晚上八點。回程路上，父親在車內始終默默不語，他一踏進家門，抓了日本酒的酒瓶和酒杯，直接走上二樓。奈津實隔了一陣子才走回自己的房間，確定父親短時間內不會出來，又悄悄下樓。浴室內傳來水聲。她放輕腳步，穿過陰暗的走廊，抓了腳踏車鑰匙步出家門。

夜晚的道路幾乎不見路燈光亮，奈津實仰賴腳踏車車燈照亮道路，不停向前。滿月也助她一臂之力，她卯足全力踩動踏板，騎向二之橋。

橋梁正中央有一道人影。人影低著頭，雙手撐在欄杆上。奈津實按住煞車，人影驀然抬頭。奈津實停在橋梁前方，仔細凝視。人影正在揮手。

她立起腳踏車腳架，走向橋上。

海水挾帶沙粒流入河道，水泥沙沙作響。

「對不起，我今天……」

「妳突然有事，對吧？別太在意。」

自己明明放了他鴿子，為什麼他還能笑得如此溫柔？

「家人說今天一定要全家一起去某個地方……」

怒吼。

奈津實不敢提起自己昨晚去找過崎村。都怪她在門柱和黑松旁不小心聽見那聲

「這個給妳。」

崎村從背包拿出一份信封。

「我帶了照片來，不過天色這麼暗，不知道妳看不看得清楚。」

「對不起……都怪我拖得這麼晚。」

奈津實說想一起去有路燈的地方，崎村猶豫片刻，搖了搖頭。

「這些照片在路燈底下可能看起來不夠漂亮。妳就把照片帶回家，找個時間慢慢看。我也希望妳這麼做。」

奈津實雙手接過崎村的信封。

「我下次再聽聽妳的感想。」

一輛腳踏車停在附近的欄杆旁。那應該是崎村的車。崎村看似隨時會舉手道別，走向腳踏車騎車離開。奈津實下意識開了口。

「能不能像之前一樣——」

就像之前那樣。

「稍微聊一聊呢？」

兩人一起走到河堤下方。跨過河畔的石頭，便能見到河面倒映著滿月，閃閃發亮。

崎村此時突然停下腳步，轉身牽起奈津實的手。奈津實下意識僵住身子，崎村的眼鏡幾乎要貼到奈津實的手錶上。

「滿月。」

「咦？」

「妳看。」他抬起臉說。長在對岸河堤上的樹林化為細細的剪影，大顆明月浮在樹林頂端，如同銀盤般圓潤。

「雖說今天是滿月，實際上月亮要等到某個時刻才會轉為滿月。」

過了半晌，奈津實終於明白崎村的意思。原來如此，月亮並非一整天都維持著滿月，而是一點又一點地盈滿，直到最後一瞬間才成為滿月。

「現在就是那個時候嗎？」

「對，妳看，圓滾滾的。」

今天所見的月亮和以往相比，或許並沒有明顯差異。然而，相較於自己至今見過的數次滿月，崎村指著的滿月更加渾圓、明亮。不、奈津實或許是第一次見到真正的滿月。自己仰頭凝視天空，月光無聲無息沁入自己的臉龐。奈津實想說些什麼，卻一個字也說不出口。崎村站在一旁，一同默默地仰望圓月。

河邊並排著幾塊大石，兩人坐在大石上。一旁就是日前水滴飛濺的地方。一顆顆水珠在月光下散發淡淡銀光，敲打出清脆聲響，宛如輕笑。

「秋川現在幾年級？」

「二年級。」

「小我三歲啊。」

聽對方用假姓氏稱呼自己，比想像中還要不舒服。或許是因為「秋川」是自己的女性好友的姓氏。

「我不太喜歡自己的姓氏。」

「是因為和名字組合起來又是秋又是夏？」

「不過我的名字寫成漢字之後不是『夏』，而是奈良的奈、三點水的津、果實的實。」

「奈、津……實，是嗎？那我用名字稱呼妳比較好嗎？」

奈津實不自覺地道歉。崎村有些害羞地笑了笑。

「崎村哥家裡——」

她很在意昨晚聽見的怒吼，卻不知該從何問起。

「是個什麼樣的家庭？」

「咦？」崎村訝異地反問，不過他在奈津實重問之前就回答了問題。

「我的母親在我讀小學的時候就去世了，唯一的家人就是我爸。我爸爸一直以來都獨自靠務農和火漁維持家計，未來打算讓我繼承家業。我原本也決定繼承爸爸的工作……不過，我升上高中後，找到自己的夢想。」

他希望有一天能夠拍電影。

崎村鼓起勇氣向父親坦承自己的夢想。結果父親不但沒有反對，還主動開口要幫崎村圓夢。

「爸爸甚至去借錢湊齊我的學費，所以我才有辦法去上職業學校。我離家之後，家裡就只剩爸爸一個人，他卻願意支持我，所以我真的很感謝我爸。」

崎村凝視高掛對岸半空中的圓月。月光十分明亮，卻令他的耳後、下巴下方蒙上些許陰影。

「但是去年秋天，我爸受了重傷，沒辦法再幹農活、捕火漁。所以我就退學回鄉。當時應該是冬天了。爸爸要我別回來，但是他沒辦法工作要怎麼生活？也付不起學費。」

奈津實這才明白崎村家昨晚在爭執什麼。

「我搬回來之後，偶爾會隨手拍些照片——」

崎村望向奈津實膝上的信封。

「我都去上上町的真鍋相機店沖洗這些照片。老闆姓『真鍋』，人很冷漠，不過他對我的萬花筒照片很有興趣，我每次去沖洗照片的時候，真鍋老闆總會和我聊上幾句。然後前不久，他問我要不要正式去學攝影……我們聊到我之前上過攝影學校，還有家裡的處境。真鍋老闆聽完，說我笨死了。」

「怎麼這麼說？」

「他說：『明明是你父親自己受重傷，做兒子的何必放棄夢想回到這種小鄉下。』、『要湊學費，向親戚低個頭，各借一點錢不就湊齊了？』可是……我不能這麼做。」

奈津實微微點了頭。

崎村說，自己並不後悔。

「爸爸從以前就是個老實人。他看到自己兒子有夢想，想要支持我，就真的卯足全力，而且是不顧一切地栽培我。我就算沒辦法繼續上學，他的付出仍然是鐵錚錚的事實，那我當然也要盡全力報恩。所以我真的很努力做好工作，農事、火漁都一樣努力……雖說『努力』這兩個字不是自己嘴巴說說就算數。」

崎村抬頭注視月亮好一陣子，像是在沉思什麼，接著緩緩面向奈津實。他柔和地微笑。這個人總是面帶微笑。

「謝謝妳聽我說。」

奈津實不知道崎村是感謝自己聽他說話，還是感謝自己問他家裡的事。她含糊地搖了搖頭，似乎察覺崎村為什麼願意等自己等到這麼晚。崎村說過，他搬回鎮上之後沒有同齡熟人可以聊天。也許他早在三天前的那一晚，就想和奈津實聊聊自己的父親，以及放棄的夢想。奈津實明明遲到這麼久，擅自想像這些事或許有點自以為是，但這念頭多少緩和內心的歉疚。同時更想為崎村做些什麼。不過她該怎麼做？奈津實猶豫再三，遲遲說不出話。崎村察覺她沉默，忽然露出十分脆弱的神情。他就像一個小孩子，忽然驚覺自己說錯話，只能尷尬地移開視線。奈津實不希望崎村露出這種表情。她主動伸出手，差一點就撫上崎村的背脊。指尖感覺到他的體溫。奈津實卻又抽回了手，看向夜空。

「滿月結束了？」

「嗯，應該是。」

月亮仍舊散發皎潔光暈，彷彿能夠一掃人們眼中的陰霾。河對岸的樹木頂端純白如雪，緩緩融入那潔白月光。奈津實心想，這幅景色、夜晚的河流聲、遠處傳來的蟲鳴，肯定會牢牢刻在自己的腦海中。

「我下次還想聽你說說話，說什麼都好。」

「真的？」

「真的。」

話雖如此，崎村白天務農，晚上忙火漁，應該很難抽出空。火漁滿月時休漁，但下次滿月至少還要再等一個月。

此時崎村問道：

「下雨天還能再見面嗎？」

「可以，當然好。」

「等到天氣預報出現雨天，我再聯絡妳？」

讓崎村打電話到家裡，他可能會發現自己報了假姓氏；萬一不小心讓父親接到電話，更不知道父親之後會怎麼罵人。不過解決方法很簡單。

「我會打電話給你。」

崎村在給奈津實的信封邊緣，寫了自家的電話號碼。

（六）

「哇，妳都淋溼了。」

「我有用塑膠袋包好照片，照片應該沒事。」

「妳等等，我去拿毛巾。咦？妳腳踏車放在哪裡？」

「我停在外面的盆栽旁邊。」

「放在外頭會生鏽，停到倉庫裡吧。」

奈津實一邊撐傘一邊騎腳踏車過來，不過雨下得太大，她抵達崎村家的時候，腹部以下全都溼透了。她出門前還把頭髮梳得整整齊齊，現在摸一摸，髮型早就翹得亂七八糟。

滿月夜之後，奈津實天天都打開房裡的電視確認天氣。本週天氣大多是晴天，只有一天標了雨天符號。她每天都在祈禱雨天符號不要消失，終於等到了前一天，雨天符號仍牢牢標在氣象預報裡。於是，奈津實在昨天傍晚撥電話給崎村。萬一是崎村的父親接電話該怎麼辦？奈津實回想紗窗另一頭的吼聲，內心惴惴不安。但她一聽見對方的聲音，擔憂頓時煙消雲散。

——嘿、你好，這裡是崎村家。

這位父親的聲音非常柔和，聽起來甚至有些俏皮。

她報上「秋川奈津實」這個名字之後，忽然驚覺自己忘記問崎村的名字，只能詢問對方兒子在不在。「好、好，妳等等啊。」崎村父親莫名愉快地說完，過了不久，換成崎村接電話。奈津實一開始告訴他萬花筒照片的感想。她原本只是唸著預先想好的感言，但說著，彷彿喚醒剛看到照片時的感動，語氣變得雀躍不已。一張張萬花筒照片真的非常漂亮又奇妙。蒲公英的絨毛、一大片油菜花、鮮紅的夕陽、在地面上排成圓形的小石子。只有鴿子的照片看起來有點恐怖。其中有一張無數小水珠流逝的照片，應該是在其他地方拍下的。就像崎村之前說過的，水滴在照片中拖著細長尾巴，看起來更美了。崎村聽奈津實訴說各種感想，也開心地回應她。奈津實等到聊照片聊得差不多，主動提起天氣預報。而崎村也知道今天會下雨。

奈津實先把腳踏車停進倉庫，再回到玄關內，用崎村拿來的毛巾擦乾頭髮與身體。起居室內傳來電視的聲音。她說了句「打擾了」，走進起居室。一名瘦削的男人坐在矮桌前，他一頭俐落白髮，看著電視呵呵大笑。

「妳好、妳好，兒子受妳照顧啦。」

崎村父親半抬起頭，咧嘴一笑。崎村向父親介紹奈津實，父親直點頭，像是明白了什麼。

「妳就是那位『朋友』啊。」

「咦？」

「不是，奈津實，我只是說過有朋友會來。爸爸，口氣別那麼奇怪。」

父親闔著牙，嘻嘻地悶笑，晒黑的手拿起茶杯，大口喝茶，吸茶的聲音莫名響亮。他穿著鬆垮垮的短袖T恤，脖子掛了東西，看起來像是老舊的護身符。這位父親戚覺笑口常開，奈津實很難相信，當時自己在暗處聽見的吼聲，居然出自這位父親之口。電話機直接放在他身後的榻榻米上，似乎是剛講完電話。不、電話可能一直都放在那個位置。他的傷勢嚴重到無法繼續務農、捕火漁，恐怕連在家中行走都很辛苦。但奈津實看不出來對方傷在哪裡。父親身上乍看之下沒有任何傷疤，可能在T恤內？或是他藏在矮桌下的雙腳上？

「謝謝你讓我欣賞這些照片。」

奈津實把裝有萬花筒照片的信封還給崎村。

「還有其他照片，我現在去拿。可以在起居室看嗎？」

奈津實在雨中騎車的時候就在擔心，萬一自己得和崎村在房間裡獨處怎麼辦？一路上心頭小鹿亂撞。現在聽他這麼說，倒是鬆了口氣。

「幹麼？不用管那麼多。你們上樓去就好啦？那津實應該也不想跟個臭大叔待在一塊，對不對？」

「不會，沒關係的。還有，我叫做奈津實。」

「是奈津實啊，不好意思。」

「我去拿照片。」

崎村隨即上了二樓。

「算了，妳坐吧。啊、就坐那裡吧。」

崎村父親用下巴比了比自己的正前方，不過坐那邊會擋到父親看電視，奈津實決定坐在父親的斜前方。

崎村的父親毫不在意，面向電視繼續觀看綜藝節目。他不時呵呵笑，低聲說著「**超直球**真有趣」。超直球是一名年輕搞笑藝人，全名是「超直球佐藤」，他從幾年前開始就很受觀眾喜愛。

「啊、抱歉。難得有客人，光看電視可不好啊。」

「不會。」

「嘿咻。」

崎村父親舉起放在一旁的細竹竿，伸向奈津實的肩頭。竹竿前端正好戳中電源按鈕，電視畫面馬上消失。

「好厲害……」

「每天做就會了。竿子前端還有那個、切了條縫，那條縫可以用來夾住旋鈕調音量。妳看看，像這樣。不過妳知道嗎？現在有一種附遙控器的電視機，可以在遠處開關電視、切換頻道咧。」

「的確有這種電視機呢。」

奈津實家的客廳就擺著有遙控器的電視機，但她下意識不想說出口。

少了電視機的聲音，四周忽然靜了下來，只聽得見雨聲。二樓隱約傳來崎村的腳步聲，但是他遲遲沒有下樓。崎村父親明明是自己關掉電視，卻像是忍不了這股沉默，一會兒抬頭看看天花板，一會兒摳摳下巴，一會兒盯著窗外的雨滴，整個人坐立不安。奈津實也不擅長在這種時候找話題，只能暗自埋怨崎村怎麼不快點下樓。此時崎村父親小口啜飲茶水，她才好不容易找到一個話題。

「您是左撇子呢。」

他剛才也是用左手舉竹竿關電視。

「哦？喔喔，對對對，我全都用左手。那方面也是左撇子哪。」

「那方面？」

「這方面。」

崎村父親用左手擺出用酒杯喝酒的姿勢。

「妳應該不知道吧。愛喝酒的人也叫做『左撇子』。妳想想，木匠都用左手拿鑿子對吧？所以抓鑿子的手就叫做『鑿子手』。『鑿子』跟『喝酒』同音嘛，後來大家就把喝酒的人稱為『左撇子』。」

崎村的父親不說話的時候，和開口的時候個性差很多。奈津實覺得這種反差很有趣，不自覺地揚起笑容。

「所以伯伯是左撇子，那方面也是左撇子呢。」

「嗯，沒錯沒錯。就是這麼回事。」

「你們在聊什麼？」

崎村拿著相簿走回起居室，不過他不等奈津實或父親回答，又走進廚房準備茶水。

「阿源，也拿點點心請客人吃。」

阿源。奈津實有些訝異。她獨自待在房間裡的時候，曾經思考過崎村叫什麼名字，不過她沒料到會是「源」。

「家裡有點心嗎？」
「冰箱裡有漁協送的水羊羹。」
「奈津實吃水羊羹嗎？」
「我很喜歡水羊羹。」
隨後傳來開冰箱的聲音，以及餐具彼此碰觸的細碎聲響。
「原來他叫做『源』。」
奈津實喃喃說著，崎村父親則是點了點頭，轉過頭去，用左手指著上方。牆邊的天花板邊緣掛有一張裱框的照片。照片裡有比現在年輕許多的父親、纖瘦白皙的女人以及臉蛋滑溜的小嬰兒。兩人在嬰兒頭上舉著一張和紙，上頭用毛筆字寫著「源人」，字跡非常優美。
「讀音是源人（gento）喔，源人。」
「這個名字給我帶來不少麻煩啊。」
崎村似乎聽見兩人的對話，在廚房裡開口埋怨。
「漢字看起來很像『原人』，而且真的有人會口誤唸成『原人』（genjin）的發音。」
「早就升天的老婆其實也反對取這個名字。」
父親壓低嗓門說道。
「可是妳看，漢字寫成源頭的人，看起來就像是會幹大事啊。『源』這個字不都會用在很重要的字詞上？像是『水源』、『根源』之類的。我一想到這個名字，就喜歡得不得了。」

「多虧這個名字，我唸小學的時候，同學老是裝猴子開我玩笑。」

崎村端著裝有茶和水羊羹的托盤，把相簿夾在腋下走進起居室。

「我不是去那群死小孩家裡吼過他們了？他們後來應該安分不少啦。」

「他們只是覺得我有個怪爸爸，不敢跑來找我麻煩。」

「您跑去欺負源人哥的那些小孩家裡？」

「去了，而且每個家裡都去了。」

父親神氣地挺起胸膛。

「兒子可是我的心肝寶貝，那群小孩居然敢拿我兒子最重要的名字開玩笑，簡直惡劣到極點。老子怎麼能吞得下這口氣。我最討厭自己騙自己了啊，真佐實。」

「我叫奈津實。」

「我故意的。」

「爸爸從以前就絕對不說謊。我讀小學的時候還拿爸爸來寫作文，標題好像是『誠實的父親』。」

「你倒是很懂事，『誠實』後面沒接個『過頭』。」

「我後來想到應該這麼寫才對，不過那時候作業已經交出去，改不了了。」

兩人一陣大笑。父親笑得眼角擠出深深的皺紋。等崎村上了年紀，會不會像他父親那樣笑得瞇眼？奈津實想像那個模樣，跟著笑了出來。很難相信她才剛來這個家裡不到十分鐘。大笑的餘韻令她揚起雙頰，一股暖意在胸口擴散開來。在自己家感受到的不愉快和緊張，彷彿都拋到九霄雲外。

崎村的相簿裡不只有萬花筒照片，還有他在鎮上隨手拍下的各式快照。覆雪的河畔，春季的日本山櫻，挖蛤蜊的眾人，以及夏日的向日葵田。接下來或許會有秋天的照片加入相簿的行列。

相簿只剩下些許未翻過的頁面，父親忽然低聲對崎村說。

「源，幫我一下。」

「要去廁所？」

「對。不小心喝太多茶了。」

崎村站起身，走到父親身旁。他讓父親的右肩靠在自己的左肩上，撐住父親的身體。父親彎起左腳，兩人同時使勁撐起膝蓋。

父親倚著崎村，搖搖晃晃走出房間，回頭對奈津實苦笑。

「我之前受傷啦。」

那一天回家前，崎村告訴奈津實，他父親去年秋天受傷後留下後遺症，現在身體右半邊無法自由活動。他雖然可以正常飲食、對話，手腳卻遲遲沒恢復，也不知道能不能完全痊癒。

崎村去幫奈津實搬腳踏車的時候，怔怔地望著停在倉庫前的輕型卡車，喃喃說著：「得考張駕照才行……」雨水打溼了卡車，蓋住貨斗的布面凹陷處積滿汙濁的髒水。

（七）

奈津實可能是有生以來，第一次如此期盼雨天。

兩人並沒有特意訂下約定。奈津實度過每一個晴天、陰天，天天打開電視查看天氣預報。一看見雨天符號，心頭便一陣雀躍。雨天符號若是到了前一天都沒有消失，她就臉紅心跳地打電話給崎村。奈津實第一次知道，原來可以從聲音聽出對方的滿面笑容。崎村的語氣總是如此，奈津實的聲音可能也是如此。

也許是窗邊倒掛的晴天娃娃奏效，今年夏天下了不少雨。天空的雨珠連同喜悅落入大地。每隔四天、有時只隔了三天，奈津實就能拜訪崎村家。

她到崎村家的時候總是淋溼衣服，頭髮也翹成一團。她其實可以穿雨衣擋雨，但她只穿過一次雨衣就放棄了。穿著雨衣騎腳踏車實在太悶熱，害她待在崎村家期間，一直擔心自己會不會全身汗味；她也曾戴帽子壓住翹髮，不過她借用崎村家的廁所照了照鏡子，感覺和沒戴帽子差不了多少，於是帽子也和雨衣一樣，戴過一次就打入冷宮。

奈津實總是待在一樓的起居室，和崎村、崎村父親三人一起圍著矮桌坐。她雖然有一點想去二樓的崎村房間待一天試試看，不過和崎村父親聊天的時光實在非常愉快。崎村又是怎麼想？有幾次，崎村要讓奈津實看自己的小學畢業紀念冊，或是高中時代在美術社畫的自信之作。他起身去二樓拿東西時，都會在踏出起居室之前停下腳步，微微回頭看。然而父親可能基於好意，這種時候老會主動找些新話題，和奈津實大聊特聊，結果崎村還是只能一個人去二樓拿畢業紀念冊或圖畫。那幅畫畫著從二之橋俯瞰西取川的景色，如照片般栩栩如生。畢業紀念冊裡的男孩簡直像是把現在的崎村縮小、複製後貼在照片裡，但照片裡的他總是和同學隔著一段距離。

「這可是實話啊！只要把撿來的樹枝綁成一束點火，趁著晚上接近西取川，河裡就會發出沙沙聲。」

崎村的父親很喜歡聊香魚。

「那是香魚在動？」

「對，是香魚打水的聲音。以前香魚比現在多太多了，後來才慢慢減少到現在這個數量。俗話說『水至清則無魚』，但河水如果不夠乾淨，香魚根本活不了。現在還得靠漁協把魚苗放生到河裡，每年都要放個兩千公斤左右。兩千公斤是多少隻來著……？啊，奈津實，魚苗就是魚的小嬰兒。」

「我知道。」

「可是香魚再多，也不是每個漁夫都捕得到那麼多漁獲吧？」

崎村則喜歡聊父親的事蹟。

「爸爸一直都捕得比所有人多。大家現在還是把爸爸的事蹟掛在嘴邊。松澤先生也老是稱讚爸爸很厲害。」

松澤是崎村的前輩，崎村負責掌舵的那艘船就是由松澤負責持火。他以前似乎是崎村父親的搭檔。

「沒錯，我都是第一名。我只有你剛出生沒多久那次，還有你老媽過世的時候才拿第二名。那兩件事剛好都撞上夏天啊。」

父親摳摳牙縫，笑著說道。奈津實很喜歡崎村父親的說話方式。他說起這種傷心事，總是能說得雲淡風輕。當然，他一定經歷不少痛苦，現在才能輕鬆看待這些過往。

「我是爸爸的兒子，他們好像很看好我的才能，結果卻失望極了。尤其是松澤先生……我也得多加油啊。」

「有什麼關係，源還是新手。之後慢慢記住訣竅就行了。」

「我就算記得住訣竅，也沒辦法像爸爸這麼厲害。我至今也沒有靠什麼才能得過第一名。爸爸從小做什麼都是第一名啊。」

「水母柏青哥也是？」

奈津實想起與崎村初次見面時的對話，隨口說了一句。父親聞言，忽然「哦」了一聲，一臉嚴肅地看向奈津實。

「妳也玩嗎？」

「沒有，我沒玩過。只是聽崎村哥說過，伯伯很擅長玩水母柏青哥。」

「那遊戲也是靠訣竅啊、訣竅。管他是水母柏青哥還是漁夫，凡事都得靠訣竅。人生就是靠訣竅度過一切啊。」

一個人身負重傷、行動不便，還能以笑容面對生活，說不定也需要這種訣竅。但是，人偶爾仍會忘記那個訣竅。例如奈津實隔著庭院聽見的那聲大吼。

她望向身旁，崎村開懷大笑。那一晚，崎村向奈津實傾訴自己放棄夢想，回到這個小鎮。他那時的表情明明那麼寂寞，之後卻再也沒看過他露出相同的表情。他們大概一起學會面對生活的訣竅，時而遺忘，時而想起，一路扶持過來。

每一次雨滴落地之後，奈津實覺得自己又成熟了一些。

（八）

時間來到暑假後半段。

奈津實騎著腳踏車來到崎村家，一如往常拿起崎村準備的毛巾擦乾手腳。附近鄰居來到崎村家中，扶著崎村父親上車。聽說是要載他去醫院定期回診。

奈津實說想看看崎村的房間。她這話沒有別的意思，崎村應該也沒想太多就帶她上樓。不過，兩人一進房間便沉默了。奈津實方才明明還能和崎村普通對話，現在卻一句話都說不出來，甚至懷疑自己剛才為何能保持平靜。房間的味道好像和家裡其他角落不太一樣。自己第一次走進男人的房間。不能直接坐地板，只能坐床了。他會不會討厭別人坐自己的床？想法在腦中轉個不停，令她更加沉默不語。崎村微微吸了鼻子，但他並沒有流鼻水。他接著望向紗窗外，含糊地嘀咕幾句。奈津實聽不清楚內容。

崎村的房間正如其人，十分整齊。書桌和圓椅外觀成套，都是黑色鐵管製的。書架收藏很多書。不、架上除了書之外，還放了許多錄影帶，帶背上寫著電影名稱。書架最下層擺滿電影雜誌。半腰窗下方放著開放式收藏架，架上有底片盒、筆筒、膠帶——啊，還有萬花筒和相機。

「你是從什麼時候開始拍照？」

她終於說出話了。

「只算單眼相機的話，是從高三開始。」

「也有在東京拍的照片？」

「嗯，有啊。」

奈津實以為崎村會問自己要不要看，但是他沒有開口。

「我有點想看東京的照片。」

「是嗎？」

崎村站在書架前。書架最右邊擺著兩本相簿，之前崎村已經讓她看過右邊那一本。崎村抽出另一本相簿，盤腿席地而坐，背部倚靠床邊。奈津實在他身旁坐下。他打開相簿，正好放在兩人膝蓋前方，形成一個三角形。

東京的照片多半是風景照。倉庫門口擺著一絲不掛的人體模型。參拜的旅客在寬廣的神社內來來去去。夏季祭典的攤販。居酒屋街的拱廊。狗兒嗅著自己的尾巴。一群人坐在車站內，這是修學旅行的中學生？許多照片只用黑白底片拍攝，每一張都顯得特別冷清，但又像電影中美好的一幕。當她看完一頁翻到下一頁，又想翻回原本的頁面仔細欣賞。奈津實原本以為東京的照片會更華麗，可能出現燦爛的霓虹燈照片等等，這些黑白照片反而令她感到一絲安心。

「都沒有大都市會有的景色呢。」

崎村似乎察覺奈津實語帶釋懷，口氣變得更加親近。

「我不會靠近那種地方。」

相簿裡也有校園內的照片。照片裡拍到許多奈津實不認識的人，他們似乎是崎村的朋友。也有女孩子的照片，有的女孩長得非常漂亮。不，這些女孩子都很美。胸口頓時一陣冰冷。崎村和他們會不會一起玩樂、吃大餐？他可能在東京交過女朋友，決定回到鎮上的時候，或許還經歷了戲劇性的離別。

「班上有群人一天到晚都在聊電影。我經常跟他們混在一起，下課時間或是深夜，找個地方聚一聚，一起喝啤酒、聊各式各樣的話題。像是喜歡的導演、不為人知的名場面，什麼都能聊。我們也會自己拍一些短片。」

自己應該點點頭，專心聽崎村描述往事，但是奈津實太在意相簿裡的那些女生，沒心情好好回應崎村。崎村是不是早猜到她會在意，才不主動拿東京的照片給她看？

「……不過，妳別和爸爸提起這件事。」

「咦？」

「請妳別跟他說，我很開心地聊起在東京上學時的生活。」

崎村爸爸聽了，可能會很難過。奈津實也不太開心。假如崎村繼續在東京生活，一定會遇見比奈津實更可愛、更成熟的女人，自己和崎村永遠不會有交集。

「你會覺得搬回鎮上很可惜？」

「不，我不會這麼想。這個跟那個是兩回事。」
真的是這樣嗎？
「我在這裡一樣可以學攝影。搭電車出鎮就找得到圖書館、錄影帶出租店。」
崎村舉起雙手**伸了伸懶腰**，凝視正對面的書架。
「那邊架上不是擺了不少電影？還有很多帶子還沒看。電視臺半夜也會播電影，我預錄了不少片子，不過實在抽不出空。」
奈津實心想自己可能妨礙到崎村休息，心情越來越低落。
「火漁漁期結束之後就比較有時間，我很期待接下來的空檔。」
「漁期會持續到什麼時候？」
「香魚漁期是每年的七月初到十月中，之後到隔年夏季都是禁漁期間。聽說今年最後的漁期是十月十五日。」
十月十五日。
奈津實一家預定在十月十六日，舉家搬離這座小鎮。
奈津實還沒告訴崎村自己要搬家。她好幾次想主動開口，但自己對崎村抱有好感，崎村或許懷有相同情愫。這份期待讓她遲遲說不出口。崎村若是知道自己秋天就要離開——兩人即使逐漸拉近距離，奈津實終究要離他而去，他也許會認為和其他女生相處比較實際。奈津實知道崎村不可能起這種念頭，但她仍然沒勇氣提起這件事。
自己去了遠方，會不會從此見不到崎村？

相簿放在兩人的膝前，已經翻到最後一頁。崎村在想什麼？奈津實好想知道他的想法，但她不敢看崎村。看了他的臉，可能會更介意這股沉默。耳邊徒留雨聲。以往的雨天過得如此開心，今天卻彷彿連自己心裡都降下大雨。崎村現在望向何方？真希望他能說點話，要聊聊東京的快樂回憶也無所謂。奈津實鼓起勇氣，不轉動自己的臉，眼睛拚命移向另一側窺看崎村。崎村低頭不語。她微微轉過頭，看清楚對方的側臉。奈津實嚇了一跳。崎村居然嘴巴微張，睡著了。

不、崎村醒了。他瞪大雙眼，似乎是瞬間驚醒，一轉頭望向奈津實。

「你……其實很累了吧？」

奈津實不是調侃，她真的很擔心崎村。崎村剛才轉頭時，臉上閃過一絲疲憊。自己之前從未察覺他的疲勞。

崎村故意挑了挑眉，笑著說：

「我昨天不小心熬夜了。」

「熬夜唸書？」

「不不不，不是唸書。就、做了各種準備。」

「準備什麼？」

「總之就是……很多準備。」

崎村答得模稜兩可，撇開雙眼。奈津實聽了反而更介意，她直盯著崎村的側臉，靜靜等待對方開口。崎村察覺奈津實的視線，看了她一眼，無力地笑了笑。

「我不想連雨天都得工作，所以都在下雨前一天提早做完了。」

可是，之前是崎村自己說雨天不需要做太多農事，抽得出時間見面，所以兩人才總是約在雨天。奈津實這麼一問，崎村低下頭去，似乎更加不知所措。

「嗯，我是這麼說沒錯。但……也不是真的完全不需要做事。」

此時，奈津實終於明白了。

自己究竟有多天真。

「崎村哥其實很忙吧？」

「沒這回事！」

崎村訝異地直搖頭，連眼鏡都甩歪了。他隨即手忙腳亂地戴好眼鏡，瞧瞧窗戶，又看了看奈津實的臉，最後視線只能在兩者間游移。

他是特意為自己空出時間。崎村去年年末才剛接手家中農務，下雨天該做的農事再少，他仍然得花上不少時間。不對，農事內容會隨著季節變化，崎村現在隨時都在面對第一次接觸的工作。而崎村寧願睡眠不足，硬是在前一天做完所有工作，為奈津實空出雨天的時間。

奈津實這麼想可能很自我中心，但是她好高興。她第一次體會到，原來人感動的時候，那股情緒的確能填滿心頭。胸中洋溢著感激與欣喜。奈津實無意識地繃緊全身，彷彿以手支撐隨時可能滿溢的水杯，不讓飽含悸動的水珠流淌而下。不知為何，她想起自己小學二年級時，父親曾開車載她去百貨公司。百貨櫥窗裡擺著兒童專用的帽子與包包。奈津實卻在櫥窗最內側看到一只純白的小貓玩偶。小貓靜靜坐在紅帽子旁邊，眼神直視奈津實。她覺得這只小貓比至今看過的任何玩偶都可愛。

她一走動，小貓就直追著自己的臉龐看。奈津實當時真的這麼認為。於是她向父親討要那只玩偶。父親去櫃檯詢問店員，店員說那只小貓不是店內商品，只是裝飾。可是奈津實沒有放棄。她平時不太會主動要求什麼，這次卻難得耍起性子。她說什麼都想要那只小貓，想搶在別人之前帶走它。店員見到兩人的對話，便幫奈津實聯絡別層樓，得知販賣小貓玩偶的專櫃就在百貨公司裡。奈津實和父親一起前往那間專櫃，買下玩偶。回家時，奈津實在車上始終抱緊小貓，對小貓說話，回到家還是不肯放手。她連洗澡的時候都想把玩偶帶進浴室，母親見狀罵了她，她還大哭一場。結果她只能讓玩偶坐在更衣間，開著浴室門泡澡。奈津實用手指扯了扯崎村的T恤。崎村疑惑地轉過頭。奈津實靠向崎村的臉龐，粉唇輕輕撫上對方的薄唇。她只停留了兩秒，甚至更短的時間。

（九）

一轉眼來到九月。

許久未見的同班同學、學校教室，在奈津實眼中顯得迥然不同。她已經一個月以上沒見到同學與教室，但這似乎不是主因。

下課時間還能分心。開始上課之後，奈津實就會握著自動鉛筆，想起崎村的臉龐、聲音，憶起他的氣息。她隔著幾名同學的頭頂望向天空，衷心期待下一次雨天。好不容易等到標有降雨符號的那一天，烏雲卻像是隨時會趁下午的上課時間溜走，奈津實總是在內心伸出雙手，想將那片灰色雨雲拉回來。這時制服底下總會緊張得汗水淋漓，彷彿自己真的費力氣和雨雲拔河。她的苦心時而成功，時而失敗。

奈津實一想到崎村，心中便一陣苦澀，體內彷彿吞下一塊海綿，有某種事物一口氣縮了水。天亮時，她做過許多次相同的夢。夢中的自己化身為香魚，火光照亮了崎村的臉龐，自己就在水中靜靜仰望著他。起床時，裹在睡衣裡的左胸總是鼓譟不休。水緩緩倒入杯中時，不容易溢出杯外。若是一口氣將大量的水灌入杯中，自然會滿溢而出。奈津實的感情猶如超過容量的水杯，她獨處時，淚水會突然湧上眼眶，等到想通了又呵呵地笑了。

「大家還真是完全沒變啊。」

到了午休時間，真也子來到隔壁的座位，雙手抱胸環視整間教室。

「新學期都開始了，那麼久沒見到班上的男孩子，結果跟他們還是完全不來電。至少哪個人突然變帥了，我還可能有點興趣。」

真也子使勁打了個大呵欠，碎唸道：「班上根本找不到男友候選人嘛。」

奈津實還沒把崎村的事告訴真也子。一來是有點害羞，二來是自己擅自借用真也子的姓氏，內心有愧。再加上真也子成天嚷嚷「想交男友」，讓奈津實更不敢提起崎村。

奈津實仍和崎村約在雨天見面，不過兩人一改以往的相處模式。她現在會去倉庫盡力幫忙農事，或是和崎村一起準備、保養火漁的漁具。奈津實不希望崎村熬夜工作，才鼓起勇氣提出這個要求。結果出乎意料，崎村跟父親很乾脆地答應了她。

奈津實待在雨珠籠罩的倉庫中，幫忙製作液態肥料，或是把馬鈴薯的種薯切成兩半，並在種薯切口塗灰。捕香魚用的建網纏了垃圾或落葉，她就負責清理漁網，還和崎村、崎村父親學習如何修補漁網破口，邊學邊做。崎村的父親告訴她，這種魚網是用來「建立魚的通道」，所以叫做「建網」。倉庫門是一扇貼了鐵皮的雙開門，反正倉庫也不會遭小偷，那扇門平時總是沒關上。兩顆孩童頭部大小的石頭各壓住一片門板，奈津實某天一時興起，把那兩顆石頭稱作「門擋」，崎村和父親忽然莫名哈哈大笑。自己明明沒打算開玩笑。

三人會一起圍在起居室的矮桌旁，直到傍晚來臨。崎村父親多半是獨自撐拐杖往來家中和倉庫，偶爾才會讓崎村攙扶。三人就和之前一樣，在起居室閒話家常、吃吃醃菜、用食物的名字玩文字接龍或是玩撲克牌的排七。他們從火漁、滿月聊到月球的重力，奈津實這時才知道月亮引力會引發漲潮。崎村說，月亮接近地球時會吸引海面，影響潮汐。崎村父親又補充一句：如果在退潮的晚上量體重，體重會變輕一點。父親只是說玩笑話，奈津實卻信以為真，害兩人一時之間哭笑不得。奈津實這時想起一件事。很久以前，自己的父親不知為何帶著自己走在秋夜的路上，父親隨口騙了奈津實，說草叢裡的蟲鳴其實是在幫死去的同伴誦經，奈津實當時好一陣子深信不疑。她純粹憶起這段往事，僅止於此。

回家前，她和崎村會在玄關前輕吻彼此。

崎村的父親總是待在起居室裡，看不到玄關。他們在父親看不到的地方接吻，好像在欺騙父親一樣，罪惡感油然而生。隨後起居室便傳來父親叮嚀奈津實「晚上雨會變得很冷」、「回家記得馬上泡澡」，兩人急忙分開，之後又像共犯一樣，無聲地相視一笑，瞬間拋開那股罪惡感。

「後天就是滿月了。」

有一天，崎村在玄關說道。

「我們要不要一起出去走走？」

「走走……」

「我們一起去吃個飯吧。」

他第一次邀奈津實去約會。

兩人私底下相吻了無數次，奈津實仍然覺得身體一熱，幾秒之後，整具身體彷彿消失無蹤，只剩下心臟輕飄飄地浮在空中。

「可是……」

奈津實有點擔心起居室裡的父親，同時室內傳來一聲：「你們去吧。」

「又不是小孩子，沒什麼好擔心的。」

父親是在說奈津實和崎村，還是自己？崎村拉開拉門，奈津實走出門，撐開了傘，仍然不懂崎村父親的意思。

「真的沒問題？」

崎村先奈津實一步走過踏腳石，笑著說：「沒問題。」

「我外出忙農事、捕魚的時候，爸爸一直都是一個人在家。我搬回鎮上之前，他也是一個人過。」

父親受傷後不久，原本請了專業看護照顧他生活起居，但是父親覺得太浪費錢，自己回絕了看護。從那之後到崎村搬回家為止，他已經獨自生活了兩個月左右。

「其實是爸爸提起的。他要我們偶爾兩個人出門逛逛。」

「咦？是嗎？」

「對。所以，假如奈津實不介意——」

崎村悄悄從傘下瞧了瞧奈津實的臉蛋。

真正覺得有問題的人，其實是奈津實自己。

（十）

兩天後，時間接近下午四點。

奈津實走向兩人約好的那處公車站。

她漫步在秋意漸濃的小巷裡，忽然察覺一件事。自從兩人相遇的那一天，今天是第一次約在晴天見面。她像是去見一個陌生人，不、是去見陌生的崎村，也不對，應該是許久未見的崎村——奈津實滿懷緊張與雀躍，又是嘆氣，又是深呼吸，腳步也隨著忐忑不安的內心，時而加快，時而放慢。空氣如食物般新鮮可口，讓她隱隱體會到，眼前的一切確實存在於她的世界裡。天空布滿卷積雲的小雲塊，猶如一張美麗圖畫，黑鳶在上頭描繪圓圈，牠似乎發現了奈津實，又對她視若無睹。一隻蟬一邊鳴叫，一邊飛出路旁的路樹。去年夏天，中江間建設的案子鬧上新聞之後，周遭景色看似蒙上一層薄膜，距離十分遙遠，現在卻正好相反。

——我又要去看火漁了，這次要和幾個班上的朋友一起去。

奈津實和母親一起吃飯時，開口提起出門的事。母親和父親應該不知道火漁在滿月之夜休漁，他們甚至不知道滿月是什麼時候。

——大家說我今年是最後一次看火漁，就提議所有人一起去。

母親不疑有他，相信奈津實的說詞。

奈津實沒想過自己居然能如此大膽地撒謊。

她快接近公車站的時候，看了看手錶。兩人約定四點見面，距離約定時間還有二十分鐘。她實在太想坐在公車站的長椅等待崎村到來，忍不住提早出門。

但是，崎村竟然已經到公車站了。

他站在車站長椅前，正在和某個人說話。

奈津實不由得放慢腳步。崎村面前的那個人穿著白T恤，感覺十分粗獷。外表看起來應該是四十多歲。那人的臉晒得黝黑，可能是漁夫。漁協似乎就在這座公車站附近。

崎村站在那男人面前，低頭不語。他穿著短袖襯衫，蜷縮著背，宛如受欺負的孩子。崎村聆聽男人的話，不時點頭，背影越縮越小。那男人究竟是誰？他們在聊什麼？

此時，崎村的左肩倏地傾向奈津實的方向，雙腳踉蹌退了幾步。崎村遮住了男人，奈津實看不見男人的動作，但沒多久她就發現了。男人正用手推崎村。崎村每退一步，男人又向前逼近，低聲對崎村說了些話，聲音太小，她聽不清內容。奈津實裙襬下的雙腳像是被釘住似的，動彈不得。男人又推了崎村。男人不知道是在開玩笑還是故意的，他推得比剛才還用力。奈津實見到崎村身形搖晃不穩，喉嚨下意識出聲喊道：

「崎村哥。」

崎村猛地回過頭。

奈津實走向兩人。男人盯著奈津實看了許久，皺起了臉。距離拉近之後，奈津實這才看清男人的樣貌。男人雙眼凹陷，感覺很可怕。路邊標示牌的影子正好打斜劃過男人的臉。

男人的目光轉回崎村身上，又說了話。奈津實聽不見他說了什麼，但感覺可能跟自己有關係。一旁傳來小孩的聲音。遠處有一臺自動販賣機，一名小學低年級生單手握著果汁罐，站在販賣機前方。男孩又再次大喊，似乎是喊著「爸爸」之類的話。男人回過頭，粗聲粗氣地回答小男孩。

男人最後瞥了奈津實一眼，不再繼續對崎村說話，轉身走向那孩子。小男孩單手抓著父親的褲管，對父親稚嫩地重複說著什麼。兩人身影逐漸遠去。

「剛才那是誰？」

奈津實來到崎村身邊，崎村笑了笑。

「他呀？他就是松澤先生。」

他就是崎村提過的漁夫前輩。松澤原本和崎村父親搭檔進行火漁，現在則是在崎村船上擔任持火人。

「我碰巧遇見他。因為我老是記不住工作，剛剛被他訓了一頓。松澤先生昨晚因為家裡有事，捕完魚就得馬上回去，來不及糾正我。」

「我覺得他這麼做很惡劣。」

奈津實故意朝松澤離去的巷弄說道，像是在反擊對方。

「松澤先生負責指導我，對我一直很嚴格。可能也因為爸爸拜託他，他才會對我比較嚴厲。許多前輩都很讚賞爸爸，說爸爸還在當漁夫的時候，總是非常熱心教導別人，所以松澤先生跟其他漁夫後來才捕得到那麼多香魚。」

「他最後跟你說了什麼？」

「咦？」崎村愣愣地回問，似乎覺得瞞不過奈津實，語帶懺悔地回答：

「他說……我現在沒那個閒時間玩樂。」

那句話中間原本可能加了「跟女人」之類的字眼。不過比起松澤的指責，崎村親口說出這番話反而讓奈津實更難過。她好想反駁對方：玩樂有什麼錯？兩人今天的確是出門玩樂，但他們平常都一起在倉庫忙農活、保養漁具。不過，奈津實現在開口抱怨，反而像是在責備崎村，於是她勉強吞下滿腹牢騷。

「今天要去哪裡？」

「我們先搭公車到車站，再坐一陣子電車。」

崎村說搭兩站後的車站附近，有一間餐廳在賣千層麵。奈津實其實不知道千層麵是什麼食物。

「我聽說過這道料理，但還沒實際吃過。之前我去大書店找寫真集的時候，正好路過那間餐廳，在店外的菜單上看見這道菜。廚師用一種像餃子皮的方形麵皮層層疊起，用來取代義大利麵，上頭淋上肉醬。聽說非常好吃。」

崎村的形容聽起來感覺沒有特別好吃。他見到奈津實的表情，再三強調千層麵的美味。而奈津實故意露出質疑的眼神，一下子找回方才愉快的氣氛。奈津實一開始想像的千層麵，是把餃子拆開，再淋上番茄醬。此時腦中的印象隨之一變，變成一道冒著熱氣的精緻料理。精美的木質圓桌配上裝飾精緻圖案的餐盤，盤裡盛著這道餐點。該不該點飲料搭配千層麵？崎村若是點了飲料，自己就請店員送上一樣的飲料。餐廳會是什麼樣的氣氛？

餐廳氣氛絕佳。

大門門把卻掛了「今日公休」的木牌。

「對不起……我應該事先確認有沒有開店。」

崎村在餐廳門前抱頭懊惱，像是犯下天大的錯誤。

「我們再找找別間餐廳吧。」

奈津實張望道路兩側，想找到自己口中的「別間餐廳」，但是選項少之又少。這裡幾乎找不到其他餐館。餐廳這一側的右邊是居酒屋，對面再往前走有一間拉麵店。

「拉麵沒辦法坐下來慢慢吃吧。」

崎村的目光轉向居酒屋。

「可是，我還是高中生……」

自己可以進居酒屋？

「菜單上應該有果汁。」

「那可能沒問題。」

兩人走回斜陽下的小巷，來到小居酒屋前方。崎村握住玻璃泛黃的拉門握把，停頓片刻，拉開拉門。天花板偏矮的店內隨即傳來喧鬧聲與香菸的氣息。其中挾帶令人食指大動的香味。店裡似乎正在烤魚。

店門口右手邊設了一座吧檯，吧檯前擠滿客人。站在吧檯內的男人似乎是老闆，他上下搖晃斑白的頭髮，忙碌地製作菜餚。一名和母親同齡的婦人走上前，領著奈津實和崎村走上臺階。

臺階上有兩張矮桌，矮桌旁都沒有坐人。婦人比著靠入口的矮桌，對兩人說：「這邊請。」奈津實和崎村面對面坐了下來。兩人下意識環顧整間居酒屋。餐桌上沒有菜單，燻黃的牆壁貼著許多泛黃的短籤，上頭寫滿菜餚和飲料的名稱。餐桌桌面有點油膩，坐墊、榻榻米上留有香菸的焦痕。奈津實有些興奮，感覺自己忽然間變成大人。這間店會賣果汁？

「請問想點什麼飲料？」

方才的女店員拿著擦手巾走回來。崎村點了生啤酒和果汁，店員問需要柳橙汁還是蘋果汁，奈津實答了蘋果汁。這答案又令她覺得自己突然變得孩子氣。

店裡的餐點大多是海鮮，也有香魚料理。「鹽烤香魚」……「軟骨生魚片」……

「天婦羅」……「炊飯」。奈津實問崎村，店裡會不會使用西取川捕來的香魚？崎村船上捕到的香魚會賣來這類餐館？崎村開心地點頭。

「不過香魚身上不會寫漁夫的名字，我也不知道是不是自己捕的。」

自己難得來一趟居酒屋，想點點看香魚料理。「軟骨」又是什麼？

「軟骨就是生魚片。廚師會把香魚連同背骨切成薄片，可以連骨頭和魚皮一起吃下肚。聽說香魚骨也帶著香氣，這種吃法是最奢侈的享受。」

此時，老闆從吧檯內喚了一聲。

「秋川。」

崎村比奈津實更快起反應，面向吧檯。奈津實跟著看去，正好見到剛才的女店員快步走向吧檯。

「她的姓氏和妳一樣呢。」

崎村分別指了指奈津實和女店員，露出微笑。

「啊、就是說呀。」

奈津實徹底忘記自己謊稱姓氏是秋川，慢了一步才回以笑容。那名姓秋川的女店員在吧檯準備好啤酒和蘋果汁，放在托盤上端了過來。奈津實腦中閃過某種可能性，反射性地低下頭，遮住自己的臉。真也子以前好像說過，她的母親就在居酒屋當服務生。

但冷靜一想，就算店員是真也子的母親，她沒見過自己，根本不需要躲躲藏藏。

「這是兩位的飲料和小菜。」

「我們要點菜。」

崎村說完，疑似真也子母親的秋川回了句「請稍等一下」，走到吧檯拿記事本。奈津實探頭偷看秋川的長相，想知道秋川到底和真也子像不像。此時店門口傳來一陣碰撞聲，有人粗魯地拉開拉門。

兩名長相凶惡的中年男子走進店裡。秋川回頭看向門口，瞬間皺了皺眉頭，表情像是在抱怨「又來了」。

其中一人剃了小平頭，另一人則是一頭大佛般的捲髮。兩人故意撇過老闆和顧客，走向奈津實和崎村隔壁的座位。他們要坐隔壁？店內沒有其他位置，他們也只能坐在自己隔壁了。

「給我兩杯啤酒，軟骨生魚片。」

大佛捲髮男在入座之前，傲慢地點了菜。老闆愣了一下，從吧檯內向他道歉。

「今天沒有香魚。白天有一批客人包場，所以香魚全都賣完了。」

「看來……店裡沒有香魚了。」

崎村的臉湊過來，低聲說道。

大佛捲髮男和平頭男碎唸了幾句，又點了別道菜。老闆再次道歉，客人紛紛移開目光。雙人組坐進隔壁餐桌。小平頭正好和崎村背對背。

秋川走過來，要幫奈津實和崎村點菜。兩人一起抬頭看了看牆上的短籤，點了日式炸雞和烤雞串。奈津實看見其中一張短籤寫著「豚平燒」，好奇地問崎村那是什麼料理。崎村說，那是一種類似御好燒的煎蛋，聽起來很好吃，所以她也點來吃吃看。

兩人靜靜地碰杯，隔壁桌的兩名男子正好點燃香菸。衣服沾到菸味該怎麼辦？回家的時候會不會被父親發現？

「妳最期待豚平燒吧？」

奈津實聞言，點了點頭。此時，坐在對面牆邊的大佛捲髮男和平頭男開始談論某些事。奈津實不確定他們說了什麼，只隱約聽見「伊金」這個詞。她後來想了想，他們可能是說「磯金」。磯金是一種金屬鏟，專門用來挖石礁上的貝類。

「很像御好燒的煎蛋不知道和蘋果汁搭不搭？」

她看著自己的杯子說，但是崎村沒有回答。奈津實疑惑地看向崎村，他不知為何一臉心不在焉。

隔壁座位傳來談話聲。

——之前不是哪個地方又有幾個人被抓？

比較靠近兩人的平頭男說道。

——大白天動手當然會被人逮到。

——噢，所以要晚上幹嗎？

——半夜啦。

——要是被警察還是漁協的傢伙看到……

——到時就把捕到的貨跟道具全扔進水裡。我們手裡沒東西，他們想抓也抓不了。又沒人規定我們半夜不能去潛水。

他們說的這種行為叫做什麼？

對了，是盜漁。奈津實在房裡看天氣的時候，電視有報過類似的新聞。印象中是說海邊越來越多人盜挖鮑魚和蠑螺，嚴重打擊下上町和上上町的漁業。

——萬一讓他們看到我們把貨裝上車怎麼辦？

——就說我們在路邊撿到的就好。總之，只要不被當場逮個正著，警察絕對沒辦法給我們上銬。再說啦——

大佛捲髮男嗤笑道。

——被逮到又怎麼了？初犯付點罰金就能了事，那點罰金跟我們賺到的甜頭比起來，等於免費啊。就算再犯被抓，頂多去窯子蹲個一年就出得來。那些在正規通路做生意的傢伙根本蠢蛋，賺那一點蠅頭小利有什麼屁用？

崎村深吸了一口氣，連奈津實都聽見吸氣聲。他目不轉睛地盯著餐桌。

「我們取消點單，直接走吧？」

奈津實小聲地問。崎村的雙眼一動也不動，用力搖了搖頭。大佛捲髮男吸了口菸，吐出煙霧，正想繼續大放厥詞。

這時，一旁忽然傳來說話聲。

「請你們回去吧。」

奈津實訝異地看向前方。老闆剛才還在吧檯內，現在卻來到隔壁餐桌。

「這裡沒有酒或吃的能賣你們。」

大佛捲髮男斜斜抬起下巴，瞪著老闆，薄唇微勾，只用眼神質問老闆。

「我就是不想賣。請你們回去。」
白髮蒼蒼的老闆溫和地說。
平頭男緩緩站起身，逼近老闆。老闆對平頭男視若無睹，文風不動，站在原地俯視大佛捲髮男。
「我報了警，你們也會惹麻煩。」
平頭男漲紅了臉，更加靠近威嚇老闆。老闆仍然一動也不動，平頭男的臉幾乎要直接貼上去。大佛捲髮男撐起膝蓋，靠向老闆。那個人要動粗了——奈津實從未見過別人動粗，但她仍然這麼猜想，手腳頓時一陣冰冷，幾乎喘不過氣。然而，大佛捲髮男伸手抓住平頭男的肩膀。
「走人了。」
大佛捲髮男抓起桌上的菸盒和打火機，轉身離開座位。店內客人都不敢和眼前人對上眼。他淡淡瞥過顧客，直接走向店門口。平頭男見狀，隨即從桌上搶過自己的香菸和打火機，跟在捲髮男後頭。拉門被粗魯地關上，又是一陣碰撞。
「那種人……真令人討厭。」
話終於說出口了。她依舊緊張得全身冰冷，語帶顫抖。老闆回到吧檯內，其他顧客此起彼落地交談。奈津實也想說些話緩和情緒，但是她不知道自己該說些什麼。崎村為什麼不願意看著自己？為什麼他從剛才始終直視某一點，一動也不動——
崎村倏地起身衝出座位。他整個人像是只有臉和肩膀向前進，下半部身體勉強被拉了過去。崎村拉開店門，奔了出去，奈津實這才回過神，隨即站起來追上崎村。店外傳來大吼。那是崎村的聲音。崎村在吼些什麼？她聽不清楚。奈津實穿過敞開的拉門時，又傳來一模一樣的咆哮。崎村的背影出現在右手邊的巷弄。他正和剛才那兩個男人對峙。奈津實正要開口，崎村的身體同時宛如被吸過去似的，直接衝向兩名男子。

（十一）

「……有啊。」

崎村父親不看奈津實，淡淡說道。

父親的左手握緊總是掛在胸前的護身符，雙眼凝視染紅的脫脂棉。奈津實剛才用這顆脫脂棉為崎村消毒傷口。不，父親的目光也許不在脫脂棉上頭。

「他當然是有理由，才這麼衝動。」

崎村突然撲向兩名盜漁者，馬上就遭到猛烈反擊。那兩名男子對崎村又摔又踢，把剛才在居酒屋受的氣一股腦發洩在他身上。崎村才剛站起身，男子又馬上擊倒他。車站附近人煙稀少，有人影從道路另一端走來，一察覺前面有人鬧事，掉頭就走。奈津實怕得雙腳動彈不得，她想大叫，喉嚨卻像堵住了似的，發不出聲音。崎村就這麼爬起身、摔倒、再次站起，重複了無數次之後，終於再也爬不起來。這時慘叫才終於撕裂奈津實的喉嚨，脫口而出。她不記得自己喊些什麼。或許根本喊不出完整的字句。

兩名男子離開之後，崎村倚著奈津實的手起身，讓奈津實撐著他走向一旁的小巷，跌坐在自動販賣機的陰影處。奈津實站在自動販賣機旁，隨後便看見居酒屋老闆走出店門。老闆憂心忡忡，四處張望，卻沒有看見奈津實和崎村，又走回店裡。

奈津實焦急地詢問崎村有沒有哪裡骨折、是不是撞到頭了。崎村都含糊地搖頭，什麼也答不出來。他光是回應奈津實的關心，就痛苦得不得了。奈津實只能跪在地上，靜靜地守著崎村。

崎村坐了三十分鐘左右，他的手伸進臀部口袋，勉強掏出錢包遞給奈津實，要她回居酒屋結帳，但是別提起自己在外頭跟人起衝突。奈津實有點不知所措，崎村再次拜託她，她才跑回居酒屋，按照崎村的要求結帳。秋川負責收銀，她察覺外面出了事，想關心奈津實，但奈津實拚命掩飾，結完帳後又回到崎村身邊。這時崎村已經能自己起身，但身上的傷讓他雙腳無力，還是得靠人攙扶才走得動。

之後，兩人轉搭電車和公車，勉強抵達崎村家。在進家門之前，崎村要奈津實別把受傷的原因告訴自己的父親。奈津實幫崎村包紮的時候，崎村面對父親一再追問，始終默不作聲。但是奈津實卻按捺不住。

崎村被踢中腹部，回程時似乎一直強忍嘔吐的衝動。奈津實趁崎村進廁所嘔吐時，把事情經過一五一十告訴父親。父親直瞪著奈津實，聽完前因後果，他靜靜移開目光，深深長嘆。奈津實自己才想聽他們解釋。崎村為什麼會撲上前和人起衝突？那兩人字字句句都在藐視漁夫，但依照崎村的個性，他不太可能突然攻擊別人，怎麼想都不對勁。然而——當奈津實說完自己的想法，父親卻回答她，崎村的行動有其原因。父親說著，左手緊握老舊的護身符。

父親沒有繼續解釋。

崎村從廁所走出來。他沒有回到起居室，而是打算直接上樓。奈津實急忙起身，上前扶他回房。

崎村躺下之後，希望奈津實今天先回家去。

她聽見這句話，終於忍不住流下盈眶的淚水。

「請你告訴我……你為什麼會這麼做？」

「我以後再告訴妳吧。」

崎村凝視灰暗的天花板，悄聲低喃。

「抱歉，今天沒辦法說。」

「我等不了以後。」

奈津實知道眼前的他渾身傷痛，但是口中的話語和眼淚、鼻水一起湧出，無法停歇。胸口疼痛不已，像是被人掐住了心臟。

「我再過不久就要去很遠的地方。我要搬走了。我只能在這裡待到搬家為止！」

崎村偏過頭，看向奈津實。

「我想在搬家之前，盡可能了解崎村哥。」

崎村隔了很長一段時間，才緩緩開口訴說。

（十二）

——爸爸是被盜漁者打傷的。

崎村後來告訴奈津實。

他的父親在去年秋天遭到盜漁者施暴，才會落得半身不遂。

那一天是滿月，火漁休漁。傍晚時分，崎村的父親開著輕型卡車經過西取川沿岸。那天火把用的松木片所剩不多，他要到上游處的木材業者倉庫購買木材。父親快抵達倉庫時，隱約看到河畔的樹林間有人。但他一抵達上游，青翠茂密的樹林圍繞西取川兩岸，從河畔道路完全看不到人影。不可能有人特地跑去那種偏僻區域玩水，那裡又是禁漁區，不會有漁夫出入。父親當下雖然在意，還是先去了木材業者倉庫採買松木片。內心的疑惑久久未消，他便在回程時，把輕型卡車停在人影出沒的區域附近，直接走進草叢查看河畔。

——結果他看到有人在捕香魚，而且手法非常惡劣。

有一種漁法，是用毒藥捕香魚。

先在河川上游倒入有害物質，香魚會浮上河面避開有害物質，並逃向河岸。只要趁這時抛出漁網，就能捕到大量香魚。只要在有害物質循環整隻香魚之前，剖開腹部取出內臟，食用後就不會危害人體。但是——

——誰知道盜漁者願不願意多這一道手續。反正這點毒也毒不死人。他可能會不清內臟，直接拋售。

漁協未經手的漁獲可以賣得很便宜，總是會有需求，也可能流入餐廳。漁獲量夠龐大，業者就能賺到不少甜頭。

——爸爸說，那名盜漁者戴了面具和墨鏡，很熟悉如何操作漁網。我想應該是慣犯。

父親正想怒罵那名男子，看見上游處的河畔擺了塑膠桶，桶內裝有某種液體。他就知道，眼前的盜漁者是手法最卑劣的那一類。

——有毒物質會一口氣瓦解河川的生態。

中江間建設引發那起案件的時候，新聞也曾報導這類訊息。

——爸爸當時其實生活很拮据。他一個人在這裡生活，拚了命工作、省錢，就只為了讓我上大學圓夢，想方設法幫我湊齊學費。

父親奔出草叢。盜漁者見狀也慌了手腳，想掉頭逃進草叢。但是父親追了上去，追到之後牢牢抓住對方手臂。男人使勁扭動、掙扎，父親堅決不放手，最後他舉腳狠踹父親的腹部。父親抱緊男人，嚷嚷著要叫警察過來。其實那種深山野嶺根本沒辦法叫警察。盜漁者聽了，反抗更是激烈，最後直接撞開父親。父親立刻伸手想抓住對方——

——盜漁者一腳踢開了爸爸……他可能以為不解決爸爸，就逃不了了。他踢中爸爸的胸口，踢得很用力。

父親完全不記得那之後發生了什麼事。

但按照狀況來看，他應該是摔進草叢，後腦杓撞上河邊的石頭，昏迷不醒。

——到了晚上，有個漁夫看到輕型卡車停在河畔道路上。他認出那是爸爸的車，便一邊大喊，一邊在附近找人。可是附近完全沒人出聲，那名漁夫又是大聲喊叫，還是聽不見任何回應——

那名漁夫猜想父親可能出事了，便找了幾個同行在輕型卡車停靠的地方四處尋找。當天是滿月，四周還算看得清楚，他們過不了多久就找到父親。當時父親倒在河畔邊緣的一處草叢底下。他們馬上把父親送進醫院，他傷到脊椎神經，傷勢痊癒之後仍然半身麻痺。

——要報警——

——我們沒有報警。

奈津實十分震驚。崎村緩緩解釋道。

——我和父親的漁夫同行都說一定要報警。可是父親說是自己先撲上去，他也有錯，堅持不報警。

崎村脣邊吐露疲憊不堪的苦笑。

——所謂的誠實過頭，就是專門形容這種人吧。

九月到了尾聲，搬出小鎮的日子漸漸逼近。

奈津實一如往常，在崎村家度過雨天的放學時刻。

她在倉庫幫忙農務，保養漁具，傍晚和父親、崎村三人圍坐在矮桌旁。誰也不曾提起那晚的事，以及打傷父親的盜漁者。只要有一個人偶然意識到父親那一晚的遭遇，那股氛圍隨即傳染給其他兩人，一時之間便宛如烏雲遮掩太陽，起居室、倉庫內的氣氛隨之一變。但隨著時間流逝，這種狀況越來越少，以前的溫馨時光一點一滴回到三人的生活中。至少奈津實是這麼認為。

返家之際，她會在玄關與崎村吻別。每當雙唇交疊，崎村總是輕柔地觸碰奈津實的肩頭，手掌小心翼翼，宛如撫摸某種柔軟易碎的事物。奈津實也伸出指尖，輕輕揪住崎村的襯衫。輕吻彼此的時候，或是奈津實回家在房間獨處的時候，一股朦朧的欲望伴隨著羞恥，在體內油然而生。她總是假裝視而不見。有時在夜晚鑽進被窩，天花板的電燈泡彷彿在不知不覺間消失無蹤。自己的心跳聲響徹溼透的背脊，聽起來既欣喜，又哀傷。

崎村答應奈津實，會在她搬家之後去見她。父親也笑著要崎村考到汽車駕照，之後帶自己去奈津實住的鎮上兜風。這一切若能成真，她不知道有多開心。

——我會把新住址告訴你。

不過，奈津實決定等到搬出鎮上的那一天才告訴他。崎村也知道她的決定。

她希望將真正的姓氏、父親公司引發的事件，連同住址告訴崎村。假如她現在就坦白中江間建設的種種，他們說不定就不想再見到奈津實。奈津實雖然相信兩人不會這麼絕情，但自己在這座小鎮和兩人相處的日子已經所剩不多，她害怕在哀傷中度過剩餘的時光。

「所以妳最近才老是發呆呀。」
奈津實在某個晴天的午休時間，向真也子坦承崎村的事。她先是詢問真也子的媽媽在哪間居酒屋打工，得知那位店員果然就是真也子的媽媽，順勢將自己交男朋友的事全說了出來。
奈津實一開始只是想稍微提到這件事，不知不覺就說出了所有經過。但她只有一件事沒說，就是自己擅自借用真也子的姓氏。她太過愧疚，怎麼也說不出口，除此之外全都讓真也子知道了。像是兩人每次見面都會接吻……不，接吻的事是真也子問了，她才老實回答。
「被奈津實搶先一步了呢。」
真也子十分高興，臉上沒有半點不甘心。
「兩人只在雨天和滿月之夜相聚……真浪漫。」
「可是我們很少有機會獨處。只有剛才說過的那兩次，晚上在河畔邊聊天，還有去居酒屋那一次。」
「換作是我，一定會想盡辦法獨處呢。」
真也子皺了皺鼻子嘻笑。接著她沉默了片刻，隨即揚起唇角，若有所思地抬眼望著奈津實。
「……怎麼了？」
真也子沒有馬上回答，她隔著書桌湊上前，把臉貼近奈津實，兩人的瀏海幾乎要碰在一起。

「你們都進展到這一步了，何不趁妳還住在這裡的時候，創造更美好的回憶？」

「美好回憶？」

「沒錯。」

那一晚的河畔之約、在崎村家和崎村父親三人一起度過的每一刻，對奈津實來說都是很美好的回憶，她一時之間不太懂真也子的言下之意。而且「進展到這一步」又是什麼意思？奈津實遲遲沒有回答。只見真也子雙手一拍。

「要不要乾脆來我家？」

「做什麼？」

「妳想想看嘛，他爸爸都一直待在家裡，對不對？」

「是啊。」

「那你們不如約在我家。我媽媽都會工作到很晚才回家，我也會隨便找個地方打發時間。而且幫忙別人做這種事，感覺好刺激呢。」

奈津實仔細思考半晌，慢一步才驚覺真也子的言下之意。她口中的「美好回憶」當然不是字面上的意思，而是有其他更具體的意思。衣襟忽地熱燙了起來。

「不、怎麼能在朋友家裡約會？太奇怪了。真的不用。」

「妳就騙他說那是自己家嘛。啊、不過我家門牌上寫著『秋川』，會露餡喔。那就行不通了。」

奈津實聽真也子這麼一說，內心一驚。

不會露餡。

因為崎村以為奈津實的姓氏就是「秋川」。

心臟忽然一陣鼓譟。世上真有這種巧合？她並不想做真也子想的那檔事——雖然她沒問真也子在想什麼——自己若是順水推舟利用這個巧合，接受真也子的提案，或許……該怎麼形容？能和崎村一起模仿新婚生活之類的。這一點非常有吸引力。

「我……有點想試試看。」

奈津實細若蚊鳴地低語，真也子登時兩眼發光。

「妳要試嗎？要試試看嗎？」

颱風逐漸接近日本，天氣預報上顯示四天後會下雨。

過了一天，兩天，到了第三天，天氣預報仍然保持原狀。

（十三）

「我沒來過這裡，完全記不得路。快到了嗎？」

「再走一下。就在前面。」

奈津實和崎村肩並肩走在雨中。他們各自撐傘，崎村肩上背著保冷箱。保冷箱裡裝有崎村昨晚在自家船上捕獲的香魚。崎村說，難得約在奈津實家裡約會，想趁機讓她嘗嘗自己親手製作的香魚料理。奈津實昨天通完電話之後，一想到能親眼見到崎村做菜，還能和崎村面對面吃飯，內心期待得不得了。

「我還在箱子裡放了一罐啤酒。」
「白天就要喝酒？」
「偶爾白天喝也不錯呀。」
崎村揚起雙頰，但表情略顯僵硬。奈津實也有點緊張。不，是非常緊張。她緊張之餘，內心深處卻充滿雀躍。自己和崎村相反，從剛才開始就止不住笑容。她把傘微微後傾，十月細雨掩蓋眼前的景色，整座小鎮彷彿只剩自己和崎村。
「能在妳搬家之前拜訪真是太好了。我一直很想看看奈津實的家，至少去一次也好。」
奈津實默默點了點頭，輕撫肩上斜背的單肩書包。書包裡裝著真也子寄放的公寓鑰匙。今天去學校時，真也子像是在頒獎似的，將鑰匙交給奈津實，奈津實則是擺出**立正**姿勢，鄭重接過玄關鑰匙。
「就是這間公寓。」
兩人收起傘，沿著外側樓梯走上樓。這棟公寓總共有三層樓，真也子和母親住在二樓。奈津實來真也子家玩過好幾次，她從未自己開門進房，更別說擅自拿鑰匙開門。
一打開房門，室內充滿空無一人的獨特氛圍。奈津實的母親是家庭主婦，奈津實從小幾乎不曾在家中無人的時候回家。有時母親正巧出門辦事或是買東西，奈津實數完玄關處的鞋子數量之前，就能感覺到這股孤寂的氣息。
「我去泡紅茶。」

崎村自己帶了罐裝啤酒，但奈津實還是想泡兩杯紅茶。

奈津實平時都和真也子待在內側的房間。她帶崎村到房間裡坐著，接著走向廚房煮熱水。

她將熱氣騰騰的茶杯裝進托盤，端到房間裡的矮桌上。崎村這時蹲在保冷箱前，摸索箱內。他似乎是故意不和奈津實對上眼。奈津實見狀，也羞得不敢直視崎村的臉。保冷箱裡放著四條大香魚，魚身都用塑膠袋牢牢裹住。

「妳要現在就吃嗎？」

「可是我泡了紅茶。」

「啊、也是。抱歉。」

兩人面對面坐在矮桌兩端。

這間房間是起居室兼真也子母親的臥室。隔壁有一間用拉門隔開的房間，那裡才是真也子的寢室，不過房裡太多真也子的私人物品，容易露餡，所以奈津實事先和真也子說好不進房間。真也子早上也幫忙拉上拉門。奈津實輕啜一口紅茶，崎村也跟著喝。茶杯放回杯碟的聲響格外響亮。窗外仍舊雨聲不斷。不知道是不是因為身在別人家裡，兩人明明面對面坐在房內，房間裡仍充斥無人的寂靜。這股不安觸動奈津實的心弦。此時，崎村眨了眨眼鏡後方的雙眼，環視四周。

「這裡和我家不一樣，有一股很香的味道。」

奈津實忽然有點不開心。

「應該只是因為太窄了吧。」

對話就此中斷，兩人又各自喝了口紅茶。這時奈津實驀地憶起，真也子要自己「創造更美好的回憶」，她當時臉上帶著一抹大有深意的微笑。奈津實那時並沒有問清楚真也子的言下之意，之後也故意不過問。她借用這間房間，只是單純想和崎村獨處，想跟他一起模仿新婚夫妻，度過一小段甜蜜時光。

崎村放下茶杯。下一秒，他像是下定決心，撐起膝蓋。奈津實心裡一驚，全身緊繃。崎村對奈津實說：「能不能借用洗手間？」

「那邊那扇門就是洗手間，進了更衣間就看得到了。」

崎村進到洗手間之後，奈津實早早就開始後悔。

她沒料到兩人會如此坐立不安。但是真也子難得為兩人準備獨處的空間，她不想浪費真也子的好意。洗手間傳來流水聲，崎村走了出來。奈津實不想讓崎村以為自己坐著乾等，連忙拿起茶杯，假裝剛喝完紅茶，正要把茶杯放回杯碟。

兩人再次面對面。他們聊著雨天，聊著颱風，聊著漁期，以及奈津實搬家的事。崎村大略環顧整間房間，說道：「房裡看起來還沒準備搬家。」奈津實回答：「我直到最後一刻才想開始動手。」其實奈津實的母親早已著手準備，家中各處都擺滿紙箱，不過奈津實自己的房間卻遲遲還沒收拾物品。

「差不多可以來做菜了。」

崎村拿著保冷箱起身，奈津實也跟著站起來。

「可以借用菜刀跟砧板嗎？」

「當然可以。」

她跟真也子報備過，說最後會幫忙洗乾淨。

崎村從塑膠袋中取出香魚，放上砧板。四隻香魚中的兩隻正巧嘴對嘴黏在一起。崎村見狀，滿臉震驚地拉開兩隻魚，奈津實則是裝作沒看到。

「先從軟骨生魚片開始做吧。」

崎村將菜刀刺入香魚腹部，前後輕輕滑動，劃開魚腹。內臟隨即滑出腹部，他摘下內臟，扔進裝香魚的塑膠袋，打開水龍頭清洗魚腹。崎村的動作看起來有點生疏。他清完兩隻香魚的內臟，開始將魚身切片。菜刀切開魚背骨，發出「喀」、「喀」的輕響，一股如同鮮活植物的香氣漸漸渲染開來。這股香氣讓奈津實想到某樣東西。

「啊，是西瓜。」

「聞起來很像西瓜吧。」

聽說香魚食用長在河床石頭上的藻類，魚身才會散發這種香味。

「野生香魚一天會吃下和自己體重同重量的藻類。」

香魚食用的藻類越新鮮，西瓜的香味越濃厚。而香魚為了搶食新鮮藻類，必須奪得更多地盤，所以這股香氣能證明香魚的強悍，代表這隻香魚身強體壯又美味。

「可以借用面紙嗎？用抹布擦砧板，會讓抹布沾染魚腥味。」

「我去拿。」

奈津實回到房間拿面紙盒，順便望向窗外，查看外頭。雨似乎變得更大了。窗外另一側是公寓附設的停車場，一輛輕型轎車正巧閃著方向燈，駛進巷弄。雨刷另一頭看得到駕駛的長相。一名似曾相識的女子握著方向盤——

「崎村哥！」

「是！」

「我媽媽回來了！」

那輛車的司機正是真也子的母親。她下午應該還在工作，怎麼會突然回來？

「呃、我們碰上了會很糟糕？」

「很糟糕！對不起，我們得趕快收拾！」

奈津實迅速將紅茶茶杯端進廚房，用水沖一沖放進瀝水籃，但突然又覺得不能放著讓她看見，連忙拿布擦乾茶杯，塞回原本的餐具櫃裡。

「對不起，崎村哥，還有那個，香魚！」

奈津實抬起保冷箱，崎村立刻把香魚切片以及完好的香魚塞進去，裝有內臟的塑膠袋也扔進箱裡。奈津實趁崎村蓋上保冷箱的時候，迅速清洗砧板。還有哪裡沒收拾？不對，應該全部歸位了。奈津實拎起自己放在房間裡的書包，從書包內抓起家中鑰匙，奔向玄關——等等！

「崎村哥先出去！」

奈津實奔進洗手間。她打開門一看，馬桶座果然還掀著。奈津實急忙用力蓋下馬桶座，再次跑向玄關。她踏出門，回頭將門上鎖。糟了，雨傘！她差點驚叫出聲，連忙打開門鎖，從玄關傘架上抓起兩支雨傘，再一次關門上鎖。奈津實忙著鎖門的時候，崎村只能站在一旁，雙手舉在胸口前方乾著急，呼吸莫名急促。奈津實最後抓起崎村的手前往樓梯，他跟著快步跑了起來。兩人正要下樓時，赫然聽見甩雨傘的聲音，以及往上走的腳步聲。真也子的母親正準備上樓。奈津實反射性拉著崎村向上跑，奔向三樓。她停下腳步，屏息凝神地聆聽下方。樓下傳來腳步聲，正走進二樓走廊。接著是插鑰匙、開關房門的聲響。奈津實和崎村悄悄走下樓梯，一通過二樓馬上快步下樓。

「抱歉，媽媽她……管得比較嚴。」

奈津實內疚地說，崎村氣喘吁吁，搖了搖頭。

「真是嚇死人了。」

崎村的嘴邊隱約藏著笑意，看起來就像盡情運動過後會有的直率笑容，甚至可說是不合時宜的爽朗。奈津實見狀，也忍不住揚起脣角。他們不知不覺間靠在一起，放聲大笑。

兩人還沒止住笑，就轉身離開公寓。奈津實走了一小段路，又回頭，按照跟真也子的約定，把借來的鑰匙放進郵箱裡，再回到崎村身旁。明天去學校的時候，要向真也子問問看她媽媽有沒有起疑。

「難得崎村哥還帶了香魚來，真的很抱歉。」

雨滴敲打傘面的聲響比剛才更響亮。

「沒關係。不過這些香魚該怎麼辦？」

崎村低頭望著保冷箱思考，接著驚呼一聲，像是想到什麼。奈津實也同時想到好點子。兩人各自說出自己的主意，結果是兩人意見相同。

前往上上町的公車內一片空蕩蕩。

「還有十天啊。」

崎村和奈津實並肩坐在最後排的座位，他望向罩上一層白霧的城鎮，輕聲低喃。

「只剩十天呢。」

奈津實用手帕按了按淋溼的袖口。

公車行駛在車輛稀少的道路上。無數水滴流過車窗外側，時而結合，時而分散。風粗魯地撥過，水珠瑟瑟顫抖。奈津實凝視窗外的水滴，忽然覺得自己變成沙漏，代表時間的沙子一點一滴從心頭流逝。

「據說很久很久以前，在地球剛成形的時候。」

崎村在引擎的轟隆聲中緩緩說道。

「那時地球的自轉速度是最快的，五個小時就能轉一圈。」

「所以那時候一天只有五個小時？」

「對。可是地球的轉速漸漸變慢，現在轉一圈需要花上二十四小時。聽說就是月亮拖慢了地球自轉。」

「怎麼拖慢？」

崎村說，是月球的引力影響。

「月球會吸引地球的水，使得海面膨脹。但是這個現象並不是馬上發生，實際上等到海水膨脹時，地球已經轉上一段時間了。所以通常要等月球經過之後，海面才會膨脹。」

所以月球引力會比陸地的重力更強，更容易吸引膨脹後的海水。

「月球拉住膨脹的海水，長久下來，這個效應就成為地球自轉的煞車。」

真希望月球能更用力拖住地球，地球就會轉得更慢，搬家的日子也會來得比較慢，自己就能和崎村相處更久。崎村是不是也有相同念頭，才聊起了地球自轉？

直到公車抵達兩人目的地的站牌之前，崎村始終沉默不語。奈津實也緊閉雙唇，靜靜聆聽引擎聲，搬家、與崎村度過的日子、假姓氏，種種想法在腦袋瓜裡轉個不停。今年最後一次火漁就在搬家日前一天，她一定要去看。她要親眼將崎村做為漁夫的模樣刻劃在腦海裡。

然後，明年同一時間再回來看他。

「我之前跟爸爸說過會晚點到家，他應該會嚇一跳。」

崎村拉開門喊了一聲，但是房內無人回應。

「去倉庫了嗎？」

「我去看看。」

「這樣啊，那我先去做菜了。」

崎村重新抱好保冷箱，走進陰暗的廚房。

奈津實再次撐開雨傘，前往倉庫。倉庫入口一如往常地敞開，奈津實稱為「門擋」的石頭被雨淋得溼漉漉，卻牢牢支撐左右大門。

「……」

倉庫中傳來崎村父親的聲音。

有客人來？

奈津實下意識放慢腳步，隱約聽見雨聲中夾雜別的聲音。

「──我沒說謊。」

奈津實探頭窺看倉庫。崎村的漁夫前輩就站在倉庫裡，自己以前在公車站見過他。奈津實趕緊把臉縮了回來。

松澤坐在農事用的裝貨箱邊緣，臉面向倉庫內側。崎村父親似乎站在另一頭。

「你撒這種謊根本沒意義。」

他的聲音低沉，彷彿在壓抑話中的情緒。

「你很吃驚吧。」

崎村父親沒有回答。

不，他回話了。

「你為什麼要做那種──」

「當然是為了活下去。不多弄點貨，家裡就要喝西北風了。養殖魚再繼續搶市占率，河漁夫的收入只會越來越少。我跟你家不一樣，我只能繼續在河邊捕魚。想搞點兼職，家裡又沒土地。我也試過努力到處找工作，根本沒有地方願意用我這種貨色。」

「再怎麼說，也不能在河裡撒毒──」

這是怎麼回事？

「又毒不死人。」

「河裡還有其他生物，你──」

「人類比較重要。我還想活下去。你說是不是啊？老爹。」

奈津實的雙腳如同陷進溼潤的泥土，動彈不得。心臟咚咚跳個不停，雨聲聽起來彷彿遠在天邊。

「我很害怕，不敢再繼續瞞下去……我今天會來這裡，是因為我一直把這件事掛在心裡，老想著只能全部告訴你。也不只對你說。今年火漁漁期結束之後，我就要去自首。我打算跟警察全都招了。你想直接去報警也行。你現在就可以打一一〇，把事情都抖出來，我無所謂。」

松澤這時淡淡一笑。

「反正……你說不出口吧。」

松澤接下來的話語確實傳進奈津實耳中，內容卻難以置信。

「同在一條船上、一起捕火漁的搭檔，竟然就是在河畔撞倒你的盜漁者。」

倉庫內響起鞋子磨過水泥地板的聲響。松澤走出倉庫入口，奈津實急忙靠向牆邊。松澤打開傘，踏著泥巴，頭也不回地走向門柱。穿著T恤的背影與溼潤的腳步聲，漸漸遠去。

（十四）

隔天，當地學校全都因為颱風停課，奈津實唸的高中也包括在內。

地方電視臺報導了風雨造成的損害狀況。一部分地區房屋受損，港口卸貨區也有些許損害，土石流損傷西取川的一之橋橋墩，目前橋梁全面禁止通行。政府預定待雨勢轉小後進行整修工程，現階段還無法確定實際工程時間。

奈津實扳手指計算搬家前剩下的日子。無論她數多少次，天數不多不少，就是九天。只剩下這區區九天。

昨天松澤離開之後，奈津實回到崎村身邊。崎村還在廚房串香魚，他向奈津實問起父親，奈津實只能騙崎村說松澤來訪，他父親正和松澤談得起勁，自己不好打擾就回來了。眼睛無法直視崎村的臉。難得崎村親手為奈津實做了香魚料理，她只能動動口，吞下菜餚，腦中不斷回想起松澤的話。奈津實努力想擺出平常的表情，但還是做不到，反而讓崎村誤以為她很介意公寓的事，不斷安慰奈津實。奈津實最後仍然笑不出來，也沒辦法好好回話，便以天氣惡劣為由，早早告別崎村家。崎村父親直到奈津實離開之前，都沒有回到家裡。

就是那個人，是他在去年秋天害崎村的父親受重傷。

他父親在那之後有沒有和崎村談過？崎村家現在會是什麼氣氛？奈津實從昨晚開始，好幾次走到電話機前，但她沒能拿起話筒，更沒辦法按下崎村家的電話號碼。

她抱著雙腳靠在床邊，額頭靠在膝蓋上。自己體內彷彿跟外頭一樣颳起強風，心臟在胸腔內吱呀作響。三面鏡。刻有「N·N」縮寫的梳子。坐在床頭的小白貓玩偶。許多回憶在腦海中流竄。漆黑庭院的另一頭傳來崎村父親的怒吼。三人坐在矮桌旁聊天。崎村扶著父親走路。他父親平時活力十足的語調。崎村撲向盜漁者。父親直盯著吸了血的脫脂棉。兩人一起度過第一個滿月夜，崎村將過去的夢想告訴自己。那是他不得不放棄的夢想。崎村聊著在職業學校度過的生活，看起來是那樣愉快、懷念。

奈津實很害怕，卻又怒不可抑。心底同時升起數個疑問。

松澤為什麼要把那些事告訴崎村父親？他說自己不敢再瞞下去，但他到底在害怕什麼？而且——

——反正……你說不出口吧。

這句話是什麼意思？

八天後，奈津實搬家的前一天，就是西取川最後一天舉行火漁的日子。她一定要去看崎村捕魚，這份心意仍未改變。假如他父親直到那一天，仍然沒把松澤的事情告訴崎村，自己該怎麼做？她該把事實告訴崎村嗎？她說了之後，又會發生什麼事？

（十五）

奈津實始終得不出答案。於是，那一天終於來臨。

夕陽時分，奈津實來到崎村家的倉庫。

「今天是新月，大家都說今天最適合做為火漁漁期的收尾。新月的天空夠黑，香魚更容易受火光刺激，能夠捕到更多漁獲。」

崎村正在準備建網和火把。看他的模樣，他父親顯然沒有向他坦承松澤的事。奈津實這八天沒有來見崎村，崎村也完全不過問。颱風隔天之後一直都是晴天，他或許以為是天氣的緣故。天氣當然是原因之一，但就算最後這幾天沒有下雨，奈津實還是想來看看崎村的臉。她不想打擾崎村工作，只想靜靜看著他。

崎村父親也待在倉庫裡。他直接坐在水泥地板上，左手抓著酒杯，一旁還放著酒瓶。在奈津實來了之後——不，恐怕是她來崎村家之前，父親就一直喝個不停。

「我去泡茶吧。」

崎村的工作告一個段落，正要走出倉庫，奈津實也跟了上去。崎村從廚房的餐具櫃拿出茶杯，話語中夾雜嘆息。

「爸爸這幾天都是那個樣子，大白天就在喝酒，喝著喝著就睡著了。我做了飯也不吃，問他發生什麼事，他完全不說。」

兩人沉默以對，廚房內徒留擺弄茶壺和熱水壺的聲響，持續了許久。

「爸爸之前有一次莫名開始灌起酒來，還喝了個爛醉，讓我很傷腦筋。」
「那是……什麼時候的事？」
「就在我第一次見到奈津實之後，沒過多久。爸爸一直說是他害我退學回鄉，無論我怎麼反駁，他都聽不進去。」
奈津實之前在庭院外聽見怒吼，愣在原地好一陣子。崎村應該是指當時的事。
「我那時候聽了真的很難過。爸爸之後也很後悔自己爛醉，所以現在看他喝個不停，我真的很擔心他，不知道他到底在煩惱什麼。而且他這次一句話都不說，光喝悶酒，這讓我更不放心。」
崎村把茶倒進茶杯，忽然半開玩笑地笑道：
「他搞不好是看奈津實要搬家，覺得很寂寞吧。」
奈津實努力揚起嘴角，卻說不出話。崎村握著茶壺的手忽然停下，忽地轉頭望向奈津實。
「明天早上，妳一定要來我這裡一趟啊。」
當然，她沒有忘記兩人的約定。
「我會寫好新住址，拿來給崎村哥。」
她到時會一併附上自己真正的全名。
兩人端著茶壺和茶杯回到倉庫。崎村希望父親別再喝酒，所以特地泡了三人份的茶。但是父親抬手拒絕遞來的茶杯，把酒杯放在地上，左手拿起酒瓶倒酒。低垂的雙眼彷彿兩個凹陷已久的空洞，不知名的某物存在於洞底，是死物？抑或活物？

奈津實在崎村身旁喝著茶，偶爾偷窺倉庫深處。父親的左手數度放下酒杯，伸向胸前，手指摸索平時掛在胸前的老舊護身符，就像在確認護身符是否還在。

「對了，我有事想拜託奈津實。」

崎村勉強裝出明快的語氣，轉頭看向工作檯。單眼相機放在工作檯上，鏡頭黏著之前那支萬花筒。

「今天是今年最後一天捕魚，我想請妳幫我拍照留念。」

崎村希望奈津實從河岸上為自己拍下萬花筒照片。

「我之前一直很想拍一次看看，但是我自己就在船上工作，根本沒辦法拍。」

漆黑的胸口驀地亮起一抹微光。兩人剛邂逅時，崎村給自己看過的萬花筒照片。蒲公英的絨毛、大片的油菜花、鮮紅的夕陽、在地面上排成圓形的小石子。無數渾圓的小水珠拖著細尾飛逝。火漁的火光若是像水珠一樣呈現在萬花筒中，不知會有多美。

「你不介意讓我來的話，我想試試看。」

「真的？」

這一次，崎村話中的明亮毫無虛假。

「我等一下教妳怎麼使用相機。拍的時候快門速度要調慢，故意讓火光有拖出尾巴的感覺，不過我會事先用膠帶或能黏的東西貼住光圈調節鈕，妳不用自己調整。那艘船的持火人是松澤先生，但我好歹也在船上工作，希望妳盡可能把我的船拍在整個景的正中央。」

「可是我看不出哪艘才是——」

奈津實回想和真也子一起去看火漁的那個晚上。河面只看得到火把的光，幾乎看不見船上的漁夫。

「這麼說也是，船上也沒有記號。」

此時父親從倉庫內嘀咕了一句。那句話的開頭跟結尾糊成一團，聽不清在說些什麼。似乎是說「在什麼裡多放點什麼」。兩人看向父親，父親雙眼盯著水泥地板，重複剛才的話。

「在火籠裡多放點木片就行了。」

崎村率先理解父親的意思。

「讓火把變得更亮嗎？」

原來如此，火把亮一點，人站在河岸或許就能看得更清楚。

「火把亮一點，能捕到更多香魚嗎？」

奈津實腦中忽然浮現這個想法，一問之下才知道沒有這麼簡單。

「真是這樣就好了。火把越亮，不一定能捕到更多香魚。我之前也問過松澤先生，他當時就是這麼回答。所以一般來說，大家只會放最低限度內的木片。畢竟木片要花錢買，放太多木片會害火把變重……啊、對喔，會變重。這麼做有點對不起松澤先生。」

「不用管那傢伙。」

父親坐在倉庫深處，又一次嘟囔著。

「反正對那傢伙來說——」

半開的嘴脣僵住，沒有繼續出聲。

漁夫聚集在日落時刻的河畔。

加上崎村和松澤，總共有五名持火人，五名船夫。

已經有觀眾迫不及待來到河岸，有人和同行者會合開始聊天，有人則是靠近水邊窺看船隻。空中魚鱗狀的高積雲染上橙紅，和風徐徐吹拂。

崎村教導奈津實使用相機之後，松澤開著輕型卡車來載漁具。崎村的父親仍然癱坐在地，一次都沒有抬頭，松澤也不看父親。兩人搬完漁具，崎村坐進輕型卡車的副駕駛座，前往西取川，奈津實隨後騎上腳踏車，慢他一步抵達河畔。她離開崎村家之前回頭一看，倉庫深處的父親仍然一動也不動，彷彿隨時會融入那股陰暗。

「聽說今天河邊會來很多觀眾。」

崎村和松澤一起做下河的事前準備。

「今天是最後一天，而且妳看，一之橋現在禁止通行，沒辦法從橋上俯瞰河川。所以原本橋上的觀眾全部聚到岸邊來了。」

之前的颱風損壞了一之橋的橋墩，現在整修工程還沒結束。聽說是因為火漁的建網設在橋邊，晚間無法進行工程，因此拖長了整修時間。二之橋原本是單向道，在工程結束前暫時轉為雙向通行。下上町跟上上町沒有因此大塞車，但不時能見到通行的汽車排成一列。奈津實剛才騎腳踏車過來的時候，也看見二之橋前方拉了一條車陣。

四周在彈指之間逐漸轉暗。

回頭一看，太陽正要沉進堤防的另一端，最後一絲鮮紅陽光凝聚在堤防上頭。

「我教過你了吧。」

松澤沉聲說道。

「木片不是裝越多越好。」

奈津實的目光轉回漁船。松澤望著橫放在船底的火把，皺起眉頭。

「呃、對，這個是──」

崎村似乎還沒和松澤解釋為何要增加木片。他急忙開口，卻低頭看著火把，老半天說不出一句話。良久，他單手伸向火籠，正要從中抓出一把木片。奈津實下意識脫口說：

「我想拍照。」

她舉起掛在脖子上的相機，繼續解釋：

「是我說想從岸邊拍火漁的照片。可是從岸邊看不清楚崎村哥的船，我想說火把亮一點，或許就看得見了。」

她並不是刻意把所有的錯攬在身上，只是不自覺地說出口。崎村馬上訂正奈津實的話。

「是我請她拍照的，後來爸爸才提議增加木片。」

松澤明顯面露焦躁。他看了看崎村，又瞧了瞧奈津實，目光再次轉回崎村身上，接著不滿地嘖了一聲。這咂舌不太自然，像是故意讓兩人聽見。奈津實有些訝異。松澤的舉動感覺像是拗不過疼愛已久的晚輩。

「那你來揮火把。」

松澤撇過頭看向河川，生硬地說。

「咦？」

「你來負責持火。」

崎村臉上的震驚漸漸轉為喜悅。

「可以嗎？」

松澤沒有回答，也沒有回過臉，粗魯地點了點頭。

於是，夕陽西下，河畔景色轉為灰紫。沒了月光，黑暗以驚人速度籠罩大地，河川消失無蹤，岸上的觀眾只剩下談話聲。

眼前的暗幕浮現小火苗。火苗移向一旁，下一秒，火苗催生出明亮的火焰，隨著柴火迸裂燃燒的聲響，火焰漸漸變大。火焰一左一右分出另外兩團相同的火焰，總計五盞火光，幾乎同時浮現在黑夜之中。沒有任何人打暗號，五艘漁船不約而同點燃火把。觀眾靜靜地發出讚嘆。

火把的火光之下，崎村僵硬地面向奈津實。

奈津實用雙手舉起胸前的相機。

她窺看觀景窗。朦朧橘光在萬花筒中化為無數光點，無止盡地擴散開來。奈津實按照崎村的指點，轉了轉對焦旋鈕。所有模糊的光點忽然變得鮮豔，瞬息之間，光亮與漆黑明顯有了分界。觀景窗中出現無數崎村的臉龐，同時對她露出微笑。奈津實按下快門，啪嚓一聲，觀景窗唰地轉暗，隨即回到方才的景象。

不對勁。

奈津實這次是第一次使用單眼相機，但是她曾經用普通的傻瓜相機拍過幾次照。照理來說，按下快門之後，相機內就會發出捲底片的聲響。單眼相機的構造和傻瓜相機不一樣？——不對，難不成是——

「崎村哥！」

今天傍晚，崎村在倉庫教導奈津實使用相機。當時底片還剩下幾張，他就捲起底片拿了出來。崎村說會在出發前裝上新底片，但是自己真的有看到崎村裝底片嗎？

「相機的底片——」

崎村的表情忽然一緊，接著皺在一起，彷彿隨時會哭出來。

「奈津實，對不起。」

奈津實猜得沒錯。

「妳別管照片了。抱歉，還特地讓妳拿著相機……沒有底片根本拍不了。」

「可是我想拍。我去買底片。你之前說過上上町有間照相機店，那裡有賣底片嗎？」

「有是有——」

松澤沉聲要崎村上船。崎村再次向奈津實道了歉，舉起火把搭上漁船。松澤將船推向河面，並在河畔一蹬，使勁跳上船。火光逐漸遠去。

她還是想拍下那幅景色。

奈津實轉身奔上堤防，跨上腳踏車，沿著河堤道路騎去。她越過河上的火漁光芒，不斷踩動踏板，一之橋隨著出現在眼前。一之橋禁止通行，橋上沒有任何車子和人影，平時閃滅不定的路燈也沒有點亮，整座橋梁化為一道長影。奈津實通過長影邊緣。黃色塑膠鍊封鎖了橋梁入口。火漁的建網應該是設在一之橋再稍微下游的地方。她必須在漁船抵達建網之前趕回來，不然就拍不到崎村揮動火把的模樣了。奈津實一個勁猛踩踏板，終於看見了二之橋。橋梁前後還是排著一整條車陣。不過腳踏車能騎上人行道，橋上的車陣不礙事。

二之橋比一之橋明亮許多，奈津實卯足全力騎過橋。過橋進入上上町，爬上斜坡之後就能看到崎村以前提過的真鍋相機店。但是奈津實很擔心，不知道自己能不能馬上找到相機店。崎村只提過大概位置。兩人聊天時，崎村提過斜坡旁有整片的油菜花田，但是現在已經是秋天，油菜花早就凋謝了。而且相機店會開到這麼晚？萬一找到店家後，發現店裡熄了燈，到時該怎麼辦？

奈津實此時驚覺，從這裡離崎村家比較近。她進崎村房裡參觀時，看過架上擺了許多底片盒。向父親解釋原因，從崎村房裡拿底片比較快。

奈津實過了橋，直接騎向山邊道路。她和崎村相識以來，已經騎腳踏車經過這條道路無數次，這是第一次在夜晚經過這條路，她沒料到夜晚的道路會如此昏暗。稍微放慢速度會不會比較好？可是路上沒有看到半輛車。應該沒問題。奈津實維持原本的車速，腳踏車追著前方的圓錐狀燈光，駛向漆黑的路途。

奈津實在崎村家前方按下煞車。輪胎磨過砂石，發出刺耳聲響。她立起腳踏車的腳架，快步穿過黑松與門柱下方，奔向玄關。屋裡一片黑暗。沒人在家？她已經來到家門前，進不去屋裡就沒有意義了。她敲了敲玄關的拉門，毫無回應。於是奈津實伸向門把，緩緩拉開門。

奈津實喊了一聲，仍然無人答話，她只好脫鞋走進屋內，往牆上的開關一敲，打開電燈。她奔上二樓，打開崎村房內的電燈，在記憶中的位置找到底片。奈津實把相機翻過來，打開背面的底片艙門。裝底片的方法應該和傻瓜相機一樣。她從架上抓起一個底片盒，打開外盒，從塑膠圓桶中取出底片。稍微抽出底片的邊角，卡進相機，蓋上蓋子，相機發出「嘰——」的聲響。看來是順利裝好底片了。

她還有機會看到崎村的房間嗎？她要返回玄關之前，這股念頭在心中一閃而過。即將離開崎村的哀傷，感覺比以往任何一瞬間來得強烈。淚水倏地湧上眼眶。奈津實強忍淚水，轉身離開房間，跑下樓梯。她穿上鞋，奔出玄關，回頭匆匆瞥過左邊的倉庫。崎村的父親究竟怎麼了？他喝了那麼多酒，該不會在倉庫裡睡著了？自己可以直接回到河畔？

奈津實跑向倉庫。雙開大門依舊敞開，最接近的一扇門板被風吹得關上一半。奈津實扶著門板窺看倉庫內，裡頭一片漆黑，什麼也看不到，但可以知道裡面沒有人。她為了以防萬一，走進倉庫查看，果然不見崎村父親身影。奈津實的胸口同時升起了安心與擔憂，她轉身出了倉庫。倉庫前方的砂石地顯得莫名空曠。

她跑出庭院，騎上腳踏車，拉過手把調頭。往陰暗道路出發之時，腳踏車的燈光一瞬間照亮門柱旁的黑松。像是有東西狠狠擦過黑松樹幹，磨掉一部分樹皮。

某種事物在內心深處發出回響。奈津實不知道那是什麼預感。此時她過於專注於眼前可見的一切，並未注意到那些**她忽略**的事物。

奈津實穿過二之橋，沿著原路騎去，火漁的光芒比預料中還快駛向下游。她趕緊握住煞車，來不及架起腳架，直接讓腳踏車倒在河堤上，舉起相機。按下快門，響起清脆的啪嚓聲，相機這次確實發出捲送底片的聲響。她又接連按下數次快門，直接從草皮斜坡奔下河堤。奈津實踩響了石頭，跑向河畔，觀眾紛紛在黑暗中回頭望向她。

火漁的火光從左手邊漸漸靠近。奈津實喘不過氣，感覺肺部空無一物，腳下有些不穩。火把逐漸靠近河面。五盞火光隔著一定間隔，緩慢地在黑暗中描繪「8」字。她馬上就認出哪一盞是崎村。從自己這方看過去第二盞，只有這一盞火光比其他火光明亮許多。移動的火把不時照亮對岸的樹林。奈津實舉起相機，窺看觀景窗，五盞火光化為無數光點，崎村的火把照亮樹林的瞬間，整片視野頓時明亮了起來。自己從未見過如此燦爛的景象。按下快門，等待底片捲過，再次按下快門。之後要請崎村把這些照片寄給自己。明天要起個大早，在搬家卡車抵達之前前往崎村家，到時她要告訴崎村新地址跟自己真正的姓氏。還要親口請崎村將今天的照片寄到新家。奈津實坦承中江間建設的事之後，崎村是否願意寄照片給自己？假如怎麼等也等不到照片，就打個電話。然後存好電車票錢，親自來鎮上一趟——奈津實正要按下下一次快門，她的手指忽地僵在半空中，一動也不動。

自己所見的事物，以及忽略的事物。

一口氣掠過腦海。

崎村的父親不在家。強風讓倉庫其中一側的門板關上一半。倉庫前方格外空曠。門柱旁的黑松樹幹有一道傷疤，像是被某種物體狠狠磨過。

自己是否看見那輛總是停在倉庫前的輕型卡車？

又是否看見那塊石頭？那塊如門擋般撐住倉庫庫門的石頭？

——在火籠裡多放點木片就行了。

父親在倉庫深處灌著酒。

——不用管那傢伙。

他的語氣和雙眼相仿，既漆黑又空虛。

——反正對那傢伙來說——

火漁的火光近在眼前，奈津實卻遲遲按不了相機快門。

——父親小時候會和三五好友一起比賽，他那時可是水母柏青哥的冠軍。當時身邊人甚至給他取了綽號，叫做「水母神射手」。

五盞火光流逝而去。

火光逐漸流向一之橋前方，設有建網的地方。

——同在一條船上、一起捕火漁的搭檔，竟然就是在河畔撞倒你的盜漁者。

奈津實轉向身後的黑暗——

——你來負責持火。

邁步跑去。

她奔上河堤斜坡，撐起翻倒在地的腳踏車，同時踏上踏板。火漁的光漸漸逼近一之橋。奈津實抵達一之橋時，五盞並排的火光中，第一盞火光正要消失在橋下。奈津實拋下腳踏車，直接跨過封鎖橋梁入口的塑膠鍊。漆黑之中似乎存在著什麼。橋梁的正中央彷彿長出歪斜的瘤，那是一道人影。人影飛快行動，下一秒，橋下響起巨響。奈津實抓住欄杆，湊出身子窺看橋下。火漁的火把不再描繪「8」字，疑惑地在黑暗之中搖曳。不、只有一支火把毫無動作。又是一聲巨響。這次巨響還連帶數道驚呼。而奈津實用眼角瞧見那道人影離開欄杆，一伸一縮，動作笨拙地消失在漆黑夜幕的另一頭。

（十六）

「……在這裡等我就好。」

這裡是醫院的停車場。奈津實從父親的車走出來。

「拜託你。」

奈津實盡力擠出這句話，不顧父親半張著嘴，轉身走向陰暗的停車場。現在幾點？應該已經半夜了。四周一片漆黑，只有一處亮著燈光。那是急診大樓的出入口。

奈津實當時馬上從一之橋橋頭跑到下方河畔。她抵達河畔時，所有火漁漁船都靠到岸邊，在場觀眾不明所以，也聚了過去。其中一艘漁船隨即被人群包圍。漁船中有兩個人。松澤跪在船上，不斷放聲大喊。另一個人躺在松澤面前，火把照亮那人的全身。那是崎村，他全身一動也不動。不對，他只動了一下，宛如發條玩具毀壞前最後的動作，單手微微磨過漁船船底。頭部血流如注，鮮血幾乎掩蓋整張臉，連火把的火焰都染上一片血紅。

救護車抵達現場，救護人員彼此交談，急忙將崎村搬上擔架，松澤也搭上車。救護車鳴笛大響，駛向醫院，警示燈斷斷續續將四周景色照得鮮紅。奈津實來回向周遭的大人詢問救護車的目的地。每個人都給不出肯定的答覆。最近的急救責任醫院距離河畔有二十公里遠，但並非每一位急救病患都會送進那間醫院。奈津實急得不知所措。她想拜託自己的父親。只要知道崎村被送到哪間醫院，或許能拜託父親開車載她過去。

奈津實騎腳踏車回到家，卻發現父親的車不在車庫。

——鎮上有些人受過你爸爸關照，他們幫他辦了歡送會。

母親正在客廳裡，用牛皮膠帶封住紙箱。她察覺奈津實臉色有異，馬上站起身。

——小奈……發生什麼事了？

奈津實說，想請爸爸開車帶自己去一個地方，自己非去不可。

——你爸爸是開車去，應該不會喝酒……

可是母親不知道父親幾點會回家，她也沒問對方在哪間店辦歡送會。

幸好電話機還沒收進紙箱，奈津實決定打電話到急救醫院確認。可是家中的電話簿不翼而飛，向母親詢問，母親也不記得自己收在哪個紙箱。奈津實馬上離開家門，跑到最近的電話亭，一邊翻找電話亭裡的電話簿，一邊打電話到每間負責急診的醫院。打到第三間，終於找到崎村所在的醫院。但是電話中問不到崎村的病情。奈津實記下醫院地址，口中不斷複誦地址，一回到家中馬上寫在便條紙上。

母親始終憂心忡忡，父親則是直到半夜才到家。奈津實只向父親跟母親簡單解釋，自己的朋友重傷住院。父親開車載奈津實出門，一個小時過後才終於抵達這間醫院。

出入口的玻璃門散發方形的光亮。她穿過玻璃門。

醫院內靜悄悄的，很難相信在幾個小時前，崎村渾身浴血地被送進這間醫院。接待窗口空無一人，櫃檯上設有呼叫鈴。

奈津實正要走向櫃檯，赫然發現一道人影站在醫院內側的牆邊。

那是崎村的父親。他拄拐杖撐住身子，雙眼直盯著自己。

醫院大廳寧靜無聲，奈津實默默承受對方的視線。崎村父親雙眼汙濁，深處卻蘊藏一股銳利，筆直刺向奈津實。此時，奈津實心中肯定了一件事。眼前的這個人，知道有人看見他站在欄杆前方。

「崎村哥他……」

奈津實勉強推動自己的雙腳，一步步接近對方。父親緊盯著奈津實，神情不變。眼球表面浮出幾根血管，不偏不倚直視奈津實。

「他死了。」

尖銳的耳鳴刺穿耳孔深處，瞬間填滿整顆腦袋，不斷迴盪。如同為時已晚的警報聲，響起之時，一切早已結束。崎村父親移開目光，轉向那條通往建築物的長廊深處。他的身體追隨目光，緩緩移動。他將拐杖撐在瓷磚上，一點、又一點轉過身軀。崎村父親終於踏出步伐，走進長廊裡。他的動作就和一之橋上的身影一樣，笨拙地一伸一縮，逐漸縮小，最後彷彿被吸進長廊，就這樣消失在轉角處。

奈津實已經記不清之後究竟發生了什麼事。腦海中的記憶只剩下幾個片段。自己口中不斷碎唸著「他死了」。奈津實父親攙扶自己坐進車內。雨滴不斷敲打擋風玻璃，久久仍未停歇。無數雨滴在路燈燈光下拖長白尾，有如煙火般遮蔽自己的視野。

我沒想到會聽到這樣一段故事。

媽媽說完這段漫長的過往，似乎非常疲憊。她背靠牆邊側坐著，凝視地板。

我們面對面，一旁的衣櫃櫃門開了小縫。一張嬰兒床被拆解開來，零件用塑膠繩緊緊捆住，擺在衣櫃旁的角落。我還是小嬰兒的時候，似乎就睡在這張床上。

十五年前，媽媽就坐在這張嬰兒床前，對當時還聽不懂話的我泣訴往事。而我直到十五年後的今天，才從媽媽口中得知完整的前因後果。

媽媽原本猶豫著，不知道該不該說出口，非常為難。但我希望在媽媽還在世的時候了解所有事。媽媽一聽，便打開寢室的衣櫃，注視著久未使用的嬰兒床，一五一十地將經過告訴了我。

媽媽說自己害死了別人，可是真正殺死那位崎村先生的人不是媽媽，而是崎村先生的父親。媽媽卻懷抱歉疚，活了整整二十七年。媽媽的個性真的很吃虧。

「我好難相信，原來爺爺以前是這種人。」

我雙手撐在臀部後方，伸直雙腳。

「他現在是很嚴肅，沒想到以前還會吼人。真意外。」

我聽完媽媽深藏已久的祕密，第一句感想卻是這種話。媽媽可能也不知所措。

「我覺得爸爸並不是真心想吼人。畢竟他當時也很辛苦……公司沒了，又不得不搬家。」

「這樣啊。」

爺爺搬到神奈川縣之後，在熟人的建築公司工作了一陣子，又自行獨立創設新公司。這次他不經營建設公司，而是製造淨水設備或藥劑的公司，現在在全國總共有五間分公司。媽媽在神奈川縣內就讀短大畢業後，就在爺爺的公司擔任行政人員，而爸爸當時就在同一間辦公室擔任業務，兩人因此相識、結婚。五年前，爺爺把總公司遷到下上町，我們也全家一起搬了過來。爸爸現在就任公司的副社長。

「爺爺是因為那個什麼案子，覺得自己汙染西取川，才把公司遷到這裡嗎？」

媽媽聽我這麼問，點了點頭。

「他之前確實是這麼說。爸爸他設立新公司最大的目的，就是希望有一天能改善西取川的水質。當時熟石灰流出的量並不會影響水質，但是從我們還住在鎮上的時候，西取川的水質就一直在惡化，之後也遲遲沒有改善，爸爸一直對這件事耿耿於懷。」

爺爺公司開發的水質淨化劑在去年終於獲得縣政府許可，開始用於整治西取川。

我想了想。假如爺爺當時不要說謊，老實坦承熟石灰意外流入河川，中江間建設或許還能繼續負責護岸工程，也不會落得倒閉的下場。總而言之，是爺爺的謊言換來現在乾淨的河水。謊言還是有可能換來好的結果。我想到這裡，不自覺感到開心。

「所以媽媽當初才那麼討厭搬回這個鎮上啊。我總算知道原因了。」

「……妳知道？」

我告訴媽媽，其實自己在決定搬家的那一天，不小心撞見媽媽半夜一個人偷偷哭泣。

「妳這麼不想搬回來，就早點說嘛。」

媽媽像是花了點時間思考，非常緩慢地點了點頭。

「當年搬出城鎮的時候，爸爸實在很後悔、很難過。所以我也想讓爸爸彌補自己的愧疚。」

媽媽總是這樣。她老是為別人著想。她之所以開始整理數位相機裡的照片，編成相本，其實是希望自己死後能讓家人早點振作；她會事先拍好遺照，也是希望讓大家先做好心理準備。媽媽沒有說出來，但是我明白她的心意。大家其實都明白。

「妳乾脆在死掉之前，去幫那個崎村先生掃墓好了。」

我收起伸直的雙腿，說出剛才考慮已久的提議。

「我也會陪妳去。」

「可是……」

「妳不知道墓地在哪，去問問附近的人就好啦。妳還記得那個姓崎村的家在哪裡，對不對？崎村先生的爸爸已經死掉了，那個家可能也沒有人住。總之先去一趟，去問問附近的人嘛。」

媽媽大概花了整整一週，才終於下定決心。

「這附近是不是和媽媽還住在這裡的時候一樣啊？」

山路的柏油處處剝落，坑坑洞洞的。

左手邊是整片田野。右手邊則是幾處民宅，民宅之間隔著一大段距離。有的房屋非常老舊，其中也有新蓋的屋子。每間民宅都附有寬廣的庭院，我們住的市區絕對看不到這麼大的庭院。

我的背包裡放著一臺單眼相機。二十七年前，崎村先生把這臺相機交給媽媽之後，媽媽就再也沒機會還給他。媽媽把這臺相機放在衣櫃的最內側，和我穿不下的衣服一起收藏在紙箱裡。

媽媽說，今天若是找到崎村先生的墓地，她想把這臺相機帶過去。可是把相機直接放在墓前會給寺廟造成困擾，掃完墓之後會再帶回家吧。媽媽還沒決定祭拜完之後，要怎麼處理這臺相機。我倒是暗自打算接收這臺相機。如果就這樣塞回抽屜，萬一媽媽死後被別人找到，別人根本不知道這臺相機的來歷。與其自己到時候在旁邊心驚膽跳，還不如主動幫忙保存這臺相機。我打算等掃完墓，在回程路上和媽媽討論怎麼處理。

媽媽放慢了腳步。

再往前一點，就能看到珊瑚樹籬笆以及水泥門柱。門柱前方種著幾株細長的褐色竹子。那種竹子好像叫做矢竹？一株古老泛黑的樹墩露出地面，竹子圍繞在樹墩旁。

應該就是這裡。

門柱上掛了門牌，但是從旁邊看不到門牌的字。我走上前想確認這戶人家的姓氏，一個小男孩突然從家裡衝出來。男孩看起來還在上小學，是低年級生？還是長得比較稚嫩的高年級生？男孩發現家門前有人在，像漫畫人物一樣舉起雙手，緊急煞車，接著靦腆地笑了笑，又若無其事地向前走去。

「源哉，水壺——」

有人出聲喊道。

我轉過頭，看向外觀尚新的兩層樓房屋，一名戴眼鏡的男人手拿水壺，站在玄關前。

「茶，還有這個。」

我和媽媽並肩坐在矮桌前。

「桌上有日式饅頭，別客氣。那是家父去世時鄰居送的點心，不嫌棄的話……」

崎村先生感覺非常困惑。

但他一定沒想到，我們比他困惑幾十倍。

「那個……真是，好久不見了。」

崎村先生扯出不自在的笑容，慌忙地從矮桌對面彎腰問候，眼鏡後方的雙眼眨了幾下，口中碎唸著「奈津、秋……」。

「請問妳現在的姓氏是——」

「敝姓藤下。」

媽媽的聲音非常輕細。是因為和曾經的男友見面，顯得溫聲細語？當然不是，她沒想到已經去世多時的人竟然還活著。

「藤下。」崎村先生悄聲複誦媽媽的姓氏。我仔細觀察他的長相，崎村先生外表就如同媽媽轉述，又感覺因日晒乾癟些許。崎村先生身後有一座佛壇，佛壇上放著遺照。遺照的表情和鏡影館裡的照片完全不同。鏡影館的遺照面帶微笑，佛壇上的卻是豪爽的笑容。剛才我和媽媽祭拜之後插上線香，輕煙冉冉撫過遺照表面。

媽媽剛才在門口慌忙說明來意。媽媽告訴崎村先生，我們是偶然在鏡影館見到他父親的照片，才前來拜訪。這解釋半真半假。就崎村先生的說法，他父親在幾年前就因為心臟出了問題，直到兩個多月前才去世。

「剛才那位小男生是……令郎？」

媽媽望向左手邊的窗戶。正午的陽光映照鋪上草皮的美麗庭院。不過屋子裡開著冷氣，感覺很涼爽。

「沒錯，呃、是，他已經十歲了。他叫做源哉，源字和我一樣——是三點水的『源』，『哉』則是『樂哉、哀哉』的『哉』。」

崎村先生莫名激動地比手畫腳，解釋兒子的名字，接著含蓄地看向我。

「這邊這位也是——」

「是，這是小女。」

這段對話結束後，兩人都陷入沉默。

媽媽和崎村先生都默不作聲——

「崎村先生不是很早之前就死了？」

我這句話差一點就要脫口而出。

「請問——」

媽媽終於在我之前開口詢問。

「我記得崎村先生在很多年前，就是下河捕火漁那時候……受了重傷。」

而且是重傷去世了。我在心中追加這一段，然後等著看崎村先生的反應。對方的反應完全出乎意料。崎村先生的表情忽然鬆懈下來，縮了縮頭，羞赧地笑著說「是呀」。

「那次真讓我吃了不少苦頭。」

這個人差點被自己的父親失手殺死，怎麼還笑得出來？

「不知道妳了解多詳細？當時橋上突然有落石砸中我的腦袋。傷勢很嚴重，後來就被人送到醫院去。幸虧石頭沒有直接打到頭頂，不然頭骨骨折之類的可就難救了。」

換句話說，二十七年前，崎村先生的父親在醫院對媽媽撒了謊。崎村先生明明還活著，他卻騙媽媽說崎村先生「死了」。他為什麼要這麼做？

「過了一陣子，我醒過來，治療也結束了。但好歹是傷到頭部，必須進一步進行各種精密檢查，結果我就在醫院待到隔天傍晚。不對，我其實真的傷得很重。松澤先生那時還陪同上救護車——妳還記得松澤先生嗎？就是我的漁夫前輩，眼神很凶的那一位。松澤先生那次是最後一次參與火漁，他後來突然不做漁夫，還搬了家，現在好像改做其他工作。松澤先生當時很掛念我的傷，所以應該是很嚴重。」

崎村先生雙手撥開頭髮，露出額頭旁靠近右耳的部分。那裡有一條直線裂開的傷疤，大概有四、五公分長。

「那塊石頭若是直接命中，我說不定就這樣沒命了呢。」

媽媽應該和我一樣，滿頭問號。她注視崎村先生的臉龐，好一陣子說不出話。

我在一旁望著兩人，細細思索。崎村先生的父親之所以欺騙媽媽，理由是不是因為這樣？松澤先生害崎村先生的父親受重傷，進而連累兒子放棄夢想，所以崎村先生的父親想報仇雪恨。但是他犯了無可救藥的大錯，居然失手把石頭砸到親生兒子頭上。而男友有一個這麼蠢的父親，一定會給媽媽添很多麻煩。所以他才騙媽媽崎村先生死了，好讓媽媽忘記這裡的一切，毫無罣礙地搬到神奈川——

不對，有點說不通。

媽媽緩緩深吸一口氣。然後，話語隨嘆息脫口而出。

「你知道……究竟是誰犯下這麼……」

「這個嘛。」崎村湊出身體，像是在強調接下來的回答。

「**不知道**。」

不知道。媽媽重複呢喃了一次。

「那時候颱風颳壞了一之橋，整條橋梁不是禁止通行嗎？所以橋上、橋的四周完全沒有人，根本沒有人看到扔石頭的犯人。警察好像還幫忙四處打探，結果根本找不著目擊者。」

崎村先生聽起來不像在說謊。

我不用猜都知道媽媽現在在想什麼。自己該從哪裡問起？該怎麼問？難不成自己那一晚在橋上看見的人影，其實並不是崎村的父親？不，她絕對沒看錯。而且崎村的傷一定和他父親有關。不然他父親為何特地在醫院等著自己，還騙自己崎村死了？

「其實……我回到家之後，查了崎村先生被送到哪間醫院。」

崎村一臉訝異，眉毛甚至高高吊在眼鏡上方。

「之後，我就請家父開車載我去那間醫院。」

「是嗎？」

「是的。不過，等我到了醫院——」

媽媽停頓了片刻。

等她再次張開唇瓣，口中卻吐出謊言。

「我向醫院的人員詢問崎村先生的狀況，他說你還不能會面，我只能無奈地回到家中。隔天我非走不可，之後就沒機會見面了。」

「……原來如此。」

崎村先生垂眼看著矮桌，緩慢地、深深地長嘆一口氣。

「我在那之後想盡辦法要聯絡妳，不過搬家後的新地址——」

他抬眼瞧了瞧我。

「沒關係。我曾經把崎村先生的事告訴這孩子。」

雖然那是一個星期前的事。不過媽媽沒有特地坦承這一點。

崎村先生喝了口茶，獨自沉思良久，再次開口：

「我不知道妳的新家地址，實在不知道該如何找妳。無計可施之下，只好去一趟妳的舊家。結果卻看到那裡住了人。我以為妳延後搬家，正好有一位太太從玄關走出來，我問她：『奈津實在不在？』結果對方一臉疑惑，說了我家孩子叫做什麼什麼，名字和妳完全不一樣。我當時真的覺得莫名其妙。」

那位太太應該是說「我家孩子叫做真也子」。

真也子和媽媽從那之後再也沒見過面了。媽媽有告訴真也子神奈川的新地址，所以搬家之後沒多久，真也子就寄了明信片給媽媽。但是媽媽並沒有回信。媽媽說，和真也子斷絕往來的確很傷心，但是自己實在不願再想起那座小鎮的種種。橋上落石砸傷火漁漁夫，造成一人重傷，新聞媒體多少會報導這類消息。假如媽媽當初有回信，或是把新家的電話號碼告訴真也子，兩人繼續保持聯絡，媽媽也許就能得知崎村先生活下來了。

媽媽搬回這座小鎮後，曾經去過真也子住的公寓。但是那附近一整個區塊變成一棟公寓大廈，媽媽找不到真也子，只能黯然返家。

「房間門牌上的確寫著『秋川』……所以，該怎麼說？現在我還是覺得很神祕。不過事到如今，知不知道答案好像也無所謂了。」

話雖如此，崎村先生可能還是希望媽媽為他解答。他抬眼，略顯期待地望著媽媽的臉。

媽媽是否會坦白一切？自己的姓氏是假的。「秋川」其實是好友的姓氏，好友就住在那間公寓裡。自己當時真正的名字叫做「中江間奈津實」。「中江間建設」在河裡誤排熟石灰，社長全家被趕出鎮上，而自己就是社長的女兒……不，媽媽一定不會說出真相。她會這麼說：

「你可能找錯公寓了。」

一切如我所想。

「那間應該不是我住的公寓。只是剛好也住了姓秋川的人家，所以你才誤以為那是同一間公寓吧。」

「果然嗎……」

媽媽順利騙過崎村先生。他搔了搔乾爽的頭髮。

「其實我自己也不是很肯定。畢竟我只去過那麼一次，當天又下著大雨。所以我憑印象循原路走回去，正好看到一間公寓，上頭又有『秋川』的門牌，我就以為找到了。」

原來是找錯了……崎村說著，再次搔搔頭，輕笑幾聲，最後開朗地大笑了起來。他真的和母親描述得一模一樣，我不知不覺笑了出來，媽媽也笑了。

等到我們三人止住笑意，感覺要進入今天最核心的話題了。

崎村先生的父親為什麼要對媽媽說謊？我們必須得知他的動機，不然這趟就白來了。

「請問……令尊是在家過世嗎？」

媽媽問道。

「不不不，家父是在醫院走的。最近已經很少人在自家離世了。家父正好在最後一次入院前不久突發奇想，說要去那間照相館拍遺照。我才趁源哉去上學的時候，陪父親一起去拍照。」

崎村先生當時恐怕沒料到，媽媽竟然會因為他父親的遺照，帶著女兒出現在他眼前。

「對了，其實我有件事必須轉告妳，是關於家父的事。不過，說出來好嗎……該怎麼辦呢？」

崎村回頭看向佛壇。佛壇上擺著崎村父親爽朗的笑容。我們為他上的線香，不知何時已經化為香灰。

「算了，也罷。」

崎村先生的低語參雜苦笑，再次看向媽媽。

「我必須代家父向妳致歉。」

「向我致歉？」

「是。家父之前身受重傷，半身麻痺。之後傷勢雖然慢慢復原，最後還是沒有完全治好……關於家父遭盜漁者攻擊受傷，我必須向妳道個歉。」

崎村先生說到一半，又作勢轉向佛壇。不過他中途停下動作，回過頭來。

「那其實是騙人的。」

「咦？」媽媽和我同時發出驚呼。

「你說騙人……是指？」

「就是家父被盜漁者打傷這件事。」

崎村先生大口深呼吸，繼續解釋：

「家父去世前一刻，突然在醫院向我坦承這件事。二十八年前，我不是曾經告訴妳，家父在河畔撞見盜漁者，和對方起了爭執才受傷。不，家父是真的在河畔和盜漁者起過爭執，但那其實是發生在他受傷的前一個星期。」

為什麼他會在起爭執的一週後才受傷？

「家父發現盜漁者的當下，馬上衝出草叢怒罵對方，還和對方打起架來。到這邊為止都是真的。但他完全打不贏對方。原因很簡單，家父體力比不上對方，他頓時怕得退開了。對方見到家父退開，也得意洋洋地收拾工具，離開現場。」

崎村先生的父親覺得自己很沒用，所以沒有把這件事告訴任何人。

「家父覺得丟臉之餘，又感到非常不甘心，於是他從隔天開始，天天開著輕型卡車在西取川的上游徘徊，不時停車走到河畔等著同一名盜漁者出現，似乎是想和對方做個了斷。他還拿著農事用的鐵管。請別誤會，家父不是真的打算痛毆對方，單純是想嚇唬嚇唬那名盜漁者而已。」

但是盜漁者——松澤先生——並沒有出現。

「但想也知道，對方還想繼續盜捕漁獲，自然會換地方。家父很可能早就知道這一點，純粹想掩飾自己的不甘和尷尬，才跑去巡視同一個地方。」

於是，崎村先生的父親和盜漁者起衝突之後，過了一週。這天他也把車停在西取川的上游，單手拿著鐵管，沿著山坡走向下方河畔。

「然後，他滑了一跤。」

他穿過草叢途中一個腳步不穩，從斜坡滾了下去——

「家父也記不清滾下去之後的經過。他最後可能是頭部著地，倒在河畔，後腦杓直接撞上河畔的石塊，就這樣昏倒了……之後的事就和我以前提過的一樣。」

其他漁夫在夜晚發現了輕型卡車，連同其他同行到處尋找崎村先生的父親。最後在草叢盡頭發現倒地不起的崎村父親。

「家父在醫院恢復意識之後，居然謊稱自己是被盜漁者打傷。這種事一旦撒了謊，就無法回頭了。」

他只能繼續說謊。

「家父受了傷，我也被迫從東京回鄉。所以他心裡一直想著有一天要跟我坦白，一定要跟我說實話。自從家母過世之後，家父就只為了讓我達成夢想而活，結果卻親手毀了兒子的夢想……他當時的確一直強調是自己的錯……」

事實上，這一切確實全都要怪他自己。

因為他根本沒有被盜漁者打傷，而是自己摔跤。

「呃、所以，令尊始終不報警，也是因為——」

「他只是害怕自己的謊言被揭穿。」

崎村先生說完，無奈地大聲嘆氣。

「……真是一個謊話連篇的笨老爹。」

我剛才見到活生生的崎村先生時確實很驚訝，但是現在的訝異有過之而無不及。

我想媽媽應該和我深有同感。

綜合崎村先生剛才一連串的解釋，整件事情的經過其實是這個樣子：

崎村先生的父親從一之橋上扔了石頭。媽媽和我一直以為他憎恨松澤先生害自己受傷，恨他毀掉自己和兒子的人生，所以才扔石頭報復。結果根本不是。松澤先生在最後的火漁漁期結束後，就打算去警局自首，坦承所有罪行。因為松澤先生明明什麼也沒做，卻莫名成為害崎村父親重傷的犯人。即使沒人知道他的身分，他還是很害怕，所以他決定乾脆自首，坦承所有真相。可是松澤先生這麼做會有什麼結果？

崎村父親的彌天大謊會因此敗露。

換言之，崎村父親只是不希望被揭穿。他就為了這麼微不足道的理由，從橋上扔石頭。不巧的是，松澤先生正好把持火人的位置讓給崎村先生，石頭就砸中親生兒子，害他受重傷。

崎村先生的父親為什麼對媽媽說謊？我現在明白他的動機了。他從頭到尾都是為了自己。崎村父親發現媽媽親眼看見自己從一之橋上扔石頭。媽媽或許會把真相告訴崎村先生。他無論如何都要阻止媽媽，所以才撒謊。崎村父親認為只要說崎村先生死了，媽媽就會把目睹的真相深藏在內心，誰也不說，從此搬到遠方。一切也真如他所願。

這人怎麼如此惡劣。根本不只是謊話連篇的程度。

「不過……說是託家父的福也有點奇怪，我現在過得很幸福。我如果繼續在東京追夢，或許現在早就窮困潦倒，活也活不下去。我現在跟內人一起經營農業，還算是經營得不錯。火漁的漁獲量也是這附近最多的。」

崎村先生負責持火，而他的妻子負責划船。

「而且，剛才妳也看到了。我的兒子也健康活潑地長大。」

我聽崎村先生這麼一說，體內感覺一陣躁動。我很難形容這個感覺，像是自己胸口還有另外一個自己，她正在發出質疑——我還來不及弄懂這股感受，崎村先生又繼續說下去。

「家父去世的時候，我把這東西打開來看。」

崎村先生說著，上半身湊向佛壇，拿起一個古老的小袋子。袋子原本應該是紅色，現在表面泛黑，變成另外一種顏色。

「這是護身符的袋子。父親總是把這玩意掛在胸前，從不離身。」

崎村先生的手指伸進袋子，撐開袋口，從裡面捏出一片小小的、對折過的——那是什麼？

崎村先生小心翼翼地打開折口。那是一張老舊的稿紙。稿紙被人折了又折，已經看不清楚紙上的鉛筆字跡，但是皺巴巴的稿紙右側還讀得出來，上頭寫著「崎村源人」，姓名上方則是作文標題。崎村先生大聲唸出作文標題。

「誠實的父親。」

崎村說著「真是笑死人了」，也笑出聲來。

「這是我唸小學的時候寫的作文。整篇都在寫家父有多誠實、多討厭說謊，總是坦蕩蕩的，像個笨蛋一樣。家父一直很珍惜地掛在胸前，希望自己能永遠當個誠實的人。但是他卻在受重傷的時候，忍不住撒了謊——」

崎村先生將稿紙放在矮桌上，手緩緩撫上茶杯。

「說不定，一切都怪這個護身符，家父才遲遲沒辦法坦承自己的錯。因為我始終和寫下這篇作文時的自己一樣，深信家父是個誠實的人。」

崎村先生一起走到門柱外送我們。

陽光普照的庭院角落有一棟倉庫。倉庫外牆的油漆還很新，我不清楚這和以前是不是同一棟倉庫。輕型卡車和小客車並排停在倉庫前方。

我直到離開之際才想起單眼相機還在背包，趕緊拿出來交給媽媽。崎村先生見狀，則是張嘴驚呼。

「不好意思……這臺相機一直拖到現在才還給你。」

媽媽滿懷歉意，將相機遞給崎村先生。這也難免。崎村先生可能以為媽媽帶著相機逃走了。

「不不不，我原本就打算把相機送給妳做紀念。」

他是認真的嗎？

照這個人的個性，他可能真的想把相機送給媽媽。

「相機裡還裝著底片。我猶豫了很久，不知道該不該拿去沖洗。」

「已經過了這麼多年，如今可能很難沖洗了。我下次會試試看。」

我們一起低頭道別。崎村先生也說了句「小心慢走」，低頭回禮。我們沿著原路走了一小段，回過頭，發現崎村先生還留在原地。三人再次鞠躬道別。

我和媽媽肩並肩走向公車站。
「結果崎村先生的爸爸直到死前，還是沒有坦承自己扔石頭。」
「我覺得不說也無所謂。」
我點了點頭。的確如此。
有時的確是該騙人騙到底。
「是說，媽媽現在怎麼看崎村先生的爸爸？」
地面在陽光灑落下，顯得特別白皙。
「那個老騙子。」
媽媽沉默了許久，答道：
「我很感謝他。」
「為什麼啊？」
「因為有他，我才能生下小步。」
媽媽望向道路，柔和地揚起雙頰。我見到媽媽的側臉，想起剛才心中那股詭異的感受。崎村先生提起兒子的時候，我感覺心中莫名騷動——我現在明白那是什麼感覺了。
崎村先生的父親若是沒有撒謊，媽媽或許還能繼續和崎村先生交往，甚至有可能結婚。這樣一來，我就不會出生了。不只是我，源哉小弟弟也是。
我當然很高興能成為媽媽的女兒。
但我的嘴裡只會吐出這種話：

「崎村先生如果跟媽媽結婚，他很早就會喪妻了呢。」
坑坑疤疤的道路忽然亮得刺眼。陽光刺進眼窩，好痛。
「是呀。」
媽媽完全不生氣。她的笑容還是像剛才一樣溫柔。
「妳不告訴他嗎？」
「說什麼？」
「說自己再過不久就要死了。」
不行。我可能、撐不住了。
「沒關係，不需要特地提起這種事。」
媽媽又笑了。
媽媽希望自己死後，我們還能面帶笑容，活力十足地生活。所以她才能雲淡風輕地面對自己的死亡。我明白媽媽的心意。我都知道。我無時無刻都謹記在心。
雙腳突然動彈不得。我試著向前走，腳卻舉不起來。無論我怎麼用力都動不了。媽媽也停下腳步，疑惑地看著我。
「我一直覺得，媽媽太容易相信別人了。」
我用力吸住鼻子。現在不這麼做，根本沒辦法好好說話。
「好像是這麼回事呢。」
「人家隨口說謊，妳都當真。好笨。」
「是呀，真的很笨。」

「妳應該多懷疑別人一點。」

不行。我一直以來卯足全力，用雙手拚命支撐的事物，現在卻搖搖欲墜。撐不住了。

「再多懷疑別人嘛。」

「我以後會這麼做的。」

「現在就做！」

怒吼彷彿撞破龜裂的某處角落，撕裂喉嚨，脫口而出。

「媽媽真的笨死了！把我說的話全部照單全收，也不生氣。再認真點生氣啊！說出來啊。說妳很難過啊！老實說妳希望自己死掉之後，大家因為太喜歡妳而大哭，哭到不能去上學、去上班！大家都是騙子，可是媽媽也是騙子！我們要分開了，可能再也見不到面，還老是笑嘻嘻的。媽媽才是大騙子！」

我的臉頰好冰，手腳冰冷，全身無力。

眼淚和鼻水止也止不住，喘不過氣。

媽媽說了句「是呀」。

我想回答她，可是再多說什麼，恐怕只會哭得更傷心。我深吸一口氣，讓空氣充滿顫抖不止的心頭，努力在腦中思索，有什麼字句可以讓自己止住哭泣。

「我不想就這樣回家。」

「好啊。要去哪裡走走嗎？」

「河邊。」

「不知為何，我也想去河邊呢。」

於是，我們再次邁步走去。

耳鳴一點一滴地替換成踩踏砂石的聲響。

我不知道自己為什麼想去西取川。

但我想用自己的雙手，輕觸逐漸清澈的河水。

第二章

口笛鳥

我一通過鏡影館門口，身材嬌小的女店員起身迎接。

她繞過櫃檯後方，笑臉迎人地走了過來。她看起來似乎比我年輕一些。她看起來大約是三十七、八歲，下眼瞼有個可愛的隆起。這個隆起在日語裡叫做「淚袋」。稱呼中帶了個「淚」字，但大多能凸顯人的笑容。前人該不會是因此才取名為「淚袋」？——在我胡思亂想的時候，女店員已經來到眼前。

「歡迎光臨。」

她雙手交疊，靜靜等待我開口。

這間相館也許考量到經手的相片種類，所以不主動詢問顧客來意。店員很可能曾因為措辭不當惹得顧客不愉快。或是對方看我外表只有三十多歲，猜不到我來店裡有何用意。

「我可以看看嗎？」

我指著店內，模稜兩可地問道。

「當然可以，請隨意參觀。」

我走過女店員身旁，順著正前方的木架邊走邊看。架上的相框樣品彼此間隔很大，每一份樣品旁都附有說明。可能是顧慮到視力不良的顧客，說明文字都放得特別大。

「請問您是哪一位的……」

她的問句句尾有些含糊。

「呃、不，我不是家屬。不過我也不是來請人拍照的。」

「那麼是？」

「其實我是老闆的朋友。」

我說得像是在揭露謎底。女店員不自覺地驚呼出聲。

「不好意思，外子正好出門辦事。」

這次輪到我吃了一驚。

「啊、妳是老闆娘？」

「是的。我現在馬上聯絡外子——」

她慌忙地說。我連忙阻止她。

「不用急、不用急。是我自己突然跑來。」

「外子應該快回來了。」

「那就讓我一邊參觀店裡，一邊悠哉等他回來。希望不會打擾妳工作。」

我不好意思讓老闆娘接待，故作悠閒地沿著木架走去。門口右側有一個較深的木架，架上擺著許多裝框的老人照片。相框裡全都是彩色照片。不過，是從什麼時候開始，這類照片不再流行使用黑白照？

「這些全都是——」

我回過頭問道。老闆娘淡淡一笑，點了點頭。

「都是遺照。」

鏡影館專門拍攝遺照，這種照相館在日本國內已經非常少見了。顧客會特地上門，拍攝自己未來會用到的遺照。老闆在寄來的信裡提過，有時也有客人千里迢迢前來拍照。

「原來這些照片不只讓客人帶回家擺，也會擺在店裡當裝飾。啊、說『**裝飾**』好像不太得體？」

「不會，幾乎所有客人都說是『裝飾』。雖說文字上不太合適，但從前並沒有特別規定怎麼形容這些照片。」

老闆娘站在我身旁，替我解釋這些遺照為何會擺設在架上。這間照相館的顧客多半是想為自己至今的人生留念。照相館會請顧客從拍好的照片中挑選一張成品，不過似乎有很多顧客選不出來。他們通常會勉強淘汰到二選一，但這時更是難以抉擇。此時照相館會建議顧客，一張帶回自家使用，另外一張就擺設在店內。

「客人還在世，我們當然不會把照片擺出來。擺設照片的時機和客人帶回家的照片一樣。我們會等家屬聯絡，確定客人不幸離世，才會將照片上架。」

我再度面向木架，仔細觀看那些凝視前方的臉孔。架上的所有人早已去世，照片上的表情仍然十分有活力。但仔細想想，他們拍攝的時候又還沒離開人世，甚至有體力親臨照相館，拍出來的照片當然有活力了。

我彎腰看向第二層木架。

接著再次蹲低，觀察木架的最後一層。

我在亡者的照片後方發現**兩張照片**。那兩張照片擺在一起，外層的木框十分簡樸，彷彿是刻意藏在其他相框後面。我伸出手，不弄亂一起陳列的其他照片，小心翼翼地將那兩張照片的相框拉到面前。

照片中映著兩個男孩子。

（二）

阿鬥站在真鍋相機店的貨架前，驚叫一聲。

他看向敞開的玻璃門另一頭，西斜的陽光照亮巷弄。他轉過頭，望向坐在收銀臺後的相機店老闆。他看看小巷，又看看老闆。老闆的頭禿了，但他故意將單邊耳朵上方的頭髮留長，梳到頭頂上掩飾禿頭。他要是直接把頭髮梳下來，看起來會不會像英文字母的「P」？阿鬥望向小巷，又望向老闆。老闆盯著手邊的東西，完全沒注意到阿鬥的動作。

不對，他抬頭了。

T恤內的胸口怦怦跳個不停。「阿鬥」是綽號，他在讀小學二年級的時候，在課堂上讀到一本繪本，叫做「魔奇魔奇樹」。同學說他長得很像繪本裡的男主角「豆太」，就給他取了這個綽號。阿鬥身高很矮，有個凸額頭，眼睛大大的，可是他的個性跟豆太完全不一樣。自己才不像豆太那麼膽小。兩人用的字也不一樣，「豆太」是食物的「豆」，文字看起來好弱，自己用的可是「鬥」字。

「那個……」

他下定決心，出聲喊了老闆。

「嗯？」

「他好像沒付錢。」

「……誰沒付錢？」

老闆削瘦的臉湊了過來。

「剛才那個人。他從架上拿了一個底片盒。」

阿鬥看向玻璃門外，老闆也跟著看過去，停頓了兩秒。他猛地站起身，膝蓋狠狠撞上收銀臺底部，痛得他哀號連連。

「那傢伙去哪了！」

老闆手按著單邊膝蓋，臉皺得像妖怪，一拐一拐地逼近阿鬥。

「他往右邊走了。」

「長什麼樣子？」

「是男的，穿著白襯衫。」

阿鬥回想剛才走出店外的男人背影，盡可能詳細描述對方長相。

「他走路搖搖晃晃的，脖子很長，頭髮剪得很短，可是頭不禿。穿著皮鞋，身高還滿高的。」

老闆碎唸了幾句，像追尾巴的狗一樣猛然轉身，跑向西下斜陽的鮮黃陽光下，朝著右邊飛奔而去。

阿鬥環視靜悄悄的店面。

他確認店內沒有其他客人，伸手拿起架上的柯達傻瓜相機，塞進T恤底下。

阿鬥走出店內。這附近沒什麼人。左斜前方是公車亭。看向右手邊，可以看到老闆直線向前奔跑。阿鬥下意識也想衝出去，他強忍衝動，緩緩走向相反方向。萬一老闆莫名回過頭，看到自己跟著跑起來，一定會覺得很可疑。他可能一下子就會看穿自己的謊言。阿鬥注意自己的舉止，一步、又一步向前走，接著在第一個轉角向右轉。

然後，拔腿狂奔。

他雙手按住T恤裡的相機，假裝自己肚子痛、正在找廁所，同時跑向油菜花田。他的腳踏車就停在花田旁。自己剛剛應該把「小偷」的長相形容得更誇張一點。穿著白襯衫、走路搖搖晃晃、脖子很長、短頭髮、身高很高。這些特徵其實是一名剛走出店裡的客人。老闆現在上前揪著那名客人，質問一堆他沒有做過的事，那名客人肯定嚇傻了。不過那個男的確實在店裡待了一下，老闆應該會相信阿鬥說的謊。沒錯，這樣就行了。

油菜花的沉悶氣味包圍阿鬥，他將偷來的相機扔進腳踏車車籃。跨過坐墊，左腳腳跟踢起腳架。踩上踏板，正要全力騎向前方，右腳踏板不知為何動彈不得，運動鞋鞋底一滑，膝蓋直接撞到踏板上。「哈哼！」他大跑特跑之後還張著嘴，痛得發出怪聲。踏板怎麼踩不動？阿鬥咬緊牙根，右腳再次踏上踏板，全身使力。還是不動。右腳蹬了蹬地板，腳踏車仍然無法前進，腳底直接滑向後方。阿鬥頓時變成滑冰選手的姿勢，坐墊尖端戳進屁股，他反射性將悶哼吞進喉嚨。

阿鬥蜷縮背部，雙手握緊把手，等待劇痛退去。但是痛楚倏地快速擴散至身體各處。為什麼腳踏車動不了？他屏住呼吸，盯著前輪。沒什麼奇怪的地方。看了看鏈條，沒問題。望向後輪，毫無異狀。扭頭看向後輪上方，有一隻人類的左手臂。手臂抓住貨架。

「我爸爸很辛苦的。」

阿鬥頓時覺得渾身刷白。

「店裡客人很少。」

對方的語氣非常緩慢，魄力十足。是國中生？肥壯的方形臉下幾乎看不到脖子，頭部彷彿直接黏在兩肩中間。身上的短袖T恤完全陷進肉裡，簡直像是原本穿著衣服的身體忽然脹大，不然根本無法想像對方怎麼套上這件T恤。抓住貨架的手臂至少有阿鬥的腿那麼粗。不、應該和他的身體一樣粗。

「照相機要賣錢的。」

這傢伙好像隨時都會揍上來，可怕極了。

「照相機……」

「前面那間相機店的老闆，就是我爸爸。」

這人左手抓著貨架，右手摸到自己的下巴，五隻手指緩緩揉了揉。手肘到手腕的皮膚底下像是寄生了別種生物，肌肉隱隱蠕動。

「你遮著肚子從相機店跑出來。我站在公車站全都看到了。」

自己逃到這附近之前，若是稍微注意一下背後，應該就會發現這個人。發現當下，只要全速衝向腳踏車，使勁踩踏板就能甩開這傢伙了。他原本認為就算在鄰鎮被人撞見偷相機現場，根本不會有人知道自己從哪來，才跑到河對岸的上上町。爸爸經常出入下上町市區的相機店，阿鬥也跟著去過幾次，店家記住阿鬥的臉了。他特地跑到河對岸偷東西，就是以為不被逮到就沒事。

結果，現在被人逮個正著。

自己等一下會先被抓回店裡。然後老闆會痛罵自己，揪住自己的衣領，自己會像蒟蒻一樣被搖來搖去，他最後會叫警察來，當然也會聯絡家人。媽媽這時候還在工作，警察應該會通知媽媽的公司。不過春季是人壽保險公司最忙碌的季節，媽媽現在應該是拿著保險簡介或契約到處跑業務，一時半刻根本聯絡不到她，那到時候怎麼辦？自己會有什麼下場？

「你幾年級？」

坐墊大小的大餅臉忽然貼近。

「五年級。」

阿鬥回答。

「……我還在唸小學。」

他又加上這句，彷彿這句話能成為免死金牌。但對方聽了只是皺起眉頭，肥厚的嘴脣皺得跟枇杷屁股似的。

「只有小學有五年級吧。」

他問阿鬥住在哪裡。

「我家……在河的對岸。」

「下上町。」

「對。」

兩人的聲音截然不同。阿鬥的變聲期還沒到，而對方低沉的嗓音像是能直擊他人心靈，差距比男女之別更加明顯。

這名壯漢眼神忽然黯淡下來，默默舉起右手。手掌的角度看不出是朝上還是面向左右。阿鬥心想，乾脆把自己的右手伸出去好了，對方搞不好是在要求握手。他不知道壯漢為何伸手，但兩人握握手，對方搞不好願意一筆勾銷。可惜的是，自己沒勇氣伸手。阿鬥垂下眼，手伸進腳踏車車籃，拿出相機交給對方。阿鬥的舉動似乎是正確答案。壯漢接過相機之後，把臉湊到相機前，瞧瞧前面，看看背面，又查看相機兩側。

「你有錢嗎？」

「我沒帶。」

阿鬥撒了謊。

「你屁股口袋塞了錢包，裡面沒裝錢？」

「沒裝。」
「一塊錢都沒有？」
「對。」
這種謊騙得過人才有鬼。天底下誰會帶了錢包，裡頭卻沒放錢？阿鬥的錢包裡大概放了一千日幣。對方大概會全部拿走。
「……那就算了。」
壯漢大嘆一口氣。
「咦？」
「你走吧。」
他認真的？不，管他認真不認真。對方親口讓自己走，手也放開貨架，機不可失。阿鬥的胸口壓上腳踏車把手，頭向前傾，腳踏車逐漸加速。油菜花田從他的臉旁邊飛逝而去，剛開始還能分辨出一朵朵花朵，花朵看似漸漸連在一起，最後轉為水彩塗過的一條黃色粗線。從花田小路轉彎之後就是一整條直線道路。他騎向下坡，眼前是鮮紅的夕陽。太陽猶如糖塊，一點一滴地溶解，綻放眩目光彩。阿鬥停住踏板，耳邊聽著鏈條發出「嘰——」的聲響，正面迎風滑下斜坡。T恤的胸口及腋下部分被風吹得啪啪響。

（二）

「你先在走廊等一下。」

班導師曾根村朝教室拉門外瞧了一眼。今天班上有一位新同學，他就站在門外，不過從阿鬥的座位看不到對方。

黑板上用直書寫著「佐佐原學」，是曾根村剛才寫的。阿鬥有生以來第一次看到「學」這個字。好像是唸成「ㄒㄩㄝˊ」。這個字的頭好大，看起來像是隨時會倒下來。不過這應該不是文字本身的錯，而是字跡有問題。曾根村寫到一半還偷看手邊的紙條兩次，寫的像是鬼畫符。

「進來吧。」

曾根村喊了一聲，轉學生踏進教室的瞬間，阿鬥頓時全身僵硬。

走進教室的新同學，居然是那個壯漢！

阿鬥的腦袋瓜在幾秒內轉了幾個想法。這壯漢昨天該不會是有話忘記說？還是自己離開的方式惹他不爽，他才懷恨在心追到學校來。阿鬥忍不住抬起屁股想落跑。不過，純粹是他想太多。

佐佐原學——那傢伙和自己一樣是小學五年級？

那傢伙昨天看起來根本和職業摔角選手沒兩樣。可是現在遠遠一看，那名壯漢好像也沒那麼高大。

他身旁的曾根村長得不高，又有點駝背，在成年男人裡面算是比較矮小。佐佐原學的身高和曾根村差不多。但這種身高在小學五年級生裡面，已經高得嚇死人，座號肯定會排在最後一號。話雖如此，用職業摔角選手來形容還是過於誇大。話又說回來，阿鬥原以為昨天那間相機店的老闆是姓「真鍋」，才會把店名取成「真鍋相機店」，結果似乎不是這麼回事。姓佐佐原的人開相機店，怎麼會叫「真鍋相機店」？真是搞不懂。

阿鬥盯著佐佐原學的臉。對方也看向阿鬥。

兩人目光相接。佐佐原學微微張開嘴，加味海苔般的粗眉稍稍挑高。

「佐佐原同學是因為爸爸工作的緣故，搬到這裡來。」

曾根村一開口解釋，佐佐原學的肩膀瞬間跳了跳。

「附近的西取川最近在蓋很大的護岸工程。他爸爸是建築工程的專家，施工單位特地請他到施工現場幫忙。」

「欸？」

阿鬥下意識伸出頭。佐佐原學明明注意到阿鬥，卻馬上移開目光，裝成好奇新同學的樣子，環顧整間教室。

（三）

「喂。」

第一堂國文課下課後，阿鬥走到佐佐原學的書桌旁，狠狠瞪向那張方臉。

「嗯？」

這玩意到底有什麼好怕的？昨天的驚恐好像一場夢。這傢伙就只是個頭大一點，慢吞吞的，感覺也沒什麼膽子。

曾根村把佐佐原學安排在最後面的座位。佐佐原學坐在座位上挖鼻屎，度過在這間學校的第一堂下課時間。阿鬥平常挖鼻屎的時候，會直接把手指插到鼻孔裡。佐佐原學卻是先用衛生紙裹住食指，再伸進鼻孔清理。他外型那麼粗壯，結果清個鼻屎跟娘娘腔一樣。叫他去校園裡跑一跑，他肯定會像女生那樣雙腳內八，縮起手臂，手腕還在胸前晃來晃去。還有，他丟球的時候絕對會像**女生**一樣，同手同腳投球。

不過他挺聰明的。

自己昨天完全被他擺了一道。

「相機還我。」

阿鬥故意抬高臉，從上朝下瞪著對方說。

佐佐原學拔出裹著衛生紙的食指，小心遮住挖出鼻屎的部分，再把衛生紙揉成一團。

「那又不是你的相機。」

他的語調仍舊十分緩慢。雖然昨天覺得他這麼說話很嚇人，現在聽起來只是每一字的空檔拉得特別長。

「也不是你的啊。還我。那是我拿到的。」
「偷東西犯法。」
「勒索也犯法啊。」
佐佐原學抬起目光，一臉莫名其妙。
「我沒勒索你。」
「是沒有。可是你說謊騙人，然後騙走人家的東西——是那個吧，叫什麼啊——啊、詐騙啦！你昨天從我這裡騙走了相機，還問我有沒有帶錢，你是打算幹麼？你該不會搶了相機，還要搶錢，好賺個兩倍吧？」
「我沒有。而且也不是兩倍吧？」
「怎麼不是？」
「因為……」
佐佐原學一臉嚴肅，望著半空中，手指像在排列某種東西，空揮了一陣子之後，再次面向阿鬥。
「喔，對喔，是兩倍。」
「好啦，我也沒帶那麼多錢。大概只有一千元又多一點。」
「那就不是兩倍了啊。」
越講越麻煩了。
「總之，相機還我。你如果堅持不還，我們也可以一起用啦。」
「可以嗎？」

「反正我已經搞不清楚現在誰在恐嚇誰了。」

「這樣喔。」

佐佐原學凝視半空中，慢悠悠地點了點頭，忽然間想起了什麼，問道：

「我忘記你叫什麼名字了。」

「我還沒告訴你啦。綽號行嗎？」

「都可以。」

「那，我叫阿鬥。」

阿鬥故意用很有勇氣的語氣，報上自己的綽號。

「通常是叫阿豆吧？」

佐佐原學回問，他以為是食物的那個「豆」。

「就是阿鬥。下次我再告訴你意思。」

「不用，我不懂意思也叫得出來。本名是什麼？」

「幹麼問本名？」

「不知道本名很不方便。」

「茂下馱。茂密的茂，下面的下，背東西的馱。名字是昴。」

佐佐原學皺起眉頭，面帶愧疚。

「好難記。我還是叫你綽號，可以嗎？」

「所以我才問你行不行啊。你在上一間學校有綽號嗎？」

「大塊頭。」

「大頭？」
「不對，大塊頭。」
「多了塊？」
「對。原本他們是叫我大頭，可是後來我連身高都變高，就變成大塊頭了。」

（四）

「正下方的分數最低。越遠的分數越高。」
西取川的出海口前方架了一座五十公尺左右的橋梁，名為「二之橋」。
「最低是幾分？」
大塊頭回問，右手握著獨角仙大小的石頭，從橋上俯瞰水面。阿鬥站在旁邊，拿著相同大小的石頭，手臂撐在欄杆往下望。他正在教大塊頭怎麼玩水母柏青哥。這附近的小學生都會玩這個遊戲。他們的褲子左右口袋塞滿兩人蒐集的石頭，口袋脹得鼓鼓的。大塊頭的褲子比較像大壺，阿鬥則是茶壺大小。
「沒特別規定。大家都是隨便算。」
阿鬥瞄了大塊頭一眼。水母柏青哥沒有特定的計分方式，他擔心大塊頭會瞧不起這種遊戲。但出乎意料，大塊頭傻傻地低頭望向河川，看起來似乎什麼也都沒想。
「這邊很多水母吧。每年接近夏天的時候，河裡就會突然冒出水母。可能是從海邊游過來的。」

大塊頭沒有回答，用右手的三根指頭捏起石頭，拿到自己的鼻子前面。

「聽懂了嗎？你試試看。」

「好。一開始應該有點難命中，如果我一直丟不中，你再告訴我祕訣。」

「嗯。」

大塊頭微微挑眉，停了兩秒，忽然放開手指。石頭直直掉入水面，正中水母中心。水母發出「咻——」的聲響，溶化似地沉入河底。

「……你剛剛是瞄準那隻水母嗎？」

「對。」

圓圓白白的水母四散在河面上。水母的圓傘上有星星，看起來很像靶子。水母柏青哥乍看簡單，但橋到河面的距離很遠，丟起來其實挺有難度。要丟中水母不難，可是這個遊戲必須像剛才大塊頭做的一樣，精準丟中星星的正中央，讓水母完整地沉進河裡。石頭丟到邊緣會壓爛水母的形狀，短時間沒辦法恢復原本的圓形。看石頭大小和準度，還可能不小心扯掉水母的身體。

「大塊頭，你玩得不錯嘛！」

阿鬥把手高舉過頭，用力拍了拍大塊頭的肩膀。他的讚美中暗藏「你還遠遠不如我」的意思。但說到阿鬥能不能那麼精準擊沉水母，其實次數用十隻手指頭都數得出來。

「這遊戲是兩個人輪流丟嗎？」

「沒特別決定啦。大家都是想丟就丟。」

「那阿鬥，換你丟。」

「好啊。那我就挑那邊那個，分數比較高的那個。那個水母比較遠。」

阿鬥目光移向遠方，看著海邊。外圍也漂著許多水母。阿鬥擺出瞄準水母的表情，扔出石頭。但他其實沒拿任何一隻水母當標的。阿鬥至今以來，只要是瞄準那麼遠的水母的話，從來沒成功命中任何一次。想當然耳，現在根本不可能擊中。那不如隨便丟，搞不好還能湊巧打中。石頭正好落在水母群邊緣，空虛地沉入水中。阿鬥扭了扭頭，轉轉右肩，嘴裡碎唸著「之前明明可以……」之類的話。

「今天狀況不好？」

大塊頭縮起嘴唇。

「有一點。總覺得手臂怪怪的。」

「別太勉強。」

「我有小心啦。你也丟丟看嘛，丟分數高的那種。」

「那邊的啊……」

好遠喔。大塊頭忽然無力地垂下眉頭。他扭過身子，從右邊口袋拿了一塊石頭，用大拇指、食指跟中指捏緊。大塊頭先是查看左右有沒有行人或腳踏車，從欄杆稍微退開幾步。他會用豪邁的投球姿勢扔出石頭，而石頭筆直劃破空氣、突刺般地飛越河面，不偏不倚地打中水母的正中心嗎？阿鬥忽然很想看看那幅景象，但又不是很想看，不過他矛盾的心思毫無意義。大塊頭笨拙地舉起左腳，幾乎沒動到腰部，手肘也縮起來。他丟石頭的姿勢宛如提線傀儡，甚至像是有生以來第一次扔東西。石頭搆不著水母群，飛到一半就掉進河裡不見了。

他丟球的姿勢真的跟女生一樣！——阿鬥在心中喊著。心頭的某處似乎應聲敞開。自己可以跟這傢伙相處融洽。阿鬥內心湧起這股預感，安慰的話語脫口而出：

「太可惜了！」

「是喔……」

兩人之後繼續瞄準橋下方的水母。兩人比賽扔石頭到橋的正下方，大塊頭仍然技高一籌，但阿鬥不怎麼在意。阿鬥和大塊頭偶爾也會丟遠處的水母。阿鬥的石頭仍然丟不中，但有一次擦過水母的身體。大塊頭的扔法還是像女生一樣，石頭也完全搆不著水母群。

「這附近可以釣到很多種魚喔。我下次再教你釣魚。」

阿鬥把頭伸出欄杆，一邊說一邊隨手丟石頭。一陣風吹過，兩人胸前的名牌晃了晃，不過大塊頭的名牌晃得比較小力，可能是他別得比較緊。海鷗不時飛到橋邊，振翅的聲響類似甩開衣服的聲音。每當海鷗飛過，大塊頭總是神情訝異地看過去。

「這裡有哪些魚？」

「烏魚、花鱸魚、蝦虎魚還有河豚。河豚有普通的草河豚，另外有一種河豚胸口有波狀條紋，叫做『白點河魨』。你有自己的釣竿嗎？」

「沒有。」

「那我做給你。」

「你會做釣竿？」

「簡單啦。我家還有釣魚線跟魚鉤，下次一起去找竹子吧。」

「謝了。」

「海水和河水會在這裡混在一起，可以釣到各種魚喔。不只是魚，運氣夠好還能在石頭上找到牡蠣。用手把牡蠣剝下來，放在地上，再用岩石敲開殼，用水沖一沖就可以吃了。」

阿鬥其實只看過大人這麼做一次，趁機說說看罷了。

「聽起來好像很好吃。」

「除了牡蠣，還能撈到很多螺喔。不過這些螺一定要煮過、烤過才能吃。」

嘴巴停不下來。

「你看，這條河叫做『西取川』。可是聽說『西取川』的『西』不是指東西南北的西。以前日語的『螺』和『西』同音。比方說，田裡的螺就叫做田螺嘛。這條河川可以撈到很多螺類，所以取了個名字叫『螺取川』，意思是『取螺的河川』。後來『螺』字不知何時又變成東西南北的『西』。現在這裡的香魚比螺有名多了。這裡會用火把香魚嚇進漁網，叫做『火漁』。漁夫會從七月一開始一直捕魚捕到秋天。火漁的地點比這邊再上游一點。」

「阿鬥懂得真多。」

接近河口的地方忽然傳來掘削機的聲響，聽起來很像機關槍。許多大人穿著相同的工作服，戴著一模一樣的安全帽，努力工作。一年前，也就是阿鬥上四年級的春天，河邊開始進行護岸修建工程。這條橋下游的兩邊河岸都要覆上水泥牆跟柵欄，總共要蓋上兩年。修建護岸的契機是兩年前發生的落水意外。阿鬥在那之前從來沒聽過有人在西取川出事，偏偏在那一年有兩個人在西取川意外死亡。其中一人是別校的小學男生，所以阿鬥不認識對方。另一人是大人，而且是阿鬥熟悉的人物。

「大塊頭的爸爸是在那邊的工地工作？」

「對。現在不知道在不在？那裡的大人穿得一模一樣，又隔得這麼遠，看不出哪個是我爸爸。」

「是喔？」

阿鬥問道，大塊頭也轉過頭去，表情看似想回問阿鬥。

阿鬥盯著工地，問了其他事情。

「大塊頭，你之前住在哪裡啊？」

「很遠。從這裡開車要三個小時。」

「比這裡還偏僻？」

「很偏僻。所以爸爸的工作變少，付不出房租。有一間叫做『中江間建設』的公司負責這邊的護岸工程，那間公司的社長是我爸爸的高中學長，所以他雇用了我爸爸，算是順便幫我爸爸一把。」

「可是那個護岸工程只會蓋兩年吧？兩年之後你們要怎麼辦？」

「不知道，可能又會搬家。」

阿鬥身後響起喇叭聲，他緊抓欄杆，轉頭看去。大塊頭倒是不慌不忙，傻愣愣地回頭看。一輛卡車靠在路邊，車身幾乎貼在緣石旁邊，處處黏著白的乾土，感覺魄力十足。引擎聲震得腹部一陣痛，熱氣吹得臉也熱燙了起來。卡車從右手邊的上上町開來，車頭面向左手邊的下上町，車子的駕駛座靠向內側。駕駛座的高度很高，阿鬥看不見司機的長相。

此時副駕駛座的車窗忽然一點一點地收下來，一張晒黑的大臉探出車窗。那人似乎是坐在駕駛座上，湊過身子轉了車窗的握把。

「你交朋友啦？」

這個男人的笑臉像是隨便雕出來的木雕，黑髮剃得短短的，說話帶著不知名的腔調。額頭很窄，全身沒有多餘的贅肉，皮膚沾滿汗水，眼角很多皺紋。

「嗯，交到了。」

大塊頭答道。

「這樣啊，好樣的。麻煩你多教教這孩子啊。」

男人中途改看著阿鬥，說到一半，他瞥了後照鏡一眼。

「──哎呀，有車來了。學，我走啦，等等見。」

「嗯。」

男人舉起單手，坐回駕駛座，引擎再次轟轟大響。卡車車身一陣輕晃，逐漸駛遠。

「──你爸爸？」

「對。」

「好帥喔。」

「嗯。」

大塊頭答得太直接，阿鬥不自覺看了過去。

「……幹麼？」

大塊頭不解地回看。

阿鬥搖搖頭，再度望向卡車離去的方向。

「這邊是單行耶。」

「單行？那是什麼意思？」

「就是單行道，車子在這條橋上只能走一個方向。」

阿鬥開始解釋。所有車子經過這條橋，都是要從上上町走向下上町。行人、腳踏車可以從兩邊自由出入，偶爾會有機車逆向行駛，但是汽車一定只能從一個方向過橋。

「可是只有一邊能走，那汽車都會積在下上町吧？」

「才不會。你看那裡，上游還有一座橋。那裡的單行道跟這座橋正好相反。從下上町到上上町都會走那條橋。」

阿鬥說，那條橋是「一之橋」，而他們所在的橋叫做「二之橋」。

阿鬥自己有事要去上上町的時候，大多只會從二之橋來回走，很少經過一之橋。因為走一之橋會經常遇見上上町的小學生。上上町的小學生或許和阿鬥一樣，他們不想撞見下上町的小學生，所以只會從一之橋往來兩座小鎮。

「大塊頭，你還有石頭嗎？」
「只剩一個。」
「我也是。」
阿鬥拿起口袋裡的最後一塊石頭，扔向遠處的水母群，還是沒中。大塊頭把石頭丟在欄杆正下方，一隻水母發出「咻——」的聲響，沉進河裡消失不見。
「那我們回家吧。大塊頭的家往哪邊走啊？」
「我要往左走。下次可以去你家玩嗎？」
「好啊。」
「明天就去？」
「可以。」
兩人回到橋上，一左一右分別之際，阿鬥突然想向大塊頭坦承一件事。其實自己今天是第一次和別人一起玩水母柏青哥。不過他強忍住這股衝動，走回自己家。阿鬥走到公寓前方的巷弄，偷偷模仿阿鬥的投法。胸口像是響起煙火聲，為自己慶賀一個不知名的開端。

（五）

隔天，阿鬥來到大塊頭住的租屋處。他在玄關見到大塊頭母親的第一眼，頓時理解了。寬厚的身軀，紮實的手腳。再把大塊頭的臉換掉——不對，他母親看起來根本是長頭髮的大塊頭。正確來說，應該是大塊頭長得像母親，但阿閂腦中的印象卻變成母親酷似大塊頭。

「學！你要帶朋友來，怎麼不事先說一聲？我們家現在到處都是紙箱，看起來很丟臉呀。媽媽還得出門。哎呀、你別太介意啊。你叫什麼名字？」

大塊頭搶先幫忙回答：「他叫阿閂。」

「不是食物的豆，是戰鬥的『阿閂』。」

「你叫阿閂呀。嗯？阿閂？可以這麼叫你嗎？」

阿閂點頭回答「可以」。

「這樣呀。你讀幾年幾班？」

「我和大……」阿閂話說到一半吞了回去。

「我和學同學同班。」

「**學同學**？你現在不叫**大塊頭**啦？」

「還是大塊頭。剛剛是阿閂比較有禮貌，才那樣叫。」

母親獅吼般地大笑，她的手提包和身體一比顯得特別嬌小。她在手提包裡摸索，一邊確認有沒有忘東西，一邊說：

「阿閂你別客氣。這孩子從以前就是叫大塊頭。好了，媽媽要出門了。你請智繪姊姊幫你拿點心。」

阿閂和大塊頭靠在牆邊，母親則是快步通過，從大門走了出去。

「進來吧。」

大塊頭脫下大鞋，走進昏暗的走廊。

走廊上還擺了許多紙箱，應該都是搬家的行李。兩人閃避紙箱走向屋內。大塊頭嘴裡碎碎唸，單手就把擋在路中間的紙箱推到旁邊。阿鬥在後頭偷偷推了推紙箱，一動也不動。

「阿姨去哪裡呀？」

「去打工。剛才我們有經過超市，是叫爾生屋？」

「彌生屋。」

「原來是彌生屋。那間超市在徵兼職收銀員，昨天媽媽去問過，對方當場就決定雇用媽媽。我猜是因為媽媽在之前住的地方也當過兼職收銀員。」

大塊頭每踩過一塊走廊地板，地板就直接凹下去。不過阿鬥踩的時候也微微往下凹，所以應該不是體重問題。

「我問你喔。」

大塊頭驀地停下腳步，輪流只用單腳站，面向阿鬥。

「佐伯的個性怎麼樣？」

對方就站在旁邊，阿鬥挺起胸膛就能看到他的臉。

「幹麼問這個？」

「沒什麼，就是覺得……他好像不太喜歡我。」

大塊頭的座號排在佐伯後面。這麼說來，佐伯和大塊頭今天在自然課上，分到同一組做電磁鐵實驗。

「他說了你什麼嗎？」

「他沒說什麼。只是我有這種感覺。」

「他不甘心吧。」

「不甘心什麼？」

「因為在你來之前，他是全班最高的人。」

佐伯原本是全班最高，座號也排在最後面，不過昨天之後就不同了。大塊頭來了以後，不用等到量身高，佐伯的座號就變成倒數第二。阿鬥之前還覺得佐伯又高又胖，身體也很壯碩。結果現在看來，他似乎比大塊頭小上一號。

「長得高大，好處又沒有比較多。」

大塊頭歪了歪頭，打從心底感到不解。

「那傢伙老是自以為了不起，我很討厭他，也沒跟他講過幾句話。你別理他就好。」

大塊頭含糊地點點頭，轉了一圈面向前方，走進內側靠左的房間。房門開著沒有關。房內傳出電視的笑聲，還有真正的大笑聲。阿鬥一進房就看到一個女人。她一頭褐紅色直長髮垂在臉蛋兩旁，而前方的榻榻米放著一臺電視，女人單手靠在矮桌上看電視。電視機型很老舊，和阿鬥家的電視一樣，是用「轉轉樂旋鈕」來換頻道。

「**超直球**，真搞笑。」

電視機裡可以看到超直球佐藤站在麥克風前取悅觀眾。超直球佐藤是最近很受歡迎的諧星，年紀大約二十歲後半。班上經常有人模仿他。
「我回來了。」
就在大塊頭說話的時候，超直球佐藤同時說了某句話，逗得女人哈哈大笑。她忽然舉起長裙底下的右腳，和左腳交疊，腳跟用力敲打榻榻米。裙襬內伸出那白皙的雙腳，十隻腳趾甲都仔細塗成紅色。
「說過頭了、說過頭了，會被罵啦。太好笑了。怎麼？你朋友來啦？」
女人問道，臉仍然朝向電視。
「對，他叫阿鬥。不是吃的那種豆，是阿鬥。」
「阿鬥？好好笑。」
女人在臉前面拍了拍手，轉過頭來。不過她馬上收起笑意，一臉正經。
「學，你怎麼能用這麼沒禮貌的名字叫朋友？」
「不是，我——」
「啊，您誤會了。」
常有人誤以為阿鬥是因為長得矮，才被叫成「阿豆」，但其實不是。自己並不是被戲弄或欺負，才被取了這個綽號。
「我長得很像『魔奇魔奇樹』裡的豆太，所以才取這個綽號。」
「『魔奇魔奇樹』？那是什麼？」
「是繪本。」
「是喔？我不知道有這種繪本。」

阿鬥原以為對方追問繪本內容，結果她伸手拍了兩次嘴，打了哈欠，又回頭繼續看電視。

「智繪姊姊，有點心之類的……」

「啊，我要吃、我要吃。」

「……我找找看。」

大塊頭看向阿鬥，朝矮桌的某一處比了比。那裡正好是智繪的正對面。阿鬥坐下來，悄悄觀察對方。大塊頭跟他媽媽都在名字後面加了個「姊姊」，可是她到底是誰？

大塊頭勉強彎身窺看矮桌底下，又隔著茶櫃玻璃找了找，最後走到廚房。廚房傳來冰箱箱門開關的聲音，電視機則是發出歡呼與掌聲，超直球佐藤退場了。螢幕上換成一對年長的搭檔，智繪用腳關掉電視機。接著她的上半身湊過矮桌，伸出右手，突然往阿鬥的頭來一記手刀。

「阿鬥。」

「是……」

「歡迎你來。」

「可是你們家裡還堆著紙箱，我跑來好像反而會打擾——」

「家裡沒有一天整理得完啦。就算暫時收整齊了，馬上又會有新東西冒出來。」

智繪的話若有深意，又很像是故弄玄虛。她再次把手肘靠在矮桌旁，整個人側躺下來。

「我叫做智繪，是學的父親的妹妹。」

「那就是阿姨——」

「學的父親的妹妹。老哥再過不久要滿四十歲，可是我跟他差十歲，才二十九而已。請多指教啦。『智繪』的漢字要這樣寫。」

智繪拉過阿鬥的左手，光滑的手指在掌心寫下「智繪」兩個字。智繪咧嘴一笑，抬眼瞧瞧阿鬥的反應，阿鬥趕緊縮回手。智繪的右臉上有一顆淡淡的痣。

「您也是、在這裡、那個嗎？」

「就是那個。我和他們住在一起。」

智繪用指甲敲敲桌面，又用手肘撐在矮桌上。

「我和老哥原本一起住在之前的小鎮上。老哥結婚之後，我本來打算搬出去，結果他們說可以繼續一起住，我就留下來了。他們前不久說要搬家，所以我也跟著過來啦。」

智繪快速說完這些話，但只聽一遍還是一頭霧水。大人搬家都這麼隨興嗎？

「我想去賣酒的店工作，可是這附近竟然一間都沒有——啊、學！老哥買來的糖煮脆蝗是不是還有剩？拿那個來吃吧。」

「嗯。我在找，放在哪裡？」

「冰箱旁邊的推車不是有個放烤海苔的罐子？筒狀的那個，在後面。放在袋子裡，袋口夾了晒衣夾。」

「啊，找到了。」

「還剩多少？」

「大概一半。」

智繪半帶苦笑地碎碎唸：「真受不了。」

「阿鬥，你能吃多少糖煮脆蝗？」

「呃，一般就好。」

阿鬥其實不知道那是什麼。

「一般是多少？」

「一個盤子裝滿吧。」

「你指多大的盤子？」

「……裝魚的那種。」

智繪露出震驚的神情。

「你平常吃糖煮脆蝗，可以吃那麼大一盤嗎？不過真是幫大忙了。我從小就很怕吃那玩意，老哥又很愛買，光是在家裡看到那東西就覺得討厭。」

在這之後，阿鬥有生以來第一次吃了滿滿一盤的糖煮脆蝗。他一邊聽著智繪的感謝，一邊拚命將那東西吞進喉嚨。智繪趁空檔告訴阿鬥，她和大塊頭的父親原本是山形縣人，當地把煮蝗蟲稱為「糖煮脆蝗」。「糖煮」就是「燉煮」，「脆蝗」就是「蝗蟲」的意思。

吃完之後，三個人一起看電視，阿鬥直到快日落的時候才走出大塊頭家。他踢著小石子走回家，晚上矇矇朧朧地回想智繪指尖的觸感入睡，還夢到自己變成蝗蟲。夢中的他全身黏答答，拚命掙扎，此時忽然有一隻巨大蝗蟲爬了過來，水煮蛋大小的眼睛俯視阿鬥。

（六）

「剛才那樣不錯。」

阿鬥一說，大塊頭滿臉困惑。

「這樣？」

「對，就是那樣。」

「動作再自然一點不是比較好？」

大塊頭單腳踩在河畔的石頭上，雙手抱在胸前。

「沒關係啦，這樣看起來比較帥。」

阿鬥按下相機快門。

「你想想，電影海報的相片，裡面總是有人擺這種姿勢呀。」

「嗯，是沒錯。」

「那就照這樣拍吧。」

阿鬥接著按下第二次快門按鈕。

現在是星期天上午，這裡是西取川河畔。這裡比一之橋更上游一些，非常安靜。連續幾天都是大晴天，河水流速很緩慢，幾乎聽不見水聲。河邊寧靜無風，尚未生出花穗的芒草直挺挺的，靜止不動。蜻蜓降落芒草葉上，剛羽化的翅膀垂下成了八字，就這麼停駐歇息。

「阿鬥，差不多該交換了。」

「好啊。」

阿鬥把相機交給大塊頭，順便開口問了在意很久的事。

「我說，結果這個相機到底該算誰的啊？」

「是誰的都沒差。乾脆當作我們的相機，之後買底片也兩個人合力出錢。」

「喔喔，我懂了。」

阿鬥望了望四周，以一之橋為背景擺出姿勢。

「你從那邊拍吧。」

阿鬥指定了拍照的位置，大塊頭蹲低並張開雙腳，小心翼翼閃避大石頭，並在河畔又爬又走。他終於找到適合的角度，舉起相機直點頭，單膝跪地。

「真想趕快買底片。」

大塊頭說著，按下快門。

「嗯，我也想。」

阿鬥雙手扠腰，臉轉向側面。

「阿鬥，等我們的相機裝了底片，真的可以拍照的時候，我們就去拍拍看各種地方好不好？像是我爸爸的工地，找個景色會慢慢改變的地方，拍很多張照片，之後看起來應該很有趣。」

「可是拍太多照片很花錢耶。」

阿鬥改變姿勢，雙手插進口袋，轉向相機，只有臉朝左側歪了歪。天空飄著幾朵白雲，其他部分宛如塗上天藍色的油漆，湛藍無比。

「為什麼很花錢？」

「把底片沖成照片很花錢啊。」

「是嗎？」

「是啊。大塊頭真的什麼都不知道耶。」

大塊頭瞬間僵住了臉。

就在這短短一剎那，這一週的種種化作一陣強風，颳過阿鬥的心頭。

大塊頭星期一轉學到班上後，阿鬥從來沒看過他和自己以外的人說話，反而撞見幾次他被同學嘲笑的場面。國文課輪到大塊頭朗讀課文，他因為讀不出簡單的漢字，中斷好幾次，每次曾根村都會告訴他正確唸法。但大塊頭馬上就忘記怎麼唸，下一次出現同樣漢字的時候又停下來。佐伯忽然說「他僵住的臉真像白點河魨」。佐伯就是被大塊頭搶走最後一個座號的同學。這話聽起來像是自言自語，卻又故意說得很大聲，讓班上同學聽見。班上同學隨即哄然大笑，阿鬥也忍不住笑出來。大塊頭似乎往竊笑的阿鬥看了一眼。不過兩人從此沒提過那件事，阿鬥也不知道實際上他有沒有看到自己笑，搞不好只是阿鬥的錯覺。大塊頭穿上值日生的打菜服，不知道哪個女同學笑說很像大枕頭。這次阿鬥沒有笑，但只有一個人閉上嘴，並不會讓全班的笑聲變得比較小聲。

到了自然課，大塊頭的手肘不小心打到實驗桌的顯微鏡，顯微鏡掉在地板上。他急忙想撿起顯微鏡，結果手一滑，顯微鏡又掉下去。阿鬥沒看清楚是什麼掉了，不過當時傳出玻璃碎掉的聲音。是檢體碎掉了？同學原本差一點笑出來，曾根村立刻怒罵大塊頭，自然教室頓時鴉雀無聲。實驗開始前，老師曾經再三強調顯微鏡很昂貴，要同學小心操作。

昨天的下課時間，阿鬥本來要到大塊頭的座位找他說話。大塊頭和之前一樣，用衛生紙包住手指挖鼻孔。佐伯正好要經過他的座位，故意裝模作樣地向後退，還嫌惡地皺起臉，像是看到了髒東西。周遭幾個同學竊笑幾聲。大塊頭把挖過鼻孔的衛生紙揉成一團，遲疑了一下才站起身，走到教室後方的垃圾桶丟衛生紙。佐伯故意雙腿開開跟在大塊頭後面，模仿他走路。阿鬥還是找不到機會和大塊頭說話，只能悻悻然地回到自己的座位。

「這樣啊……洗照片很花錢。」

阿鬥維持望向遠方的姿勢，點了點頭，等著對方繼續說。但是大塊頭默不作聲，若有所思地沉默許久，最後仍然一句話都不說，直接舉著相機按快門。

「好，大塊頭，我們接下來用比較自然的方式拍照好了。我走過去。」

阿鬥從口袋裡抽出手，行走在春日灑落的河畔。不過他怎麼走都像在列隊行走，一點也不自然。河畔的石縫間夾雜許多物品。乾裂的清潔劑瓶，膨脹發皺的漫畫雜誌。阿鬥在大岩石旁邊找到沖天炮的殘骸，他撿起殘骸，一把掃開長在旁邊的奇怪綠色植物。這是什麼草？綠草直挺挺地長在地面上，沒有樹葉，看起來很像細長的蘆筍。草莖看起來很硬，表面有直條紋的皺摺，似乎能拿來磨模型零件。

「哦，剛才那一揮不錯。」

「是嗎？」

「再來一次。」

這次從下往上揮。大塊頭單膝跪在地上，頭部一下抬高、一下壓低，按了好幾次快門。阿鬥又繼續揮打那奇怪的植物，心中莫名升起一股衝動。他想找機會稱讚大塊頭。自己從來沒有對誰起過這種念頭。

阿鬥至今曾有兩次覺得大塊頭很厲害。第一次是兩人在玩水母柏青哥，大塊頭讓石頭直墜正下方的時候。不過大塊頭總是用女生投法扔石頭，阿鬥很難打從心底稱讚他。再說，要稱讚他水母柏青哥玩得好，也得先去橋上才行；另外一次，則是大塊頭從自己手上搶走相機的時候。雖說他的樣貌確實嚇人，但還是完全騙過阿鬥。大塊頭一定有騙人的才華。他有辦法讓人相信自己的隨口胡謅。

阿鬥不知道該如何開口，最後還是直截了當地提出來。

「你再試著說謊看看嘛。像上次那樣。」

「上次……噢。」

大塊頭露出靦腆的神情。

「你說相機那一次。可是要騙誰？」

「總之先騙騙我吧。」

「為什麼？」

「不為什麼。」

他當然不敢說自己想稱讚大塊頭。

大塊頭的T恤肩膀處像是塞了兩顆排球。他抖了抖肩，笑著說「下次吧」。

「演戲其實很累人的說。」

不過所謂的「下次」，實際上代表的期間完全不一樣。比方說，阿鬥的母親看到洗臉臺的鏡子有裂縫，說了「下次」要補一補，結果過了兩年還是沒補好。但有時剛說完「下次」，那個「下次」馬上就到來了。

大塊頭忽然想到了什麼。

他舉著相機，相機幾乎擋住整張臉。但阿鬥還是認得出他的表情。

「阿鬥，你去過煙火大會嗎？」

「只去過一次。」

當時阿鬥還在唸幼稚園，父親和母親帶著他搭電車，一起去遠方的城鎮看煙火。出發時的天空還十分明亮，日落好像比平常還晚，他記得自己很擔心天空這麼亮，晚上會不會看不到煙火。父親笑著安撫阿鬥，說著「沒問題」，母親還擺出另外一種笑容。阿鬥一直覺得很不甘心。他回程的時候睡著了，所以不記得之後的事。

「其實煙火大會裡有分放煙火的人，還有弄出煙火聲的人喔。」

阿鬥一聽，覺得很有意思。

「哦？是喔。」

「你不知道？」

大塊頭放下相機，眉頭挑高，眼神感覺十分開心。

「其實那是兩批人。因為有人站在遠處，煙火的聲音傳不了那麼遠，所以會有人特地在觀眾附近弄出超大的聲音。所以煙火跟聲音才會隔比較久。」

「因為他們不小心搞錯時機嗎？」

「對呀。」

「原來如此，所以才會隔很久啊。」

話語自然而然地說出口。

「我之前就覺得很神奇，煙火的光跟聲音怎麼沒有一起出現。」

「沒辦法，因為是兩批人在放。」

「嗯，沒辦法。可是他們要怎麼弄出煙火的聲音呀？」

阿鬥雙手抱胸，裝出思索的模樣。大塊頭馬上說「是用很大的太鼓」。

「太鼓啊。他們要是再多練習幾次就好了。啊，不過他們要放很多發煙火，好像很難每一次都配合得剛剛好。」

「我也覺得很難。」

大塊頭正經八百地點頭。

「有些煙火一升空就馬上爆炸，有些要隔很久才會爆炸。」

「還有一種煙火是爆炸一次之後，又會散開爆炸好幾次。難怪他們配合不好。」

這股喜悅是什麼？感覺像是被人捧上天，又像是下門牙換牙時的搔癢感覺。大塊頭笑得彎起眼，看起來得意洋洋。阿鬥一想到是自己讓他露出那副表情，就開心得不得了。他興奮地握緊沖天炮的細木棒，一把揮開四周的芒草葉。葉片上結有蜘蛛網。沖天炮的細木棒勾到蜘蛛網，蜘蛛網變成細長的絲團，在天空拋了個弧線。阿鬥才剛想不妙，蜘蛛絲已經黏在他的臉上。

「噗嗚嗚嗚嗚！」

他使勁甩頭，還沒搞清楚蜘蛛絲黏在哪裡，雙手亂抹一通，急著撥掉絲線。他一撥再撥，仍然覺得有絲線黏在臉上。

「……剛剛那個，你拍了嗎？」

阿鬥好不容易抹掉蜘蛛絲的觸感，他還彎著上半身，屁股翹高，只有臉轉向大塊頭。

大塊頭短暫思考一下，點頭說：「拍了。」

「幹麼拍啦！好丟臉喔。」

「這種照片才夠自然。」

「是沒錯啦。」

阿鬥明知道煙火大會根本沒有大太鼓，相機裡也沒裝底片。但他試著相信這些謊言，反而覺得有趣極了。阿鬥咀嚼著這股樂趣，回想起自己為何想要一臺相機。

他在那間相機店幹壞事的前一週，翻開了父親遺留的相片。

老師那時候出了作文作業，標題是「過去的自己與未來的自己」，要求同學至少要寫五張稿紙。這前所未有的長度考倒了阿鬥，他坐在矮桌前抱頭苦思，還是想不到要寫些什麼。他沒有備用稿紙，萬一寫爛了也不能重寫。阿鬥遲遲寫不出作文的第一行。

這時，阿鬥想起父親曾經因為興趣拍了很多照片，大概持續到自己小學三年級的夏天。

他不知道父親拍得好還是不好，總之就是留下了很多照片。照片的背景百種，廚房、起居室、陽臺、商店街、西取川、海邊、公園，甚至是不知名的原野。有單純的風景照，但這些景色大部分只是背景，照片的主角有狗、蟬、空罐、櫻花，還有人類。也有不少母親的照片。聽說父親婚後才開始迷上攝影，所以沒有媽媽更年輕時的照片；爸爸還拍了住在關西的外公、外婆。照片上的兩人看起來比現在還老，阿鬥嚇了一跳，趕緊確認照片日期，結果照片上的時間是幾年前。可能是陽光從正上方照下來，讓兩人的皺紋更加顯眼；另外有照片拍到酒館前擺著幾個啤酒箱，一群男人坐在啤酒箱上，有說有笑；還有一張照片拍了長得像叔叔的阿姨，她穿著祭典的背心，滿頭大汗地翻著鐵板上的炒麵。所有照片裡拍到最多次的人，就是阿鬥。一張是他戴著紅白帽的白色帽子跑步。一張是面對相機鼓著鼻子的模樣。還有他穿著沾到食物的襯衫，一臉想睡；以及他得意洋洋指著自己的耳朵。這張可能是正在表演動耳朵特技。他現在偶爾也會玩這招，不過拍成照片根本看不出耳朵會不會動。還有一張照片拍了一隻老貓，貓嘴叼著細細長長、淡褐色、皺巴巴的東西。仔細一瞧，原來牠叼著一條醃蘿蔔。這隻貓準備等一下享用這條醃蘿蔔嗎？

父親的照片大多如前述，對阿鬥的作文沒有半點幫助。

結果阿鬥只能用中規中矩的文字填滿那五張稿紙，還盡可能把字寫得整齊一點，彷彿這麼做能為空洞的內容找點理由。

他把作文塞進書包，從冷凍庫拿出棒棒冰，折了一半吃掉。阿鬥滿腦子轉著同一件事，直到母親下班回家。他好想要相機，他也想一個人拿著相機到處走，拍很多照片。

其實這時候，阿鬥早該擁有自己的相機。

父親說想用分期付款買一臺新的相機，到時淘汰下來的舊相機就送給阿鬥，他會好好教導阿鬥如何攝影。然而在阿鬥拿到相機之前的某一天，那是星期天的清晨，西取川下游下大雨氾濫成災。父親說想去拍河水氾濫的景象，拿著相機出門，從此再也回不來了。父親當天吃剩的煎鮭魚皮還留在盤子裡，棄置在廚房流理臺好幾天，沒人收拾。阿鬥從此再也不敢吃煎鮭魚，母親也不會將煎鮭魚端上桌。

兩天後，搜救隊在海裡一處大人能站穩的地方，找到父親的遺體。阿鬥至今仍會偶爾夢見父親沉進水裡的景象。夢中的景象灰暗無色，父親臉上掛著平時佩戴的眼鏡，但在現實中，父親的眼鏡早就被沖走了。父親的眼鏡盒又大又細長，宛如一條灰白蠶豆，現在就放在公寓的佛壇上祭拜。

父親沒有買保險，存款也不多。他死後，只留下諸多回憶、照片以及「茂下駄」這個姓氏。假如人的姓氏是先選先贏，這個姓氏肯定會剩下來。阿鬥不知道一臺相機多少錢，但是父親都得用分期付款才買得起，想必很貴。他不敢向母親開口，苦惱到最後，就騎著腳踏車跑到上上町，走進那間相機店。

相機店的貨架上擺著很多更小、更輕巧的照相機。父親說要送給他的那臺相機表面很粗糙，前面裝著凸出來的鏡頭，鏡頭像茶杯口一樣大。可是家裡沒地方藏這麼大的相機，而且感覺很難用，又沒有人教他，他根本不會用。所以阿鬥盯上小型的柯達相機。他當時緊張過頭，根本沒看標價，這相機到底值多少錢？阿鬥現在仔細瞧了瞧相機外觀，感覺很高級。

大塊頭來到阿鬥身旁，把相機鏡頭朝向地板。阿鬥拋下的沖天炮木軸還纏著剛才的蜘蛛絲，又細又長，看起來像是有細煙緩緩飄到砂石上。大塊頭朝著那景象按下快門。阿鬥望向大塊頭粗得看不見的脖子，暗自心想，幸好自己沒有成功偷到這臺相機。幸好大塊頭騙走這臺相機。自己的計畫若是成功，他獲得了一臺相機，會不會反而感到歉疚，覺得自己從父親手中偷走相機？阿鬥隱約有這種感覺。而且到那時候，他就沒辦法和大塊頭一起拿著沒裝底片的相機，彼此互按快門玩耍。

（七）

「然後他就大吼一聲。」

「對熊大吼？」

「沒錯，就是對熊大吼。然後熊就嚇得跳起來，就這樣逃走了。」

「好厲害。」

大塊頭驚訝地張大嘴，直盯著阿鬥的臉。他沒有繼續說話，肯定是暗示阿鬥繼續說下去。

「然後爸爸就追上去，還用跑的。」

大塊頭露出詫異的表情，然後點點頭表示理解。

「對喔，你剛才說熊搶走你爸爸的行李。」

「呃，對對對。嗯，沒錯。熊咬著行李逃走了，我爸爸才追上去。」

午休時間結束前，阿鬥在教室裡對大塊頭提起死去的爸爸。坐隔壁的女同學不在座位上，阿鬥就拉了人家的椅子來坐，他面向大塊頭，把椅子前傾，滔滔不絕地講起父親的事蹟。

阿鬥告訴大塊頭，自己的父親從小就是個**不良少年**，總是和比自己高大的人打架，而且從來沒輸過。父親不只和人類打架，有一天他去山裡攝影，忽然出現一隻熊搶走父親的行李。父親和熊一對一單挑。那是一隻成年的熊，父親和熊在山路上打了起來，不過熊的力量終究比人類強，最後熊把父親壓在樹幹上，正要咬下父親的頭。父親在千鈞一髮之際靈機一動，放聲大吼。

事實上，阿鬥的父親很膽小，別說是跟熊單挑，他在廚房看見一隻蟑螂就會整晚睡不好覺。他很矮，手腳又瘦又細。阿鬥一年級的時候經過彌生屋，第一次看到紅蔥頭，還會聯想到父親的屁股。父親恐怕一生都從未和人打架。但阿鬥其實也沒打過架。

阿鬥心想，自己現在和大塊頭聊的事情，其實很類似用沒裝底片的相機互相拍照。一方擺姿勢，另一方按下快門；一方說謊，另一方假裝把謊言當真。昨天大塊頭胡扯了煙火和太鼓的小知識，阿鬥刻意做出佩服的模樣，讓大塊頭開心不已。而阿鬥自己也想試試那種感覺。於是他現在撒起瞞天大謊，對方仍然興匆匆地點頭，這種感覺比想像中還要美妙。

「我爸爸就是這樣一個人。」

「他真有勇氣。」

阿鬥剛才吃完營養午餐，腦中忽然閃過這套謊話。不過他知道自己為什麼會撒這種謊。

因為大塊頭有一位很帥氣的父親，這讓阿鬥羨慕極了。

昨天他和大塊頭玩完互按快門的遊戲，又到處找竹子，找到快傍晚才回到家裡。阿鬥家的鑰匙總是用橡膠繩綁著，掛在脖子上。他用鑰匙打開家門，跪在書櫃前，拿出那本「魔奇魔奇樹」。阿鬥忽然想確認一下內容。故事裡的主角豆太和爺爺相依為命，不過他的父母去哪了？

出乎意料之外，書上並沒有描寫到豆太的母親。他快速翻動書頁，想找到關於父親的描述。他馬上就找到了。繪本上寫著：「豆太的父親是個很勇敢的人。他和大熊單挑，最後撞到頭死掉了。」阿鬥讀著這段敘述，想起大塊頭的父親。阿鬥在二之橋上見到他的時候，中間隔著卡車的窗框，但感覺他人高馬大。白色T恤外的手臂很粗壯，皮膚晒成小麥色，用牙籤戳戳看，牙籤可能會「啪」地斷掉。臉看起來像是稜稜角角的木雕，沒有一處是圓滑的。頭髮又黑又短，直直尖尖的，但又不像是抹了髮膠才那麼硬。

「我爸爸跑得很快，馬上就追上那隻熊。一般人根本追不上呢。」

「嗯，的確追不上。」

「然後他就踹了那隻熊。像這樣，從後面一腳踹過去。」

阿鬥用右腳踢向大塊頭的左腳。他當然不是真的想踢，只是想解釋爸爸踢得有多麼用力。沒想到一時收不住力道，踢得比自己想像的還要用力。大塊頭看著阿鬥，揚起笑容。

他的笑臉很僵硬，藏著一絲畏懼。

「啊，對不起。」

「沒關係。然後呢？熊有反擊？」

「喔喔，嗯，好像沒有。後來熊丟下爸爸的行李，直接逃走了。」

「這樣啊……」

大塊頭低聲說完，縮起嘴脣，擺出鬥雞眼，像是臉上所有的部分都往中間縮，就這樣陷入沉思。他遲遲不說話，方才拋諸腦後的午休喧鬧再次傳入耳中。阿鬥聽見有誰拉動了椅子。

「我的爸爸也是喔。」

大塊頭最後盯著阿鬥的胸口附近，開口說道：

「他也曾經像那樣踢飛東西。」

「熊嗎？」

「不是，是狗。」

「是狗啊。」
「對，是狗。而且是很大的狗。」
「有多大？」
大塊頭往周遭看了一眼，似乎在找比較對象。不過他沒找到適合的標的，便把手掌拉到頭頂上。
「像我這麼大。」
阿鬥差點噴笑出聲，好不容易才忍住。
「還真的很大。」
「我那時候和爸爸走在一起，那隻大狗突然攻擊我。是爸爸踢開狗救了我。不過爸爸也沒有踢傷那隻狗。那隻狗也不是很大，他出全力的話，那隻狗一定會受傷。」
大塊頭說著，狗的尺寸又跟著縮小，感覺很好笑。
「大塊頭的爸爸感覺腳力很強呢。」
「對喔，阿鬥見過我爸爸。然後啊，爸爸趕走那隻狗之後，那附近是河邊，有個像懸崖的地方，我又從那裡摔進河裡。那條河很深，水流又很急，我差點就要溺死了。不過，爸爸那時候跳進河裡救了我。」
「哦哦哦！」
阿鬥瞪大雙眼盯著對方，擺出讚揚的表情。

（八）

「你來啦，阿斗。」

「我叫阿鬥。」

「阿鬥，抱歉啦。」

阿鬥放學後和大塊頭一起回家。一進門就看到智繪坐在矮桌旁看電視。

「之前你把糖煮脆蝗全嗑掉了，老哥後來凶了我一頓。老哥就是學的老爸啦。」

「對不起。」

「說是這麼說，看你之前那麼喜歡，要不要我再叫老哥多買點？我自己是看都不想看啦，但你好歹是學的好朋友，喜歡就讓你多吃點。」

「沒關係，不用了。」

智繪和之前一樣，單手撐在矮桌上，靠在桌邊直盯著電視。節目也和之前一模一樣。電視天天都會在同一時間播這個節目？

「你愛吃甜食嗎？」

「真要說喜歡不喜歡，我當然喜歡甜的。」

「你都不挑嘴呢。學，家裡不是有那個嗎？禮子嫂嫂之前從打工地點拿回來，那叫什麼來著？」

阿鬥心生警惕，生怕對方又拿出什麼噁心的食物。智繪抬起單邊稀疏的眉毛，思考片刻，接著雙手一拍。

「啊，LOTTE千層派啦。」

阿鬥在店裡看過這種零食，但他還沒吃過。

「媽媽才不是拿回來的，她有花錢，是用錢買來的。」

大塊頭不滿地嘟起嘴。

大塊頭的母親似乎就叫做「禮子」。阿鬥不知道全國的「禮子」都長得什麼樣，不過這個名字實在不太適合那位太太。

「隨便啦，統統拿過來。然後裝點麥茶。我的裝這個杯子就好。」

智繪舉起空馬克杯。馬克杯的把手已經斷了，只留下兩塊粗糙的凸起。大塊頭接過馬克杯，大步走出房間。

「這節目沒了**超直球**就好難看啊。老人家講話快，好像嘴裡含滷蛋，聽不太懂。不過**超直球**感覺也紅不了多久呢。阿鬥，你家有幾個人啊？」

「啊，我跟我媽媽。」

「爸爸咧？」

「已經去世了。」

「是喔。」

智繪說完，忽然說了一句可能會很傷人的話：

「搬到這裡之後，我家老哥對學來說，活著跟死了沒兩樣呢。」

但奇妙的是，阿鬥並不討厭智繪這種態度。之前他已經碰過好幾次這種場面。

別人老是過度顧慮自己，慎重挑選話題，對方最後覺得麻煩，乾脆就不說話了。

「為什麼啊？」

「老哥太忙了，幾乎沒休息。他總是天亮前就出門，工程經常忙到半夜，有時連星期六、星期天都得去工地。他在學睡著之後才到家，睡個覺，在學起床之前又出門了。學每天都睡十一個小時呢。」

「這麼久？」

「他很忙嘛。」

阿鬥是驚訝大塊頭的睡覺時間，但也沒必要糾正智繪，就隨便點了點頭。

「那種工時絕對違法了啦。雖說當初接到委託的時候，對方事先聲明過工作量會很大，但這也太操了吧。」

「希望他夏天有空出去玩。」

「為什麼是夏天？」

阿鬥在這座小鎮出生，反而覺得這個問題很奇怪。

「因為這邊很靠近海水浴場啊。」

智繪恍然大悟，笑得瞇起了眼。

「不行、不行。學可能會想去海邊，可是我老哥是旱鴨子，他不會去啦。」

「是嗎？」

「那傢伙從小就很擅長各種運動。也不只是運動啦，總之他什麼都學得快，唯獨游泳除外。該怎麼形容咧？他是覺得水很可怕吧。搞不好上輩子跟水有仇。」

望向廚房。大塊頭面向流理臺，正把麥茶倒入玻璃杯中。阿鬥凝視那寬大背影，暗自心想。阿鬥之前說過「父親會和熊搏鬥」，而大塊頭也提過「父親游泳救了他」，也許是因為兩人都懷抱相同的希望。他們把願望寄託在謊言中，希望一切能夠成真。

兩人拿著相機走出門後，阿鬥的猜測轉為肯定。

大塊頭走在西取川的河畔，忽然說起自己曾是棒球隊的王牌投手。太驚險了。爆笑忽然一口氣湧上喉嚨，阿鬥費了大把勁才忍下來。

「王牌投手啊……真行。」

阿鬥的臉頰和嘴角不時抽搐，他只好一邊讚嘆，一邊轉向反方向，小心不讓大塊頭看見自己的表情。他只要忍不住笑出來一次，一定會讓現在，以及未來的所有謊言索然無味。

「我之前參加鎮上的棒球隊，只要輪到我投球，對手絕對沒辦法得分。」

「你擅長投什麼球？」

「直球。」

阿鬥腦中浮現大塊頭用女生投法投出快速球的模樣，使勁抬高眉頭，收緊下巴。

「直球啊。」

「對，就直直投過去那種。我投曲球的時候彎度也很大。」

大塊頭又補上，自己也很擅長揮棒。

「我打過很多全壘打。」

「表現很精采嘛。」

「不過後來碰到很多事，我就不打棒球了……」

他嘆了口氣，微瞇雙眼看向遠方。

「碰到很多事……」

阿鬥往同方向望去。一架直升機飛過天際。

大塊頭的描述就此中斷，他似乎是想不到能接的後續了。耳邊徒留踩踏河畔石子的聲響。兩人的體型差異極大，腳步聲卻相去不遠。下腹部忽然隱隱作痛，又像是一陣搔癢，漸漸湧上胸口附近，感覺十分舒暢。這股舒暢推動阿鬥，他還來不及思考，已衝動說出心中的念頭。

「我曾經從橋上一口氣擊沉三隻水母喔。」

「一次三隻？」

「我一隻手捏了三塊石頭。而且不是橋底下的水母，是更遠的那群。」

「阿鬥好厲害。」

「不過我是在半夜丟中的，沒有人看到這次壯舉。啊，我有跟你說過嗎？半夜玩水母柏青哥會更有趣喔。遠處的水母比較稀有，牠們半夜會發藍光耶。」

阿鬥一邊說，一邊陶醉於自己的想像。同時更自豪自己說謊的才華。

「石頭只要命中水母，水母的藍光就會突然熄滅，像是關掉電源一樣。丟起來很愉快喔！」

（九）

應該說那是「另一張臉」？

不，或許該稱為**私底下的模樣**。

大塊頭在這星期後半的某天下午，開始露出這種表情。

阿鬥和大塊頭肩並肩，正要從學校走回家。前方有隻燕子急速飛過，但在天上被海鷗追了過去。雙腳沉甸甸的，打嗝有營養午餐的味道。一切的一切都一如往常，但這天只有一件事不一樣。

大塊頭今天幾乎沒說話。

阿鬥心想，說不定是因為自己今天在學校完全沒找大塊頭聊天。

他不是討厭和大塊頭說話，純粹是想不到新的「謊話」。不，其實也可以聊普通的話題，但是兩人互相思考謊言，欺騙彼此，實在太有趣了。反而讓他不想特地走到大塊頭的座位，只聊電視、課堂或是漫畫之類的話題，感覺很無聊。話雖如此，也不能一整天的下課時間都丟大塊頭一個人，太對不起他了。

「對了，我們要趕快找到竹子，才能做你的釣竿。」

「嗯。」

「要用鋸子鋸開竹子，不然竹子就會從中間裂條縫。不注意這種小細節，有時等到釣竿完成之後才發現，到時候隙縫會夾到手的皮，痛死了。」

「嗯。」
「所以去找竹子的時候要帶鋸子喔。」
「鋸子，好。」
阿鬥轉身面向大塊頭，像螃蟹一樣橫著走路，一邊對大塊頭說話，但是大塊頭完全不看自己。他從這個方向觀察大塊頭的側臉，臉孔曲線、耳朵形狀、鬢角變得特別清晰，不禁感到疑惑。對方原本是長這副模樣嗎？
阿鬥今天不該在體育課上和佐伯聊得那麼開心。大塊頭說不定是介意這件事。阿鬥和佐伯今天打躲避球的時候分到同一隊，最後只剩下他們兩個在場內。阿鬥不斷閃避飛來的球，佐伯則是趁機把對手打出場外，終於解決最後一人。全隊大肆歡呼，佐伯伸出手邀阿鬥擊掌，完全把阿鬥當成戰友。阿鬥拍了佐伯的手，兩人之後開始你一句我一句，拚命爭論誰才是這次比賽最亮眼的要角。阿鬥第一次和佐伯聊得這麼起勁。大塊頭身處敵隊，不過隊友漏接的球早早就打中他，他去了外場，直到比賽結束前都沒有再回到內場。
「阿鬥，我問你喔。」
兩人即將走到通往彼此家中的岔路，大塊頭忽然開口。
「我可不可以說個謊話？」
他今天為什麼要特地經過自己同意才說？阿鬥疑惑之餘，還是點了點頭。
「那個，這麼說不知道你會不會不開心，如果——」
大塊頭瞥了阿鬥一眼，又把臉轉向前方。他的下巴莫名僵硬。

「如果你爸爸還活著，然後因為某個原因，一群壞人抓住了你爸爸，你會怎麼做？」

「呃？一群壞人是什麼意思？」

「比方說……總之就是很壞的人，他們把他關在某個地方這樣。」

「把我爸爸關起來嗎？」

「對。」

阿鬥沒有馬上回答。一方面是很難想像那個場面，但他更在意大塊頭的話。

「你這個……是謊話沒錯吧？」

「我剛剛就說是謊話了。」

那自己照常回答可以了吧。

阿鬥雙手抱胸，思考答案。

「這個嘛。我爸爸都能打贏熊了，不可能輸給人類。可是，他如果真的被抓走了——」

「我會去救他。」

找老師？叫警察？告訴媽媽……不對。

「自己去？」

「對，自己去。」

「你不害怕？」

「怕呀。可是怕也沒辦法。」

「你要跟壞人打架？」

「我可能會像打躲避球的時候一樣，跑給壞人追。大塊頭可以和對方打吧？你那麼強壯。」

「萬一壞人之後跑來報仇，不是很可怕？」

「也是喔，那不然——」

阿鬥仰望天空，努力想了想。

接著他想起相機店當時的事。

「你可以學我偷相機那時候的把戲呀？」

大塊頭用表情回問阿鬥。

「那時候我先讓相機店老闆去追別人，趁機偷了東西逃走。雖然後來被大塊頭抓到了，不過到逃走為止都很順利。我騙老闆說，剛剛走出去的男人沒付錢就拿走底片，然後把男人的特徵告訴老闆，讓他追過去。你如果怕壞人報仇，你也可以像這樣騙他，讓他去追別人，或是讓他去找別人。」

「怎麼做？」

「比如說，大塊頭可以戴面具去救爸爸呀。然後你逃走的時候，故意留下別人的東西。」

「可是別人很容易記住我的身材……」

「那你就選一個身材跟自己很像的人嘛。」

阿鬥用佐伯來想像，繼續說：

「假設有個人身材跟大塊頭很像。你可以先偷走對方的名牌，偷偷丟在現場。然後那些壞人就會去找名牌的主人，不會找大塊頭麻煩。當他們找到對方，發現你們體型一樣，就會把對方當作是你了。」

「哦哦，原來如此。」

大塊頭晃著大顆腦袋直點頭，特地將整個身體面向阿鬥，俯視阿鬥的臉。

「阿鬥真的好聰明。」

「假如你達成這次作戰計畫，記得來學校講給我聽喔。」

「好。」

「那就明天見啦。」

「嗯，明天見。」

兩人在二之橋前方道別。阿鬥走到一半，忽然想回頭看，正好看到大塊頭轉身。大塊頭似乎一直目送自己離開，直到剛剛才邁步離去。

（十）

一個小時後。

阿鬥在公寓房間裡枕著雙手，凝視天花板。窗框附近一直聽見「嘰嘰嘰」的細碎聲響，似乎有隻蒼蠅快死在窗戶旁邊。這聲音細微卻吵雜，讓阿鬥靜不下來。

——假如你爸爸還活著，然後因為某個原因，一群壞人抓住了你爸爸，你會怎麼做？

絲絲不安有如惡寒，從榻榻米爬上背脊。阿鬥一個勁地忍耐。

——我會去救他。

——自己去？

——對，自己去。

——你不害怕嗎？

——怕呀。可是怕也沒辦法。

大塊頭真的在說謊？

阿鬥翻了個身，書架映入眼簾。書架最下層擺著一本本捨不得丟的繪本。繪本塞得上下凹凹凸凸的，有的放得深，有的放得淺，非常雜亂。之前拿出來看的「魔奇魔奇樹」就塞在最右邊。主角豆太膽小又愛哭，他和爺爺在山裡相依為命。有一天，爺爺半夜突然生了病，豆太鼓起勇氣離開家裡，跑向山腳下找醫生——阿鬥回想著故事內容，不安終於擴散到體內每一角，他全身像是躺在冰冷的河川。

阿鬥終於按捺不住了。

他從榻榻米上跳起來，奔向玄關，從父親釘在牆上的釘架撈走腳踏車鑰匙，奔出家門。他跑過公寓走廊，走向腳踏車停車場，打開車鎖，跨上坐墊，沒確認左右來車就踩動踏板，衝向巷弄。來到西取川沿岸道路，沿著河堤左邊不停加速。經過二之橋的出入口，來到上游的一之橋前方，從彌生屋向左轉，就能看到大塊頭的家。阿鬥稍稍抬起臀部，左搖右晃，奮力踩著腳踏車。

拜託，一定要趕上——

焦急化為燃料，下腹部熊熊燃燒。阿鬥一個勁地拚命踩踏板。他正要通過二之橋旁，一輛卡車從阿鬥身旁駛過。

阿鬥望向卡車，頓時全身脫力。

卡車駕駛座的車窗全開，一個人坐在駕駛座上，一邊握著方向盤一邊悠哉抽菸。那是大塊頭的父親。阿鬥停下腳，讓鏈條空轉，無力地垂下頭。他感覺全身空蕩蕩，身上的力氣全都抽乾了，只能靜靜聆聽鏈條的聲音。

「搞什麼……」

大塊頭果然在說謊。阿鬥不由得嘖了一聲，但是大塊頭開頭就聲明「只是謊言」，都怪他自己擅自妄想又會錯意。

卡車在前方緩緩右轉，駛過一之橋。他應該是正要回去對岸的工地。道路左側的彌生屋越來越近。一旁的巷弄通往大塊頭的家。阿鬥往小巷瞧了一眼，直接沿著河邊道路前進。

他在一之橋正前方踩了踏板一下，右轉上橋。他過橋途中與陌生的小孩子擦身而過。大概是鄰鎮的小學生，看起來跟自己同年。所有人都面向前方，只有眼睛看向阿鬥。他過了橋，騎著腳踏車前往工地。自己剛剛搞不好看錯了，大塊頭的父親並沒有坐在卡車上。以防萬一，他還是想去工地確認看看。

工地四周圍著鐵絲網。一群男人配戴一模一樣的安全帽，膚色如糖煮脆蝗般黝黑，四散在工地各處工作。鐵絲網有一處大大的開口，剛才那輛卡車正緩緩倒車進入工地。阿鬥把腳踏車停在鐵絲網旁，發出響亮的煞車聲。幾名工人朝阿鬥看了一眼，但工地並未禁止外人進入，他們什麼也沒說。

卡車的貨斗呈三十度傾斜，將沙子倒在地上。周遭頓時一片白茫茫。阿鬥仔細看向駕駛座。有人從車窗探出頭查看貨斗，那果然是大塊頭的父親。阿鬥見狀，內心依然久久無法釋懷。

（十一）

阿鬥回家前，繞道去了大塊頭的家。

他已經是第三次來訪，卻是第一次按門鈴。

智繪開了門，額頭上綁著一塊不知名的物體，長髮披在身後。那叫什麼？外表是奶白色的，看起來很像髮帶的毛巾版本。

「噢，阿鬥啊。」

「你好。」

「抱歉，學今天不在家。他好像跟朋友——」

智繪說到這裡，忽然一臉訝異地望著阿鬥。

「是說，你怎麼會在這裡？」

「咦……」

「你遲到了吧。奇怪，還是學搞錯時間？**嚇人大會**是幾點開始？」

阿鬥完全聽不懂。他故意把不解表現在臉上，回看對方。智繪微微側了側頭，疑惑地問：

「怪了，是叫做**嚇人大會**嗎？不對，**整人大賽**？」

阿鬥聽了仍然一頭霧水。智繪見狀，把頭擺正。

「你難不成……不知道那回事？」

「是啊。」

「他**沒有**跟你說？」

「對。」

「哎呀呀……」智繪一臉困擾。

「那他是跑去跟別的朋友聚會嗎？不對啊，那傢伙說是跟『朋友』去，我還以為你一定也在。」

「大塊頭去參加別人的聚會？」

「對，還讓我幫忙弄了整人陷阱。不過你不用太介意啦。」

「我才不介意。」

他很介意。

到底是什麼聚會？大塊頭和誰去，辦在哪裡？他會和班上同學一起玩？說不定是之前的同學來找他玩，他跑去跟那些人聚會。阿鬥好像終於明白，大塊頭回家時為什麼都默不作聲。都怪大塊頭沒事說父親怎樣怎樣，自己還像個笨蛋一樣，急得飆腳踏車來看看。結果根本沒事，大塊頭只是一直思考聚會的事，怕自己不小心對阿閂說溜嘴，只好一路上沉默不說話。

智繪輕拍阿閂的肩膀。

「放心吧。那傢伙最要好的朋友是你啊，阿閂。」

「不是最要好也不會怎麼樣。」

「不是最要好也不會怎麼樣。」

智繪垂下眉，嘟起下脣，故意擺出不高興的表情重複阿閂的話。阿閂正想反駁，智繪又忽然直盯著自己看。

「你今天怎麼看起來白白的？」

阿閂抹了抹自己的臉，摸起來粉粉的。可能是剛才去工地的時候，卡車掀起的沙塵和汗水黏在一起了。

「你等等。」

智繪走進陰暗的走廊深處。廚房傳來轉開水龍頭的聲響，接著是「唰——」的水聲。走廊上仍然堆滿紙箱。玄關旁也放了一個，上頭的牛皮膠帶已經撕下，箱口開著。紙箱側面似乎用奇異筆寫了什麼字，太暗——噗！

「不要動啦。」

智繪走回來，拿著溼毛巾按住阿閂的臉，抹了抹臉頰、下巴以及眼睛邊緣。

「很舒服吧。」

阿閂的確覺得很舒服，乖乖站在原地。雙腳腳趾在鞋子裡縮成一團。不過他漸漸覺得有點害羞，一邊讓智繪擦臉一邊問：

「妳剛剛說的『幫忙』，是幫什麼啊？」

「啊，那個啊。」

智繪說到一半，抓著毛巾停下動作。阿鬥睜開一隻眼睛看過去。只見智繪的嘴就靠在面前，彷彿隨時會說出什麼有趣的事，但她並沒有說出口。

「不告訴你。」

脣角勾起淡淡的笑容。

「你自己看一定更有趣。」

到底是怎麼回事？阿鬥不自覺幻想著大塊頭穿上水手服，臉頰塗成粉紅色，戴上妹妹頭假髮。不過這模樣與其說是變裝，根本只是打扮成年輕時的大塊頭媽媽。

「我一開始也覺得有點奇怪。那孩子根本不會刻意逗笑或嚇唬朋友。」

智繪又繼續幫阿鬥擦臉。不知道她是有意還無意，逕自說了些類似提示的話。

「不過，學從來不說謊，我就照他說的幫忙囉。我還唸了他一頓，說讓老師發現他這麼做，一定會被罵，他卻說被罵也沒關係。但學在被老師罵之前，老哥或是禮子嫂嫂可能會先教訓他一頓。最多就是剃個大光頭以示教訓吧。好了，擦完囉。」

提示和擦臉同時結束。

智繪退開觀察阿鬥的臉，鼻尖漸漸靠了過來。接著她摸索一旁的牆壁，把電燈開關向上彈。玄關隨即變得明亮，智繪又仔細檢查有沒有漏擦的地方。

「好了，ＯＫ！」

她的氣息緩緩撫過自己的臉。阿鬥隨即撇過頭，剛才那個打開的紙箱就在眼前。四周變得明亮，他終於看見紙箱側面用奇異筆寫了什麼字。

學　整套棒球用具

「啊，我早上在整理走廊的行李。一直擺著實在很擋路。」

「大塊頭真的，呃……」

他真的打過棒球？

可是連阿鬥自己都有整套「棒球用具」。一個手套，一顆C號球，還有一罐幾乎沒在用的手套保養乳。

「我剛才打開來看嚇了一跳。手套居然會發霉啊。」

智繪說著，手伸進紙箱，接著用兩隻手指捏出一副棒球手套。手套尺寸比阿鬥大上不少，看起來似乎頻繁使用了好一陣子，外層長著一點一點的白黴斑。

「咦？」

阿鬥下意識拿過手套。

「笨蛋，裡面也發霉了……唉呦，居然戴上去了。」

可是手套完全套不上阿鬥的左手。

「這副手套為什麼是右手手套？」

「因為那孩子是左撇子啊。」

「咦？」

阿鬥的座位離大塊頭很遠，他從未看過大塊頭寫字。他也沒和大塊頭一起值打菜值日生，更沒見過他拿筷子或湯匙的樣子。阿鬥嘗試回想大塊頭習慣用哪隻手，腦中率先浮現對方舉相機的模樣，但是右撇子、左撇子拿相機都差不多，根本分不出來。

「我們之前住的鎮上有棒球俱樂部，那傢伙是隊上的王牌投手喔。只要輪到學投球，敵對球隊根本拿不到半分。他投的那種球叫什麼來著？啊，是直球。他投的直球超級快。超直球！」

智繪逕自在一旁大笑了起來。阿鬥赫然想起大塊頭的女生投球姿勢。原來他沒有用慣用手投球。但是大塊頭為什麼要特地用右手玩水母柏青哥？難不成他覺得自己用左手可能一發擊中水母，會讓阿鬥不開心？

「這手套該怎麼辦啊？手套處處都長霉，又不能直接丟……」

「大塊頭不打球了嗎？」

「這玩意算是可燃垃圾嗎？手套好像可以燒，又好像不能燒……呃，你剛剛說什麼？」

「他不打棒球了嗎？」

「嗯，不打了。」

「為什麼？」

「他嘴巴說覺得練習很辛苦——」

智繪說到一半忽然停下。她望向手套，眼神卻彷彿看向遠方，凝視不動。阿鬥的手還插在手套裡，總覺得是智繪離得越來越遠。

「實際上是為什麼呢？我也不知道。」

阿鬥等著後續，但智繪並未繼續解釋。

阿鬥低頭看向長滿白黴斑的手套，迷霧逐漸填滿胸口。這層迷霧宛如剛才卡車掀起的塵煙，巨大且一再擴散，但又慢慢淡去，感覺迷霧的另一側隱隱現出真面目。真相和大塊頭放棄棒球的理由無關。自己想知道那原因，大可之後直接問本人。沙塵另一頭浮現的是另一種不知名的真相。

智繪方才是不是理所當然地說了些什麼？

——學從來不說謊。

事實上，大塊頭的確當過棒球俱樂部的王牌投手。

「嗯？」

等等。

「怎麼了？」

「沒事。」

大塊頭說的其他謊言又是怎麼回事？

比方說煙火。大塊頭之前正經八百地告訴阿鬥，煙火聲其實是很大的太鼓鼓聲。假如他當時並沒有說謊——

「不會吧。」

「幹麼啊？」

雖說有點難以置信，但假如他沒說謊，代表大塊頭真的這麼認為。至於他為什麼會有這種誤會，很可能是有人騙了大塊頭，結果他信以為真——

阿鬥望向智繪。

內心忽然茅塞頓開。

「嗯？」

智繪縮起胸口，回看著阿鬥。

「那個，智繪姊姊。」

「是，什麼事？」

「妳曾經告訴大塊頭放煙火的事嗎？」

「哪一種？」

「像是煙火的光和聲音為什麼會隔很久……」

智繪思索了片刻，猛地拍了拍手。

「你是說太鼓的那個？」

果然是這麼回事。

「大塊頭當真了。」

「真的假的！」

智繪高喊一聲，接著T恤內的胸部一陣搖晃，她哈哈大笑說：

「哎呀，我忘記是他幼稚園的時候，還是上小學一年級？有一次我、他、老哥還有禮子嫂嫂，四個人一起去看煙火。煙火的光和聲音不是會分開嗎？學那時候覺得很神奇，就跑來問我。不過我不是故意騙他。那孩子聽別人說什麼都當真。我覺得很有趣，就一時興起撒了謊。」

智繪那時就說起大太鼓的事。

「現在想起來，我後來沒告訴他真話呢。我忘得一乾二淨。沒想到他現在深信這種事，笑死我啦。」

智繪說完，又大笑了好一陣子。阿鬥聽著智繪的笑聲，終於恍然大悟。原來那真的不是胡扯。不，原本的確是智繪胡扯的，對大塊頭來說卻是事實。

現在仔細想想，都是因為阿鬥先在河畔瞧不起大塊頭。大塊頭聽見沖洗底片很花錢，吃了一驚，阿鬥不小心說他「什麼都不知道」。大塊頭覺得不甘心，想說說阿鬥不知道的小知識，以前智繪曾說過煙火與太鼓的事，他才把這件事告訴阿鬥。

「既然……」

既然如此。

大塊頭提到小時候被狗攻擊，掉進河裡的事，又是怎麼一回事？

——爸爸那時候跳進河裡救了我。

大塊頭當時是這麼說的。

——我老哥是旱鴨子。

可是，智繪之後曾經這麼說過。

會游泳的父親，以及不會游泳的父親。

倘若兩位父親都是真實存在，答案其實非常單純。

自己是否從未設想過這個答案？自己或許早在某個時間點就已經察覺到真相。至少曾經只差一點就觸及真相。但自己隱約覺得不能隨便深究，才在心中敷衍帶過，直到今天。

「智繪姊姊。」

阿鬥直視對方略帶笑意的臉孔，鼓起勇氣問道：

「大塊頭是不是有兩個爸爸？」

智繪回視阿鬥，默默閉上雙脣。臉頰上的笑意不翼而飛，雙眸略為顫抖。

不久後，智繪回答：「是呀。」她的語氣與方才相去不遠，但聽起來有些僵硬。

「禮子嫂嫂結過兩次婚嘛。等等，阿鬥，你是不是在想『人不可貌相』？不可以喔。」

「我沒有。」

「禮子嫂嫂和前任丈夫離婚之後，就帶著學回到娘家。從這裡開車大概要花三小時。我和老哥也住在同一座小鎮。我們太討厭鄉下，就搬到那座小鎮。不過那裡還是很鄉下啦，總之我們就在當地定居了。老哥當建築工人，而我跑去酒館工作。」

於是，禮子阿姨當時帶著兩歲的大塊頭搬回娘家，認識了智繪的哥哥，也就是大塊頭現在的父親。

「不過啊……真稀奇，那孩子居然主動告訴你父親的事。」

智繪把那條髮帶形狀的毛巾往頭上拉。那條毛巾並沒有遮住她的視線，她這麼做只是想更仔細觀察阿鬥。

「他沒有直接告訴我，只是說了類似的話。」

「是喔？」智繪語帶佩服。

「我們家該說是很少提到這些嗎？幾乎不會有人談起這件事。原來那孩子還是會告訴朋友啊。還是說，是因為對象是你咧？」

「然後，第一個和大塊頭的媽媽結婚的那個人——」

阿鬥吞吞吐吐地繼續問，智繪率先接下去說：

「你想說『真正的父親』吧？說起來是很怪，但經常有人這麼形容。總之就是有血緣關係的父親。學兩歲的時候就和他分開了，應該不記得對方的長相吧。」

「那個人是不是在上上町開相機店？」

智繪驀地挺起身子。

「你……你怎麼會知道？」

她像是照片裡的人物，渾身僵硬，只有眼睛詫異地眨個不停。

「是學告訴你的？可是學應該不知道這件事啊？」

他知道。

先不說大塊頭如何得知，但他其實知道那個人是自己的親生父親。

「該不會是老哥和禮子嫂嫂談事情的時候，不小心讓那孩子聽見了吧。他們原本是打算對學保密——」

阿鬥可以理解他們為什麼要瞞著大塊頭。大塊頭對阿鬥提起父親時，同時都稱兩人為「爸爸」。阿鬥其實能體會大塊頭的心情。因為他自己也一樣。活著的爸爸，還有死掉成了回憶的爸爸，對他來說都是「爸爸」。

「學以前在上上町的相機店住到兩歲左右。他自己應該不記得了。相機店二樓是一般住家。然後這次老哥偶然接到同個小鎮的工作，之前他手頭很緊，實在拒絕不了，可是又聽說工程非常趕，租屋處又不能離工地太遠。老哥一開始說要自己去，可是學說什麼都不聽，堅持要全家一起住，所以就所有人都搬過來了。學、禮子嫂嫂跟老哥，順便加我一個。但說歸說，跟前夫住在同個小鎮太尷尬了，就在河對岸的下上町租公寓。這樣啊，原來他知道了……」

阿鬥終於明白了。

大塊頭總是只說實話。

只有阿鬥自己以為他們是互相說謊騙對方。

——那孩子聽別人說什麼都當真。

他搞不好連阿鬥說的謊話都深信不疑。一定是。大塊頭不會騙人，更不可能裝出那些反應。他聽見阿鬥撒謊，全都是打從心底感到驚訝與佩服，那些反應都是真的。

可是自己究竟是從什麼時候開始誤會大塊頭？阿鬥一想到這個問題，馬上想起兩人在河畔互相拍照的時候。

——你再試著說謊看看嘛。像上次那樣。

——上次……噢。

大塊頭當時笑得很尷尬。

——可是要騙誰？

——總之先騙騙我吧。

阿鬥會提議互相說謊，是因為他以為大塊頭把自己騙得團團轉。大塊頭先謊稱相機店老闆是自己的爸爸，又從自己手中騙走了相機。可是大塊頭並不這麼想。當然了，他根本沒說謊。那大塊頭當時說的是什麼意思？

——演戲其實很累人地說。

阿鬥那時把相機丟進腳踏車車籃，正要逃離現場，結果大塊頭追了過來，抓住阿鬥。當時大塊頭露出全世界最恐怖的表情狠瞪阿鬥，渾身散發「自己要動粗了」的可怕氣勢。阿鬥就是害怕大塊頭的氣勢，才乖乖交出相機。大塊頭是指自己利用外表嚇唬對方。這也是兩人邂逅至今，大塊頭唯一說過的謊話。

但是，假設這就是真相——

——我可不可以說個謊話？

這段謊話究竟是真是假？

——如果一群壞人抓住了你爸爸，你會怎麼做？

（十二）

阿鬥今天是第二次全速飆車。他使勁踩踏板，從彌生屋的轉角衝向河堤道路，穿越二之橋進入上上町。爬上斜坡，騎過花田間的無人小路。真鍋相機店與公車亭就在前方——

「咿！」

阿鬥雙手按緊煞車。耳邊響起尖銳的煞車聲，阿鬥猛地將龍頭向左轉。花田角落有一間電話亭大小的工作室，阿鬥騎著腳踏車躲進工作室後方。

剛才那是誰？

他蜷縮背部，屏住呼吸。剛才是誰站在那裡？有個長滿鬍鬚的男人雙手繞在後腦杓，靠在木牆邊，似乎在監視外頭。

他可能只是在等公車。

可是對方站的地方太詭異了。公車亭設在道路內側，開口面向道路，其他三面都長滿雜草。那男人偏偏站在雜草堆中間。

阿鬥豎起耳朵仔細聆聽。脈搏聲在耳後隱隱作響。

沒有任何類似腳步聲的聲音靠近自己。

阿鬥悄悄下了腳踏車，立起腳架。然後慢動作撐起上半身……從工作室探出頭，偷看道路前方。男人的姿勢和剛才一模一樣，雙手抱後腦杓靠在木牆邊，面向阿鬥的方向。

不過……感覺似乎不太對勁。

很難形容，總之就是男人的姿勢有點奇怪，像是倚靠牆壁的方式、兩手的角度。

阿鬥定睛觀察男人。臉頰與下巴的鬍鬚黑漆漆的。雙眼瞪大，眼神呆滯，不知道在看哪裡。怪異的姿勢，加上睜得老大的雙眼……

阿鬥想到某個可能性。

他會不會死掉了？

肋骨內側怦怦跳個不停。彷彿有一隻貓咪大小的生物死命想從胸口鑽出來。喉嚨深處一陣揪緊，呼吸困難。阿鬥就這樣踏出一步、又一步。再走一步、再一步。他從工作室後方走出來。對方若是撲過來，自己還能迅速掉頭跳上腳踏車逃走。阿鬥眼角緊盯男人，快步走向道路另一側。男人毫無反應。阿鬥轉過身，嘗試跑過反方向。還是沒半點反應。阿鬥下定決心，面朝男人，嘗試舉起單手，就像是和巧遇的熟人打招呼。

沒反應。

對方果然死了。

阿鬥走近男人。他明明不想過去，卻彷彿被人輪流拉動雙腳，不由自主地移動身體。阿鬥至今從未親眼見到人類的屍體。他曾經參加自己父親的喪禮，棺材始終緊閉，看不見遺體。不過看一眼就知道了。鬍鬚男一臉蒼白，毫無生氣，面向空無一物的地方，而且他雙眼無神，傻愣愣瞪視前方。

然而，就在此時——男人的身體竟然一個抖動。屍體像是察覺阿鬥的腳步聲，突然復活。阿鬥驚嚇過度，喉嚨發不出半點聲音。鬍鬚老爹離開牆邊，撇過頭，轉向身後。

「阿鬥……」

大塊頭就站在眼前。

鬍鬚老爹的臉孔不翼而飛，眼前是大塊頭熟悉的臉龐。

「大塊頭、咦？大塊頭……」

阿鬥趕緊跑到大塊頭身旁，瞧了瞧他的後腦杓。後腦杓掛著另一張臉。大塊頭剃掉頭髮，只留下臉頰、下巴的鬍鬚以及眉毛。眉毛下面還畫著雙眼和鼻子。

「這……你怎麼會……」

阿鬥結巴了老半天。大塊頭一把抓住阿鬥的襯衫，把他壓向木牆。

「躲起來。」

他說完，自己也躲到阿鬥身旁。鬍鬚老爹再次回頭望著阿鬥。不對，是大塊頭的臉轉向相機店。

「搞什麼啊！大塊頭，到底怎麼了？」

「我爸爸被壞人抓住，關在店裡。」

「怎麼會？」

「我不知道。」

阿鬥偷看店面。店裡窗簾緊閉。玻璃門上貼了張紙，距離太遠，看不懂上頭寫了什麼。

「那張紙寫了什麼字啊？」

「今日因古公休。」

「因故吧。」

大塊頭含糊地點點頭，鬍鬚老爹彷彿跟著撇過頭去。

「所以你來這裡幹麼？」
「我來救我爸爸。」
「你要救他，幹麼在頭上畫臉啊？」
「是阿鬥教我的。」
阿鬥聽得一頭霧水。
「我原本想罩著這個袋子衝進去。」
大塊頭的手伸進褲子口袋，從臀部後方拿出白色的塑膠袋。他把塑膠袋戴在頭上，雙眼的位置開了兩個洞，變成隨手可得的面具。眼洞下方印著上下顛倒的文字，是橫著寫的「彌生屋」。
「逃走的時候就故意露出後腦杓，讓對方看這張假臉。」
「你不會是——」
——比如說，大塊頭可以戴面具去救爸爸呀。然後你逃走的時候，故意留下別人的東西。
——可是別人很容易記住我的身材……
——那你就選一個身材跟自己很像的人嘛。
「如果照阿鬥說的去做，那個跟我身材很像的人太可憐了。他明明什麼都沒做，卻莫名被壞人追。」
「是……沒錯啦。」
「所以我想到一個好點子，乾脆讓對方去追一個不存在的人。先戴面具攻擊他們，最後一刻再讓他們看見後面這張臉，對方就會以為是長鬍子的男人戴面具攻擊自己。然後他們就會到處找這個鬍子男。根本沒有人長這個樣子，他們絕對找不到。」

「的確不會有人長這副德行。」

大塊頭拿下塑膠袋面具，再次窺看店面。

「智繪姊姊說幫你做了整人陷阱，原來是指這張臉啊。」

「阿鬥跑去我家嗎？」

說話的是大塊頭，但眼前的鬍鬚男仍然面無表情，感覺有點毛毛的。

「去了。你騙智繪姊姊說要開嚇人大會還整人大會的，對不對？」

大塊頭狼狽地點點頭。

「我討厭說謊……可是老實說我要做什麼，她一定會說不行。」

「想也知道嘛。」

「可是只有智繪姊姊能幫我。我還在打棒球的時候，都是智繪姊姊幫我剃頭，她很擅長用推剪，又會化妝，能幫我在頭上畫臉。」

大塊頭後腦杓的另一張臉的確畫得很逼真。眼睛雖然畫得太大，反而讓人印象深刻。

阿鬥的目光轉向相機店。

「那個老闆真的是你爸爸喔。」

「我早就說過啦。」

「嗯，你說過。」

大塊頭回看阿鬥的臉，像是聽不懂他的言下之意。一股淡淡的愧疚襲上心頭，阿鬥撇開眼。

「你常和他見面嗎？」

大塊頭搖搖頭。

接著背對阿鬥，再次朝店裡看去。

阿鬥凝視大塊頭的背影，默默回想。兩人第一次見面的那一天，大塊頭說自己站在公車亭附近，正好看到阿鬥把相機藏進T恤底下。大塊頭那時候可能正好站在他們現在的位置。大塊頭站在這裡做些什麼？阿鬥不用問就猜得到。大塊頭想見卻不能去見自己的父親，所以他站得遠遠的，在心中想像自己和父親聊天，彼此開懷大笑，或是向父親傾訴難過的事、生氣的事，然後父親會拍拍自己的頭，開口鼓勵自己。阿鬥自己偶爾——不對，說偶爾是騙人的，他其實每天都在腦袋瓜裡幻想這些行為。

「可是智繪姊姊說，大家其實都小心保密你爸爸的事情。你怎麼知道的啊？」

「我不小心聽見爸爸和媽媽談事情。」

智繪似乎猜對了。

「我們家之前要搬到這一帶，他們就在半夜談起這回事。我是在那時候才知道，原來我的親生爸爸在上上町開相機店。然後搬家之後，我就過橋來這附近逛逛，可是我也不知道相機店在哪裡。後來問了問路人，對方說這附近只有一間相機店。我遇見阿鬥的那一天，就是從這裡偷看相機店。」

緊接著父親突然衝出店，店裡剩下一名小學生，而那名小學生把相機藏進T恤裡。大塊頭下意識追上去搶回了相機，卻遲遲不敢拿去還給父親。

「大塊頭，你可以解釋一下嗎？你說你爸爸被壞人抓起來，關進自己的店裡……嗯？等等，你怎麼知道你爸爸被抓？」

大塊頭說，他看見犯人行凶的瞬間。

「昨天晚上，我跑去二之橋撿石頭。我平常很早睡，可是昨天突然想起阿鬥說過的發光水母，就覺得很興奮，很想看看發光的水母。那時媽媽、爸爸和智繪姊姊都睡著了，我就偷偷溜出家裡。」

胃猛地一陣翻攪，像是被人一把抓住。

「可是昨天完全找不到會發光的水母。所以我很失望，原本要直接回家，後來想說都跑來橋上了，乾脆去爸爸的店裡看看。我不是想見他，只是想稍微接近他一點。然後我就爬上斜坡，來到店門前，結果──」

他突然聽見男人的怒吼。

「其實也不算怒吼，只是稍微低沉了一點……聽起來很像在恐嚇別人。我就嚇得躲起來。」

大塊頭指出自己當時躲藏的地方。他就和剛才的阿鬥一樣，躲在那間工作室後面。

「店裡有三個男人。他們說了幾句話，然後就從正面圍住爸爸。爸爸一邊回嘴一邊退到玻璃門前面。那三個人每靠近一步，爸爸就退後一步——」

最後四個人一起進了店裡。

「那些人感覺很凶狠，好像流氓。我覺得他們一定會對我爸爸又打又踹。我很害怕，但還是想看看店裡的狀況，就走到公車亭這邊。店裡開了燈，裡面看得很清楚。他們抓住我爸爸的胸口，又說了什麼。可是爸爸完全不怕他們，狠狠地瞪回去。那三個男人抓緊爸爸的胸口，越搖越用力，爸爸整個人搖搖晃晃的，卻還是盯著他們不放。後來抓住爸爸的那個男人命令其他兩個人，那兩個人就把入口的窗簾拉起來了。我在那之後又在這裡待了一個小時，什麼都沒發生。不過中途有人打開二樓的燈，他們四個人應該是上二樓去了。」

大塊頭仰望二樓。鬍鬚老爹隨即低下頭。

「我爸爸說不定做了什麼壞事，對方才跑來找麻煩。所以我不敢叫警察……」

他在原地苦惱很久，決定先回家。

「我太晚回家，爸媽和智繪姊姊一定會發現我溜出去，到時候他們就會問我在外面做什麼。我如果把爸爸的事告訴他們，他們一定會叫警察。所以我就先回去了。」

「可是你爸爸是這種人嗎？他會做壞事？」

「我不知道。」

大塊頭嘀咕道。

「如果我夠了解爸爸，就更容易解決了。」

真鍋相機店的窗簾仍然緊閉。二樓住家的窗戶也拉上窗簾，根本看不見裡頭有沒有人。

「他們會不會已經不在店裡？所有人可能在昨天都跑光光了。」

「他們還在。我剛剛悄悄蹲著靠過去，繞到店旁邊。那邊的牆上也有窗戶。」

大塊頭面向相機店，指著右邊。那裡是一片空地，雜草長得非常茂密。

「我從窗戶偷看店裡，裡面被翻得亂七八糟。好像有人找過東西。一開始一樓都沒有人，過了一下，他們就從二樓下來了。有兩個男人長得很強壯，一個人又瘦又高，還有我爸爸。」

「到底發生什麼事了啊……」

一群流氓跑到相機店裡翻箱倒櫃。連阿鬥都能猜想到，他們可能是在找照片之類的物品——

「阿鬥……你能不能回去？」

「呃，為什麼？」

「因為把你捲進來很危險。」

「捲進什麼？」

「就是進攻店裡。」

阿鬥嚇了一跳。他原以為自己突然出現，大塊頭應該會放棄進攻，結果似乎不是這麼回事。阿鬥不知道該如何回答，再次轉向相機店的玻璃門，望著「真鍋相機店」幾個大字。

「大塊頭原本是姓『真鍋』啊。」

「嗯，到兩歲之前都是姓『真鍋』。不過我最近發現一件事。我如果沒改姓，長大以後一定會很討厭自己的名字。」

「為什麼？」

「因為聽起來很像別人在命令我。（註1）」

「嗯？喔喔……」

原來如此。

「像是『前進』跟『向前走』那樣嗎？」

「對。阿鬥果然很聰明。」

阿鬥搖了搖頭，想到自己的姓氏。阿鬥其實不喜歡「茂下馱」這個姓氏。但仔細想想，自己或許有一天會改姓。母親如果和別人再婚，自己就得改成另一個姓氏。他暗自思考無關的事，默默升起一股決心。他堅定地抬起頭。

（十三）

一個小時後。

真鍋相機店旁邊蹲著兩個鬍鬚老爹。

註1　真鍋的讀音為「まなべ」，而學的讀音是「まなぶ」，和日文的「學習」（学ぶ）以及命令句「去學習」（学べ）同音。

「阿鬥……你真的要去嗎？」
「我就說我要負責啊。」
「又不是阿鬥的錯。」
「你問我爸爸被壞人抓走的時候會怎麼做，是我說我會去救他的。所以是我的錯。」
大塊頭是聽了自己的話，才跑來這裡。
「可是——」
「我說到做到。我的爸爸已經不在了，我不可能去救他，所以我要幫大塊頭救爸爸。」
自己對大塊頭撒了那麼多謊——還把大塊頭說的話全當成謊話。做為補償，他想拯救「爸爸」，至少讓自己其中一個謊言成真。
兩人右手都拿著彌生屋的塑膠袋。大塊頭的尺寸是L，阿鬥的是S，兩個袋子在眼睛的位置都開了洞。他們兩人的後腦杓也都畫上鬍鬚老爹的臉。
——怎麼，你也要玩啊？
他們一起回到大塊頭家之後，阿鬥請智繪把自己的頭畫得跟大塊頭一樣。智繪面露無奈，卻也帶著一絲喜悅。
——我也要參加嚇人大會。
——真是太好了呢，阿鬥。
他有生以來第一次剃頭，現在蹲下來，才感覺後腦杓涼颼颼的。只剃了後腦杓就這麼涼，剃光頭的人不知道有多涼快。阿鬥暗地心想，仰望牆上的窗戶。

「讓我坐你的肩膀。」

阿鬥站起身，走到大塊頭面前，張開雙腳。鬍鬚老爹倏地從自己大腿間冒出來，還是讓阿鬥內心一驚。阿鬥跨上肩膀後，大塊頭緩緩撐起膝蓋。

「停。」

稍微窺視窗戶內側。這種窗戶不知道叫什麼？從窗戶中間轉開手把往外推，窗戶就會像遮雨棚一樣向外打開，現在大概開了四十五度左右。大人不可能從這種隙縫鑽進屋內，所以那些男人才放心開著窗戶。

阿鬥的視線謹慎掃過屋內。裡面沒人。店內和大塊頭說得一樣，被人翻得凌亂不堪，簡直像是漫畫、連續劇裡那種被人闖空門的屋子。

「大塊——」

阿鬥正要對胯下開口說話，赫然聽見聲音。聲音是從二樓傳來的。阿鬥急忙豎起耳朵，但完全聽不見樓上說些什麼。收銀臺在店裡的左後方，後面則是通往二樓的樓梯。那三個男人以及大塊頭的父親，就待在樓梯上方。

「放我下來。」

阿鬥悄聲說完，大塊頭緩緩把阿鬥放回地面。

「這次換你看。」

大塊頭站起身，從窗戶查看屋內。阿鬥從下方低聲說道：

「右邊裡面好像有個黑黑的房間。門開著，裡面能看到好像流理臺的櫃子。」

「嗯。」

「流理臺上面有沒有一個銀色的水桶？」

「有。」

「你從外面丟石頭，丟得到那個水桶嗎？」

大塊頭沉默了幾秒。

他盯著窗戶內，回答「丟得到」。

「那目標就是那個水桶。一開始是左邊內側的樓梯，再來是那個水桶。之後就按照剛才的作戰計畫進行。」

「我知道了。」

大塊頭蹲下來，又往阿鬥靠了過去。

「阿鬥，你真的——」

「我說要去就是要去。失敗了也沒辦法。他們可能會打飛我，搞不好會殺死我，可是幫助朋友比我的命更重要。」

「你和我爸爸是朋友？」

「我說你啦。」

「喔。」

「假如我有很多朋友，或許不會這麼想。可是對我來說，朋友很珍貴。」

「是嗎？」

「對。因為我一直交不到朋友。我可能不太會交朋友吧。」

「才沒這回事。」

「好啦，說完了……要上囉。」

阿鬥起身，戴上彌生屋的塑膠面具，調整好眼睛的位置，同時張開雙腳。大塊頭的頭鑽過胯下。阿鬥差不多習慣鬍鬚老爹的臉了，那張臉壓進雙腿之間。身體漸漸向上抬。阿鬥雙手抓住窗框，把頭伸進窗戶裡。肩膀擠進窗戶，上半身間斷地一扭一彈，慢慢把自己擠進屋內。他不知道扭到第幾次，大塊頭的頭頂不小心撞上牆壁。阿鬥差點出聲道歉，又連忙把話吞回去。

已經聽不見二樓的說話聲。不，或許只是自己的呼吸聲太急促才聽不到。他吸氣、吐氣，臉上的塑膠袋都微微震動，隱隱作響。阿鬥努力再把身體擠進去。現在感覺不需要大塊頭支撐了，對方也發現這一點，頭快速縮了回去。大腿間的體溫一消失，他的心底突然間很不踏實。但阿鬥仍努力把下半身擠進窗框，終於連屁股也進到屋內。他偷偷摸摸移動身體，爬上牆邊的架子。塑膠袋裡非常悶熱。阿鬥慶幸自己視力良好。如果自己戴著眼鏡，現在肯定眼前一片白霧。

他在架子上翻過身，爬到地上。運動鞋下發出「啪嘰」一聲，他下地時似乎踩到玻璃碎片。全身頓時一僵，彷彿連四周空氣都碎裂開來。阿鬥悄悄抬起運動鞋，自己似乎踩到相框的樣品。外國男孩、女孩還有他們的父母以草皮為背景，靜靜地微笑著。

阿鬥蹲下身，躲進正前方的架子後面。那一天，他好像就是從這個貨架摸走柯達相機，塞進自己的衣服裡。回頭看去，大塊頭站在窗外，一臉擔憂地偷看屋內。

阿鬥朝他比了「ＯＫ」手勢。大塊頭點了點頭，從窗戶旁退開。

他在塑膠袋內憋住呼吸，靜靜等待**聲音**響起。

右腳尖前方正好有個瓷磚的十字隙縫。阿鬥刻意盯著那道隙縫，想讓自己冷靜下來。大塊頭可能已經遠離牆邊，瞄準窗口內側。接著他會從口袋掏出一塊石頭，不用右手，而是用左手握緊。他會用力揮動手臂，還是用固定式投法？大塊頭的大鞋踩實雜草，穩住下半身。他一定是用固定式投法。右手疊上握緊石頭的左手，舉到胸前。抬起右腳，扭轉身體，然後一口氣拉正，同時揮動左手！石頭筆直穿過窗戶縫隙——

「匡！」屋內響起碰撞聲。

石頭打中屋內靠左內側，收銀臺後方的樓梯下半部。樓上傳來男人的說話聲，一陣雜亂的腳步聲逐漸接近一樓。最好三個人能一起下樓。阿鬥躲在貨架後方聆聽腳步聲。可以肯定不只一人下樓，但這次很可能只引來兩個人。

「你去確認門鎖。」

聲音很低沉、有魄力。

玻璃門一陣喀嚓喀嚓響。

「門還鎖著。」

這邊的聲音也很低沉，有點沙啞——聽起來像是知道阿鬥在附近，想親自讓他嘗嘗苦頭。

「去看看外頭。」

窗簾唰地滑向一旁，幾秒之後，又傳來同一道嗓音。
「一個人都沒有。」
阿鬥靜靜等待。差不多要響起第二聲了。
「你確定？」
再等一下。
「剛才到底什麼聲音？」
「可能是那邊的東西倒了——」
匡！叩隆叩隆叩隆叩隆叩隆——一連串巨響響徹整棟屋子。大塊頭投出第二塊石頭，擊落右邊靠內側那間房裡的水桶，水桶在地上不停滾動。水桶的聲音持續好一陣子，越來越遙遠，最後消失無聲。
徹底的寂靜接踵而來。
那群男人默不作聲，也完全聽不到腳步聲。到底怎麼了？他們該不會出乎意料地鎮定，根本不想去確認聲音來源？那整個計畫就泡湯了。阿鬥原本計畫用聲音驚動男人，誘使他們跑進右側的房間確認狀況，再趁機——
「誰！」
屋內赫然傳來咆哮聲，嚇得阿鬥跳起來。他單膝跪地，居然能完全不動身體跳起來，不過現在沒空佩服自己深藏不露的體能。
「誰在那裡！」
男人似乎比預料中更提心吊膽。

「……我們走。」

「……是。」

兩道嗓音都強忍恐懼，但第二道嗓音顯得比較害怕。

男人的腳步聲漸漸往店鋪右內側移動。速度很慢。他們似乎全神貫注地留意聲音與周遭氣息，緩緩前進。阿鬥見計畫順利進行，內心鬆了口氣，然而當他溜出貨架，看向男人，那股鬆懈頓時消失無蹤。

另一側只有兩道背影。

還有一個人待在二樓。

沒辦法了。阿鬥做好心理準備，模仿芭蕾舞者靈活地踮起腳尖，靠近玻璃門旁。他悄悄伸進窗簾隙縫，手指捏住門鎖的旋鈕，接著查看身後。男人們緩緩走進內側的房間。只要其中一人現在回過頭，阿鬥肯定馬上曝光。幸好他們的注意力全放在前方，也就是剛才水桶滾動的地方。阿鬥捏著門鎖旋鈕，靜靜等著後頭響起大吼或大聲響。

「給我出來！」

阿鬥配合吼聲，迅速轉動旋鈕。男人的吼聲順利掩蓋門鎖的喀嚓聲。阿鬥轉過身，流暢地穿過收銀臺和牆邊的隙縫。沒人看到自己。兩個人都沒發現自己溜進來。眼前就是通往二樓的樓梯。阿鬥模仿壁虎趴在地上，慢慢爬上樓。經過轉角平臺時也低著頭。再往上爬，視野上半部隨即出現二樓的天花板。前方聽不見任何聲響。但下一秒，樓下再次響起水桶的叩隆聲。不是大塊頭弄響的。應該是其中一個男人踢飛了水桶，他可能想嚇唬躲在暗處的某個人，或者純粹發洩怒氣。

話又說回來，這些人到底什麼來頭？阿鬥只看到他們的背影，兩個男人似乎比死去的父親年輕一點。雖然不知道他們的身分，但是看起來似乎很習慣使用暴力。那兩個人都穿著長袖T恤配上寬鬆的長褲，沒什麼特徵。其中一人留著一頭大佛般的捲髮，另一人則是平頭。阿鬥在電視上看過幾次這種髮型，那些人會互毆或開槍火併。

阿鬥像烏龜一樣伸長脖子，偷看二樓走廊。正前方的房門敞開，地板看得到被墊的邊緣。右邊是一扇又高又窄的門。可能是倉庫。左邊房門往內側打開，但是看不見房裡。阿鬥爬進走廊，輪流滑動左右膝蓋，來到左邊房間門口。裡面可以看見男人的背影，那男人又瘦又高，穿著白襯衫。而他的對面——在那裡！

之前見到的那個老闆盤腿坐在白襯衫男子面前。不過他現在和那時候有一點不一樣。原本耳邊有一撮頭髮梳上頭頂遮掩禿頭，現在卻軟趴趴地垂在耳後，整體髮型真的很像英文字母的「P」字。白襯衫男子和大塊頭的父親都縮起上半身，低著頭，一動也不動，完全不顧樓下的吵鬧聲。

阿鬥揮了揮右手。他朝大塊頭的父親打暗號，但對方完全沒發現。他又用力揮了揮手。對方終於抬起頭。兩人互看一眼。對方的眼珠至少瞪了三倍大。

我、來、救、你、了。

他動動嘴唇傳達訊息，大塊頭的父親卻毫無反應。他訝異地縮起雙頰，收緊嘴唇，愣愣地注視阿鬥的臉。阿鬥這時才想起自己還戴著彌生屋的塑膠袋。但仔細想想，幸好沒讓他看到自己的臉。自己從房間門口探出頭，但是外表看起來太莫名其妙，大塊頭的父親一時反應不過來。阿鬥這種小學生忽然從門口露臉，對方可能會驚叫出聲。

阿鬥悄悄拉起下巴的塑膠袋，露出嘴唇。

我、來、救、你、了。

他又一次翕動嘴唇。大塊頭的父親見狀，仔細瞧了瞧阿鬥的臉，接著看向對面的男子，視線又拉回阿鬥身上。

然後他做出驚人之舉。

「你從哪裡溜進來的？」

大塊頭的爸爸很正常地向阿鬥搭話。

阿鬥感覺全身血液瞬間倒抽，當場僵住。背對阿鬥的男子以為對方在和自己說話，緩緩抬起頭。不過他察覺眼前人的視線，消瘦的身軀轉了過去，然後瞪大雙眼，愣在原地。父親不理會男子，繼續對阿鬥說道：

「你一個人跑進來嗎？」

男子一轉再轉，慌忙地來回察看大塊頭的父親和阿鬥。自己見過這個人——阿鬥剎那間閃過這個念頭。但他現在沒心情回想自己在哪裡、什麼時候見過男子。他不只身體僵住，腦袋也跟著打結。

「啊、呃、我、我朋……」

手腳、腦漿明明動彈不得，只有嘴巴擅自開口。

「我朋友說……說你被、被、被關起來……」

大塊頭的父親挑起單邊眉毛，搔了搔下巴。

「剛才那聲音也是你們搞出來的？」

阿鬥用力點頭。

「我還搞不懂怎麼回事……」

大塊頭的父親說話時大嘆一口氣，感覺非常頭痛。

「沒辦法了。」

他伸出雙腳，緩緩撐起膝蓋，面向正前方的男人。

「一對一應該打得贏。」

「咦？欸？」男子似乎和阿鬥一樣，完全聽不懂對方在說什麼，只能驚愕地縮起身體。他馬上驚覺對方的企圖，連忙起身，然而大塊頭的父親比男子更快。事實上，他的行動比阿鬥至今看過的任何人都快。大塊頭的父親猛地跳起身，同時右膝踢進男子腹部，男子像是吐出驚嘆號似的，發出不成聲的慘叫。大塊頭的父親隨即扭轉上身，右手肘撞飛男子頭部。男子身體一個半旋轉，倒向地板……不，大塊頭的父親彷彿瞬間移動，迅速抓住他的皮帶。男子上半身一陣搖晃，緩緩被放在地板上。阿鬥只能目瞪口呆地觀看眼前的動作戲。

「他沒死，我只是打昏他。」

男子的臉攤在地毯上，翹起屁股，簡直像一隻靜止不動的尺蠖。阿鬥見狀，不太敢相信大塊頭父親說的話。他衷心慶幸自己偷相機那天沒被當場逮到。

「跟我來。」

他的語氣緊張，但更多的是濃烈的厭煩。大塊頭的父親走出房間，經過阿鬥身旁，悄悄走下樓梯。阿鬥終於回過神，跟在他身後。他一放鬆，差點連膝蓋都直不起來。大塊頭的父親蹲在樓梯轉角的平臺，在阿鬥耳邊說起悄悄話。

「下面那兩個人挺行的，一打一的話，老子應該贏不了。所以……怎麼？你朋友正好看到我被那些傢伙抓起來，關進房子裡啊。」

阿鬥點點頭。

「然後你們就跑來救我？」

他又點了一次頭。大塊頭的父親面露無奈。阿鬥事到如今也覺得自己很傻。

「你朋友在哪裡？」

大塊頭的父親隔著塑膠袋說話，嘴巴幾乎貼在阿鬥耳邊。假如平時有人這麼做，阿鬥應該會癢得笑出聲，現在他只敢默默指向樓下的玻璃門。

「在外頭嗎？」

「現在他應該從窗簾隙縫偷窺屋裡……按照我們原本的計畫，他看到我從樓梯下來之後，他就會衝進來……」

「**看到你之後**？」

大塊頭的父親隨即蹲下察看玻璃門。阿鬥用不著察看就發現了。假如大塊頭從窗簾隙縫看著裡面，兩人一走到轉角平臺，他早已看到兩人的膝蓋以下。

「磅！」某處傳來爆炸聲。不，有人使勁拉開玻璃門，那是門撞上門框的聲響。

敲打大太鼓般的沉重腳步聲以及吶喊隨之而來。

「嗚喔喔喔喔喔喔喔啊啊啊啊啊！」

「喂！」

「怎麼了！」

耳邊聽見有人嘖了一聲，緊接著全身忽然浮了起來。大塊頭的父親搬行李似地撈起阿鬥的身體，抱在腰際奔向樓梯。大塊頭還戴著彌生屋的塑膠袋，高舉雙手，站在店門口高聲咆哮。兩個男人在店鋪內側渾身緊繃，其中頂著大佛捲髮的男人似乎是頭頭。他見大塊頭的父親現身，吼著「你這傢伙！」，大步走來。另一個男人立刻跟在後頭。

「喝啊啊啊啊啊啊啊啊啊！」

大塊頭使勁吶喊，往一旁的寬貨架撞了過去。他像是用氣功震飛人似的，貨架上層飛了出去，整座貨架倒向兩個男人。大佛捲髮男馬上反應過來，往旁邊跨了一步。身後的平頭男閃避不及，被貨架壓住雙腳，放聲慘叫。阿鬥第一次見到成年男子慘叫。阿鬥全身像是斷了電似的，一點感覺也沒有，幾乎快變成真正的累贅。他只能傻傻注視眼前的光景。剛才那名白襯衫男子跑到樓梯轉角處。阿鬥心想：至少他沒死就好。此時大塊頭的父親抱著阿鬥跑向店門口。大佛捲髮男吼著類似「**混帳東西**」的話，直接踩著倒下的鐵架奔向兩人。不過貨架是正面朝上倒下，男子腳下變成類似障礙賽的格狀空間，他必須看著腳邊向前走。大塊頭的父親不會錯過這絕佳良機。

一陣風咻地吹過，房內的景色開始向右流逝。大塊頭的父親迅速往左邊跳了幾步，阿鬥剛開始還不懂他幹麼跳來跳去。緊接著，他藉著父親的身體感覺到些微衝擊，他轉動視線，只見大佛捲髮男身體呈「く」字，奮力跳過貨架。

「那邊那個，就是你！」

父親回頭朝大塊頭喊道：

「我們要溜了！」

大塊頭懂事以來，第一次聽見親生父親呼喊自己，他究竟露出了什麼表情？他頭上罩著塑膠袋，阿鬥看不見他的臉。大塊頭戴著面具朝父親點點頭，轉身奔出玻璃門。父親抱著阿鬥跟了上去。通過玻璃門後，外頭呈現一片橘紅色。

「等一下！」

阿鬥扭動全身，掙脫大塊頭父親的手，站穩身子。他踏著步轉向身後，大塊頭也停在原地，回頭看著店鋪。兩人走回入口，掀開面具，轉過身，同時把後腦杓湊到窗簾拉開的空隙前，讓對方看到鬍鬚老爹之後，又套上塑膠袋大步逃跑。他們並沒有逃向西取川、下上町所在的左側，而是右側。他們一開始就商量好，他們逃跑時要跑向家裡相反的方向，方便隱藏兩人的身分。

大塊頭的父親也跟在兩人身旁奔跑。身後馬上就聽見腳步聲追了上來，還隱約夾雜怒吼：「死小鬼別跑！」阿鬥其實早就隱約察覺到，鬍鬚老爹大作戰根本沒效。不過他們現在沒力氣懊惱了。阿鬥努力跑步，大塊頭也拚命跑著。父親一邊跑，一邊看向身旁的大塊頭。此時他忽然伸手抽走彌生屋的塑膠袋。「啊！」大塊頭驚叫一聲，聽起來就像女孩子被掀裙子時的驚呼。
「你是學嗎？」
大塊頭兩歲之後再也沒見過自己的親生父親。對方到底是怎麼認出大塊頭？阿鬥現在還無法得知原因，大塊頭也一樣。
大塊頭看向父親，不過他馬上又轉回前方，裝出拚命奔走的模樣，一句話也沒回答。不，他確實拚了小命在跑步。
另一方面，阿鬥開始察覺狀況不太妙。其他兩人跑得實在太快了。自己剛才還跑在兩人身旁，現在他們已經越跑越遠。兩人的位置越來越偏向斜前方，最後移動到阿鬥正前方。他不在意自己跑得慢，但是跑得比兩人還慢，就代表比較接近後方的那群男人。阿鬥邊跑邊察看身後。男人背對夕陽，化身為世界上最恐怖的剪影。他不清楚自己距離那兩人多遠，但可想而知，男人的腳步一定比較快，馬上就會追上自己了。
「阿鬥！」
大塊頭回過頭，這才發現阿鬥遠遠落後。父親也看向阿鬥，急忙停下腳步。大塊頭迅速看了看男人與阿鬥的距離，左手從口袋掏出石頭，同時其中一顆石頭掉落在地上。父親像是捕食的鳥兒，迅速撿起那顆石塊。
緊接著，兩人同時有了動作。
大塊頭的體型比較接近母親，和父親一點也不相像；大塊頭又是離開父親之後才開始學棒球，眼前的景象只能說是巧合。只見兩人背對背，投球的姿勢簡直一模一樣。他們宛如鏡像，只是慣用方向一左一右。大塊頭抬起右腳，父親則抬起左腳。兩人同時向前踏出一步，大塊頭揮動左手，而父親揮動右手。

兩道風聲從左右耳邊一飛而過。

阿鬥轉過頭。只見和夕陽重疊的兩道剪影，像是各自被手槍擊中，空轉了一圈倒在地上。

「啊，你回來了。」

這句話從回憶叫醒了我。

鏡影館老闆終於回店裡了。

我轉過身，見到那張熟悉的面孔。對方在門口附近停下腳步，大臉驀地湊了過來。他脖子上繫著領帶，看起來不太適合他，再加上他的姿勢，讓脖子看起來更加緊繃。

「你是……阿鬥？」

大塊頭說完這句，似乎驚訝到忘記把嘴闔上。

「好久不見。」

我一派輕鬆地舉手打招呼，走向對方。

一站到他身旁，大塊頭已經不像以前那麼巨大。雖然他依舊人高馬大，我的身高也偏矮，但已經不像小時候差距那麼大。

「我還來不及等你介紹，就先見到你老婆了。」

大塊頭在明信片上提過這位「名草之主」。她望向我，收起嬌小的下巴，淡淡一笑。

「我這次剛好有工作要來下上町。難得來這一趟，就順便通過二之橋，散步來你店裡了。」

其實我是特地從家裡轉搭電車，大老遠跑來拜訪。

兩年前，我收到大塊頭的明信片，說是他在這裡開了一間少見的照相館。但我工作忙過頭，遲遲沒機會來訪。直到上個月，正好是油菜花開的時節，我收到大塊頭的結婚通知，突然想來看看他的另一半長什麼模樣，才終於抽空來訪。至於我為什麼要用工作當藉口說謊？畢竟對方早就通知過我，還被我整整放置兩年，最後卻是因為想看他的老婆才跑這一趟，未免太對不起大塊頭。

大塊頭欣然一笑。

「是嗎？正好在下上町工作啊。這巧合真是令人開心。」

我對於撒謊完全沒有罪惡感。

其實自從那起事件後，我變得對謊話特別敏感，頑固地堅持誠實到底，絕不說謊。然而堅持到最後卻感到疲憊，又開始說點小謊。每說一次謊，事後就會不斷自責。自責久了，那股愧疚又漸漸淡去。長大成人以後，開始在人際關係中善用謊言，偶爾說點違心之論緩和氣氛。就和世界上大部分普通人沒什麼兩樣。

「請問你想喝涼的還是溫的茶呢？」

「給我涼的好了。」

那位嬌小可人的年輕太太繞過櫃檯，沿著樓梯上了二樓。她眼下仍然帶著可愛的小臥蠶。

我很想問問兩人怎麼認識、在哪認識的，但這棟建築物的一、二樓其實隔音不太好，只好暫時保持沉默。不過她方才十分熟練地解說遺照，想必在這裡工作好一段時間。

我掃視整間店面。屋內已經重新裝潢，不過格局仍然和當時一模一樣。從玻璃門走進來看向右邊，我當初鑽進屋裡的那扇窗戶還在原位。現在一瞧，忽然覺得非常不可思議。我當初到底是怎麼鑽過那窄小的窗框？店面左側深處的房門是關上的。現在門後還是暗房？當時大塊頭用石頭擊落那個房間的水桶，裡面還設有流理臺。我和大塊頭事後才知道，原來那個房間就叫做「暗房」。當時我們三個人逃離這棟房子，過了下坡來到港口，大塊頭的父親在自動販賣機買果汁給我們喝。「事後」就是指我們喝果汁的這個時候。

「是說，這裡是照相館吧？你都在哪裡拍照？」

我現在才發現，店內並沒有攝影棚。

「在二樓。樓上改裝成攝影棚了。不過來光顧的客人大多是老年人，等我手頭比較寬裕，想在店裡設一臺小電梯。」

「居住空間呢？」

「沒了，我住在別的地方。」

「是喔？」

「我在附近租了公寓。真要住這裡，心情還是有點複雜。」

我想大塊頭口中的「複雜」，應該是顧慮到母親禮子以及繼父雅也。

「這樣啊。照相館開張之後，你的明信片、賀年卡全都寫著這裡的住址，我還以為你一定就住這裡咧。」

「反正我每天都會來店裡，寫哪邊的住址都差不多。而且阿鬥看到這個住址也會很懷念以前。」

「只看到住址是要我懷念什麼。」

大塊頭笑著說「也是」。

「不過我一路走過來，逛了逛附近。」

回頭望向店門口的玻璃門。盛夏陽光灑落的巷弄左右綿延。一隻燕子擦過地面，從左到右——往那天我們三人飛奔的方向而去。

「這裡還蓋了真多東西……公寓、便利商店、卡拉ＯＫ，還有大型超市。」

大塊頭也轉頭一起望著門口，嘆道：「是很多。」

「已經過許多年了。」

大塊頭那句「很多」，聽起來就像在這句感嘆。

「鎮上有個振興城鎮的志工團體，叫做『上下興盛會』。託他們的福，鎮上越來越多觀光客，也增加許多新店家。彌生屋也倒了。」

「彌生屋在我還沒搬走之前就倒了吧。我記得是國三的時候。」

「是嗎？」大塊頭疑惑地用食指摳了摳太陽穴。他的眼神在自己的店裡游移，最後望向右手邊的陳列架，露出欣喜的表情。

「你找到那張照片了？」

那木架很深，上頭擺滿遺照。最下層的最前方有兩個相框。我從最內側拿出相框後，就擺在那裡了。

「你沒事幹麼把照片混在遺照裡？」

我原本一見面就想問他這件事。

「我沒有混在一起，明明就藏在最內側。」

「嗯。但你何必和遺照放在同一個架上？」

「你問何必啊……」

大塊頭含糊其辭，嘴脣縮得像枇杷屁股。

我見到那張許久未見的懦弱表情，也沒心情繼續逞強了。

「呃、抱歉。其實我大概知道你在想什麼。」

智繪姊幫我剃完頭之後，就在大塊頭家門前拍下了那張照片。我們兩個人各出了一半的錢，由我跑去彌生屋買了一捲底片。然後我們把底片裝進相機，一起站在籬笆前面，各自幫對方拍照。現在想想，這行為真是蠢到極點，不過那對當時的我們來說是儀式，一種賦予自己勇氣的儀式。

那時候的我們是真心想拚命，大塊頭是為了父親，而我是為了朋友，兩肋插刀，在所不惜。雖說當真碰上生死關頭，我們可能會不顧一切地逃命。但我並認為當時的決心毫無虛假。我想，就算那份決心是自欺欺人，我們撒謊時的心意也是千真萬確。我們互相拍下對方的照片時，下腹感覺湧現一股力量，緩緩擴散至全身、手指、指甲，甚至毛髮的尖端。我至今仍記憶猶新。這股力量在那之後殘存在身體各處，已經幫助我度過無數次難關。

「不論我們當下是認真還是虛張聲勢……人需要勇氣，才能堅定自己的意志。」

大塊頭逐一看過架上陳列的遺照。

「我希望顧客藉由事前拍攝遺照，獲得些許勇氣。所以才開設這間照相館。那些人意識到自己的人生終幕之後，或許能夠勇敢面對即將迎來的結局。我這麼一想，忽然覺得我們那時的照片和這些遺照相去不遠。」

他說完，淡淡一笑，又補充一句：

「但說實話，普通的照相館在這個時代可活不了多久。最近不是常聽到『終活』這個名詞？我才想到改成專拍遺照的照相館。」

大塊頭似乎也和小時候不一樣了。

我和大塊頭在兩張照片裡，都一副正經八百地直視相機。兩張照片明明是隔著相同的距離拍攝，比較一下兩人臉孔在照片裡的面積，大塊頭就是比較大，而我占得比較小。從正面完全看不出來，兩人臉孔的另一側其實畫著相同大小、相同長相的鬍鬚老爹。

「其實……我那時候還是很害怕。」

還真虧我自己能擠出勇氣來。

「但我也沒資格這麼說，畢竟全都是我造成的。」

說到底，大塊頭的父親——衛先生為什麼會捲進這起事件之中？起因就是我。

那一天，我們在港口一邊喝果汁，一邊聽衛先生解釋。衛先生靠在漁協倉庫的牆邊，伸直雙腳坐在地上，單手還拎著罐裝咖啡，看起來就像海盜的頭頭。

——他好像沒付錢。

我在這間店說的小謊，成為這一連串事件的開頭。

——剛才那個人。他從架上拿了一個底片盒。

我為了偷到自己的相機，謊稱有人偷竊。衛先生信以為真，馬上跑去追我口中的小偷。也就是那名剛走出店裡的男客人。男子當時還沒走遠，衛先生沒多久就追到他。衛先生一把拉過對方的肩膀，劈頭就威脅對方**交出底片**。

——你這小子還真把我耍得團團轉。不過，對方要是當場愣住，露出莫名其妙的表情，我說不定還會馬上發現不對勁。

不過男子別說是愣住，借用衛先生的形容，對方的態度**顯然就是有鬼**。男子嚇得顏面抽搐，卻一句話都不說。他嘴唇緊閉，不發一語，像是事先就決定自己死不答話。衛先生揪住對方的衣襟猛搖，作勢要揍人。不過衛先生自己說是「作勢」，實際上他真的只有威嚇？我們也不得而知。他或許跟對方有些小拉扯。

——我又沒親眼見到對方偷底片，也不能說是小學生告狀。萬一對方堅持小鬼說謊，我就拿他沒轍了。

誰知道那個告狀的小鬼的確撒了謊。

——後來，那傢伙從小型皮包裡抓了底片交給我。他一看到我放手，就逃之夭夭了。

衛先生手上只剩這一小捲底片。

這捲底片想當然耳，根本不是從真鍋相機店偷來的。男子本來就沒有偷東西。

——誰知道那底片竟然搞出這一大堆麻煩。

衛先生掏出壓扁的七星菸盒，揚起嘴角笑了一聲。

——我自己也有錯。我一開始別動歪腦筋，不要把底片沖洗成照片就沒事了。

根據衛先生的說法，他感覺這捲底片散發**金錢的氣息**，於是當晚就把底片沖洗出來。照片成品映著清晨的海邊，一群人在海邊進行不知名的工作。地點正好在西取川的出海口。

——現在中江間建設負責護岸的修建工程，對吧？照片就是拍到一群人穿著那工地的工作服，乘著橡皮艇不知道在幹什麼勾當。

至今我還是不知道雅也先生有沒有被拍進照片裡。不過我記得智繪姊提過，雅也先生有時清晨、深夜都要工作，雅也先生出現在照片裡也不奇怪。

——我仔細一瞧，才發現那群傢伙的漁網裡，居然撈了一大票死魚。還有一堆魚浮在水面上。他們拚了老命在撈那些魚屍。

衛先生腦海裡馬上浮現一個名詞：工業汙染。

——這玩意值錢哪。我馬上想到可以拿這照片威脅公司，撈一票封口費。

衛先生說著，眼神忽然一陣陰沉，讓我不由得毛骨悚然。另一方面，我之後問了大塊頭，他根本不知道「工業汙染」是什麼，所以不太明白衛先生的意思。

——誰知道，我還在思考怎麼聯絡中江間建設，那群混蛋就先找到我這來了。

他們威脅衛先生交還底片。

「那些傢伙」，指的就是我們當時對付的那三人。拍下照片的人，就是我在這間店鋪二樓見到的那名高瘦男子，衛先生當下就以右膝一招了結他。大佛捲髮男和平頭男則是男子的「學長」。至於是什麼學長就不得而知了。

其實仔細一想，那名男子實在倒楣。他似乎是一個生性認真的上班族，攝影純粹是興趣。那天早上，他趁天亮前起床，單手拎著相機來到海邊，想拍下日出時的景色。他拍了幾張照片，出海口忽然漂著幾艘橡皮艇，一群穿著相同工作服的人正在忙碌。於是男子好奇之餘拍下他們工作的模樣。就只是這麼回事。

然而加上後來發生的種種，他確實活該受皮肉痛。衛先生被軟禁在店內後，偷聽三人的對話得知前因後果。據說就是那名男子提議把照片賣給週刊雜誌。他湊巧拍到現場，卻企圖利用這個湊巧賺取錢財。

不過賣給週刊雜誌之前，得先確認照片是否拍得夠清楚。所以男子那天才會前往真鍋相機店沖洗照片。他一進店裡，又覺得附近的店不妥，應該去其他城鎮的相機店。於是他並沒有拿出底片，直接走出真鍋相機店。然而他才剛走沒幾步，衛先生就來勢洶洶地從身後追來，威脅他交出底片。男子根本不知道衛先生在說什麼，又很害怕他的氣勢——或者是畏懼他動粗，便把自己的底片給了對方。

——後來，他和那兩個打手一起跑來我店裡，想搶回那捲底片。我不知道是那男的拜託他們那麼做，還是那兩個打手聽到底片的事，覺得可以撈錢才多此一舉。總之他們三個一起跑來，把我關進店裡，說是要待到我交出底片為止。結果他們還真的留下來了。我什麼也沒說，當然也沒告訴他們照片已經洗好了。那些傢伙翻遍整間店，但其實我把照片和負片裝進信封袋，和其他信件一起塞在二樓的信插裡。

衛先生最後吸了一口變短的香菸，仰頭往天空吐出煙霧。他把幾乎只剩濾嘴的七星菸塞進喝完的咖啡罐，菸頭發出熄火的聲音。

——那個……

大塊頭目前為止都默不作聲，此時忍不住脫口出聲。他原本不打算說話，卻不小心發出聲音，的確是名副其實的「脫口而出」。

——嗯？

衛先生面對八、九年不見的兒子，回問時的語調似乎比剛才高了一些。他望向大塊頭，目光卻從對方的臉錯開，尷尬地流向大海。天色漸暗，海平面與天際變得模糊不清。此時我才第一次察覺，衛先生抵達港口後，一次都沒有直視大塊頭的臉。他可能想看，卻又不敢看。

禮子阿姨離婚以後，每年都會幫日漸成長的大塊頭拍下幾張照片，寄給衛先生。禮子阿姨把這件事告訴智繪姊，智繪姊又告訴大塊頭，大塊頭最後才告訴了我。衛先生每年收到這些照片之後，究竟是如何處理？他總是一個人凝視這些照片？可以肯定的是，他沒有隨處亂丟照片。我們逃離三人組的時候，大塊頭只有一瞬間拿下塑膠袋，把後腦杓的鬍鬚老爹露給那些男人看。衛先生在那短短一剎那，馬上認出對方是自己的兒子。在我說謊之前不久，他可能就在櫃檯另一側望著兒子的照片。

——你會怎麼處理……那些照片？

大塊頭之後告訴我，雖然他不知道工業汙染是什麼，可是他知道那些照片一旦公諸於世，中江間建設就要大難臨頭了。

自己的繼父就在那間公司工作。

衛先生並不知情。

——哦……你說照片啊。

衛先生仰頭望向橘紫相融的天空，碎唸了句：「該怎麼辦……」

——勒索公司會把事情鬧大，乾脆隨便找個地方賣掉算了。那些傢伙把我的店搞得亂七八糟，應該沒膽再來跟我討價還價。

衛先生仍然注視著天空，大塊頭的目光則是落在衛先生的左腳附近。

——你可不可以不要這麼做？

大塊頭嘀咕道。大塊頭個頭很大，這時卻顯得比我幼小許多。

——可不可以把照片丟掉？

衛先生仍然面向斜上方，只有雙眼望向兒子。

大約一個月之後，我有一次問了大塊頭這時的心情。他是想到雅也先生工作的中江間建設，還有家中生計，才這麼要求？還是單純不希望衛先生做壞事？大塊頭在放學後的小路間走著，歪了歪頭，答了句「我不知道」。他確實一臉茫然。

至於衛先生，從他的態度就知道他是如何解讀大塊頭的請求。他根本不知道大塊頭現在的父親就在中江間建設上班。

衛先生的目光直視大塊頭，沉默良久。最後從鼻子短短呼出氣息，露出苦笑。這或許是他第一次答應兒子的請求。

——好啊。

過了一會兒，衛先生站起身，離開夕陽時分的港口，送我們回到二之橋橋頭。這一帶漸漸染上夜色。衛先生說了句「回家小心」，揮了揮手，先一步轉身離去。我和大塊頭肩並肩走著，內心忐忑不安，生怕那三人組從暗處跳出來，還暗自埋怨衛先生。說什麼「回家小心」，乾脆直接送我們到家裡附近不就好了？過橋過到一半，我回頭看去，衛先生的背影已經離得非常遠，彷彿漸漸融入前方的漆黑之中。

我和大塊頭過了橋，一左一右各自離去。這次離別和以往沒有兩樣。小巷的水溝傳來某處人家的洗澡水香味。我回到公寓，用脖子上的鑰匙打開房門，靜靜等著母親返家。偏偏母親這天特別晚到家。等到玄關終於傳來開門聲，我忍不住放聲大哭。母親以為我大哭跟後腦杓的鬍鬚老爹有關，覺得兒子肯定是在學校受人欺負。我又不能說真話，只能真假參半地想辦法解開母親的誤會。當晚母親在彌生屋關店前買了推剪，終結了鬍鬚老爹短短半天的生命。雖然比不上跟親生父親死別的痛苦，但多少有些可惜。

我隔天才想起來，自己的腳踏車還扔在真鍋相機店附近，放學後和大塊頭一起去牽車。我們故意避開真鍋相機店正前方。我推著腳踏車走下斜坡時，前輪中央的螺絲反射陽光，看起來亮晶晶的。我當時一定是盯著地面走路，才會清楚記得這種小事。

另外，在事件之後三個月，中江間建設試圖隱匿的那起藥劑外漏意外，最後仍然東窗事發。

週刊雜誌掌握相關事證，寫成了報導。我當時在書店站著看完那一期雜誌，上頭並沒有刊載照片。衛先生的確遵守和大塊頭的約定，處理掉那些照片。但週刊雜誌仍然透過別的管道獲取情報。

說得直接點，那群男人的所作所為以及大塊頭的請求，終究是毫無意義。

中江間建設由於誤排藥劑又試圖隱匿真相，從意外鬧大成了案件，引發居民聯合抗議，護岸修建工程最後交由野方建設接手。中江間建設過不了多久就倒閉，雅也先生也因此失業。不過他並沒有搬回原本居住的小鎮，而是和禮子阿姨、大塊頭以及智繪姊一起留在下上町，去了驅蟲公司當業務。大塊頭每年寄來的賀年卡上有提到，雅也先生現在已經退休，買了一間小房子，和禮子阿姨兩人一起悠哉度日。

我不知道衛先生為什麼和禮子阿姨離婚，也不知道衛先生為什麼強得不得了。不過後來從大塊頭口中得知，衛先生以前打過棒球。聽說大塊頭在之前住的小鎮當上球隊的王牌投手時，禮子阿姨曾經露出悲喜參半的表情，說了句：「是遺傳啊。」他當下才知道親生父親打過棒球。

大塊頭其實也是因為這個契機，才放棄棒球之路。

——我一想到爸爸，心情就很複雜。

大塊頭把衛先生和雅也先生都稱作「爸爸」，我不知道他指的是哪一位爸爸。他應該是說雅也先生。

——話說，你那時候為什麼用右手丟石頭？

我問起兩人在二之橋玩水母柏青哥的事，大塊頭把左手舉到臉前，愣愣地望著手掌。中指和食指的指腹還長著硬繭。

——那時候還是轉學第一天。我還不太了解你，我怕你知道我打過棒球，會一直追問我以前的事。

的確，假如大塊頭那時一發命中遠處的水母，或是讓石頭落在差一點的地方，我一定會一個勁地詢問，大塊頭還要顧慮父親，想必不知該如何回答。

——那你假裝用左手丟得很爛不就好了？

大塊頭隨即垂下眉頭，露出一臉懦弱的表情。

——我很不會騙人，太難了。

我們兩人的友情經過那次事件之後，漸漸產生變化。

進攻、逃亡大作戰的隔天，我們兩個人同時頂著和尚頭上學。同學戲稱我們為「大和尚」、「小和尚」，我們也因此在不知不覺間融入班級。我們不像以前那麼需要彼此的陪伴，兩人越來越少單獨混在一起。六年級的暑假，我們難得一起去二之橋玩水母柏青哥，玩起來卻不像之前那麼開心。此時正好看到一對情侶在河畔約會，我就拿情侶當藉口，匆匆結束遊戲回家。

我和大塊頭後來進了同一所中學，我們卻變得更加疏遠。我們有時會湊巧一起回家，簡單報告彼此的近況。大塊頭提到雅也先生找到新工作，晚上在家裡一邊享用糖煮脆蝗一邊喝酒。大塊頭轉學第二天，我也在他們家吞了一堆糖煮脆蝗。我們應該同時憶起這件往事，但誰都沒說出口。

我升上高中後，和母親一起搬離這座小鎮，移居到母親位於關西的娘家。除了外公外婆的健康逐漸惡化，需要人手照顧，親戚還為母親介紹了新職場，收入和工作時間比以前更加穩定。那座小鎮不靠海，但是有一座很大的湖。我之後在當地上大學、找工作，在一間辦公設備製造商擔任業務。每當我看見相機、聽見有人談論棒球話題，我都會想起大塊頭，想起那場小混亂。但也僅只於回憶。

我有一次去南部出差，在太宰府天滿宮看到一種鳥木雕。據說這種鳥叫做「鷽」，名字的漢字和「學」字很相像，發音卻和「說謊」（うそ）同音，天滿宮的主神天神大人又是學問之神，因此被視為天神大人的使者。鷽鳥的叫聲類似口哨，而口哨的日文古語就是「うそ」，因此得名。我望著木鷽的解說文，時隔多年再次記起大塊頭的本名。大塊頭在我心中，一直都叫做大塊頭。

結果母親至今仍未再婚，我也維持原本的姓氏。託姓氏的福，客戶的負責人總是能一次記住我的名字，所以我現在很珍惜自己的姓氏。

我離開這座小鎮後，和大塊頭的溝通管道只剩下互寄賀年卡。大塊頭的賀年卡總是用工整無比的字跡，記錄城鎮或自己的近況。每當賀年卡上提到西取川，我就會想起自己和大塊頭約好要做釣竿給他，到最後根本沒做出來。我上了大學，開始工作，依舊惦記著這個約定。

西取川的河水以前明明十分乾淨，現在卻產生水質汙染問題，似乎越來越嚴重。不過縣政府最近開始致力於水質改善，本次整治河水的重責大任，居然交給了中江間建設社長經營的新公司。真是世事難料。

智繪姊後來在鎮上的小吃店工作，店裡的老闆娘最後將整間店交給她經營，她也和熟客結婚，現在還在下上町的郊區繼續做生意。她現在到底幾歲了？當時還很年輕的超直球佐藤，現在已經被奉為搞笑界的權威，想必智繪姊也成熟不少。

衛先生在四年前過世了。

「你又何必繼承這間店？」

我把自己和大塊頭的照片放回遺照架的內側，隨口問道。

「我沒有繼承。爸爸早就把相機店收起來好一陣子。我只是繼承了土地和房屋。」

大塊頭苦笑著說，他的存款全花在遺產稅和創業資金上了。接著，他開始說起衛先生去世時的事。大塊頭原本只是普通公務員，有一天忽然接到醫院打來的電話。他得知衛先生前不久住院，趕緊早退，前去醫院探視。衛先生就在病房裡和大塊頭商量如何處理手上的土地和房屋。

「雖說聽起來太感情用事，我想反正都已經繼承這塊土地，乾脆在同一間屋子做些關於攝影的工作。」

「可是你什麼時候學了攝影？」

我很疑惑這一點。就算是專職遺照攝影，沒學過攝影的新手怎麼可能馬上經營照相館。

「我其實一直都在學攝影。只是感覺很丟臉，不敢跟阿鬥提起這件事。」

「從什麼時候開始學？」

「小學五年級。」

「我都不知道！」

「因為我不敢跟你說啊。」

「為什麼？」

「你想想看……」

大塊頭面露遲疑，緩緩繞到櫃檯內側，拿了某樣東西又走回來。那是一個漆黑的方形物體。他一定放在很顯眼的地方，才能這麼快就拿出來。

「我畢竟是因為這玩意，才開始對攝影產生興趣。」

大塊頭把那物體放在我的手上。

這是那臺柯達的傻瓜相機。將近三十年前，我曾經把這臺相機藏在衣服下，又用這臺相機和大塊頭互按快門玩耍，並在進攻逃亡大計畫的當天，用這臺相機拍下彼此的照片。

「你懂吧？沒為什麼，就是有那麼點害臊。」

我可以體會。

不過，現在把相機拿在手上把玩，不禁懷疑這真的是當年那臺相機嗎？當時這臺相機看起來是那樣高貴、魅力十足，現在卻覺得顯得稜稜角角，好像便宜玩具。

「那個信封是？」

「我整理爸爸遺物的時候，找到了這東西。」

信封裡裝著一張照片。

漆黑景色中漂浮著藍色的光點。我看不出那光點是什麼，臉靠向照片正想仔細查看。此時，大塊頭忽然說出莫名其妙的話。

「爸爸已經把當時所有的照片都處理掉了，只留下這張照片。這是底片最開頭的一張。」

「最開頭？」

「這是工人搭橡皮艇出海前的照片。」

「裡面還有這種照片？」

「就是有。阿閂，你覺得這是什麼？」

我更加專注觀察照片。背景一片漆黑。不，畫面中出現一條條細細的橫白線，像是用細刷毛從旁刷過似的。有的細線是斜的，有的搖晃不清，整張照片處處灑滿湛藍的朦朧碎光——

「那片海裡的水母，真的會發光。」

我訝異地抬起頭。

「水母？」

「對。一到晚上，所有水母都會發藍光。那個拍照的人大概是看到藍光，才把相機鏡頭對準出海口。而工人正巧在那之後出了海，開始打撈死魚。」

這樣一來——

我當年說過的謊話，其實是事實。

真的有會發光的水母。

我半是呆愣地凝視那張照片。大塊頭這時詭異地呼了氣。我看過去，只見他緊閉嘴脣，強忍笑意。

「幹麼啊？」

「你真的相信啊。」

「相信什麼？」

「這種傻事。」
大塊頭從我手中抽走照片，粗厚手指撫過藍光。
「海裡那些全都是普通的海月水母，根本不會發光。」
「可是，那照片——」
大塊頭說，這可能是海螢。
「就是蝦子、螃蟹的同類，會吃死魚的那種。當時海面上浮了很多魚，所以吸引海螢過來吧。所以這不是水母的照片，只是剛好有海螢圍在死魚旁邊而已。」
「……是嗎？」
我湊上前，再次貼近照片。
「聽說海螢受刺激會發光。」
大塊頭解釋道。
「當時工地因為藥劑外漏，死了一大堆魚。我猜是不是海螢聚在死魚旁邊，也受到那種藥劑刺激，所以會發光。工地的員工可能也是看到海螢的光，才發覺事情不妙。不然晚上海邊黑漆漆的，根本看不到有魚浮在海面上。」
我也認同這個可能性。
「可是，這景象……看起來還是很像水母在發光吧？」
我這麼說。
「嗯，很像。」
在這之後，我們面對面望著這張分不清上下左右的照片，像是從各種不同面相解讀同一個小故事。我們的回憶如同遭樹葉遮蔽的烈日，失去曾經耀眼的光芒。然而對於長大成人的我——或是大塊頭來說，這絲絲暖陽確實令人心曠神怡。清脆的拖鞋聲漸漸從二樓接近一樓，大塊頭回過頭去，薄脣微張。而我下意識仰起頭，靜靜欣賞這片刻景色。

第三章

無常風

（一）

騎過西取川的沿岸道路，風吹鼓白襯衫，肩上斜背的書包在臀部後方啪啪響個不停。源哉見一之橋越來越近，他放鬆油門減速。

請勿　於河川
棄置　或　！

過橋時總能見到一塊設置在欄杆上的告示牌。由於海風侵蝕，告示牌上的紅油漆文字已經消失。聽說這塊告示牌是在三十四年前設置的，這段期間想必已經一寫再寫，或是重新設置很多次。

老實說，當初是因為源哉父親受了重傷，橋上才會設置這塊告示牌。三十四年前，漁夫正在進行火漁，忽然有人從一之橋扔了一塊大石頭，直接砸中父親頭部。

源哉上小學、國中，甚至到了高中，都經常對朋友提起這件事。這在鎮上算是有名的意外，大部分人聽了都會驚呼：「原來受傷的是你父親。」父親現在額上還留有當時的傷疤，自己老拿父親當話題，其實也有一點良心不安。

他越過一之橋進入上上町，騎上斜坡，斜坡對面是一大片向日葵花田。安全帽的擋風鏡外，景色逐漸遮掩了夏日晴空。

鏡影館沒有機車停車場，源哉只能把機車停在公車亭旁邊。

他把書包放在機車坐墊上，拉開掀蓋，故意露出掛牌之後離開機車。掛牌上用奇異筆寫著「2-1　崎村源哉」。現在只有親朋好友知道自己會騎機車，露出牌子或許有人會幫自己看車。

他正要踏進館內，剛好有人從內側打開玻璃門。兩個男人從館內走出來，兩人看起來都是六十多歲——他們也來拍遺照？

「都是些年輕人哪。」

「是不是很有趣？」

「也說說這事吧。都跟電視臺說說。」

雙人組從一旁走過，嘴裡說著讓人摸不著頭緒的發言。源哉稍微看了一下兩人的背影，穿過敞開的玻璃門。

「您好。」

一名女子坐在櫃檯另一側，朝源哉露出微笑。她的年紀似乎比源哉的母親小上一輪。

「請讓我看看爺爺的遺照。我聽說有一張擺在店裡，就過來拜訪了。」

源哉說出事先想好的說詞，說出祖父和自己的名字。

「請稍等一下。」

女子在櫃檯後方的架上翻找物品。源哉趁機環視整間店。左邊內側擺了一張長沙發，有另一名女子坐在沙發上。女子大約二十歲左右，感覺有點面熟。她的裙襬上放著一枚木製相框，她就這樣茫然地凝視相框——她究竟是誰？源哉正要回想，地板突然微微震動，一旁的牆壁開了一塊方形開口。那是一臺小電梯，電梯門和牆壁塗著相同色澤，所以很難看出來。

一個男人從電梯走了出來，笑著朝源哉微微點頭。他真高大。

「樣品、樣品……」

高大男人從架上抽出一本厚重的資料夾，又搭進那臺看似狹窄的電梯，關起電梯門。源哉事後才得知，這個人就是鏡影館老闆佐佐原，現在正在翻找資料的女子則是他的妻子。

「讓您久等了。您需要的遺照就在那邊的陳列架上，由下數上來第二層。請自行取用，店內的沙發皆可使用，請慢慢欣賞。」

源哉在擺滿相框的木架前蹲下，彷彿在人群中尋找自己的家人。他立刻找到祖父的臉孔。原來如此，就如父親所說，店裡的遺照確實笑得比家裡的含蓄。

源哉拿起祖父的遺照，走向店內。方才那名女子坐在沙發內側，自己便挑了正前方的外側位置坐下。咖啡桌上擺著白色茶杯，以及一個透明小空袋。

他把安全帽放在臀部旁邊，身旁的女子稍微看了安全帽一眼，順勢望向源哉手上的遺照。下一秒，她忽然抬起眼，看向源哉。

「咦？不會吧——」

什麼？

源哉仔細瞧了瞧對方的長相，果然還是想不起來。他看向女子膝蓋上的遺照，女子隨即將遺照翻了個面。這人先擅自偷看別人的遺照，幹麼藏起自己手上的遺照？

「這樣啊……已經會騎機車了呀。」

會騎是會騎，不過——

「怎麼這麼說？」

「沒事，沒什麼。」

其實源哉才剛開始騎機車，還不到一個月。他在春假考到駕照，但是千拜託萬拜託，父母就是不肯幫他買機車，自己存零用錢又不知道存多久才買得到。去打工賺錢，大概得花上整整一年。所以他暫時放棄買自己的機車，有幾個朋友已經在騎車了，他就不時借用一下，或是請朋友載自己。源哉在晚飯時間隨口提到這件事，沒什麼特別的企圖，沒想到父母聽完馬上改變態度。尤其是父親，他**慌忙地**說很危險、不可以。源哉反駁「不偶爾騎一下，很快就會忘記怎麼騎了」，父親又一臉嚴肅地沉思。父母隨後走進廚房商量了一陣子，他們回到餐桌後，便決定幫源哉買一臺中古機車。

不過母親嚴格規定源哉，不可以騎機車上學，也不可以晚上騎車。一旦毀約，母親就要收走車鑰匙和駕照。源哉目前從未毀約。他今天也是乖乖騎著腳踏車上學，後來才回家牽機車。但他還是想炫耀一下，所以他故意不換制服、背著書包，路上還故意繞遠路。話說回來，這個女人到底是誰？

「你是崎村源哉，對吧？『源』字和爸爸一樣——是三點水的源，『哉』是『樂哉、哀哉』的哉。你現在唸幾年級？」

「高二。」

「這樣啊，已經長這麼大了。」

「請問……」

「請用。」

老闆娘在源哉面前放了茶杯。

「這是送給來店客人的小點心，希望您喜歡。」

茶杯旁放著一塊仙貝。仙貝上還印著淡褐色的文字，寫著「本館已滿十週年，非常感謝各位支持。鏡影館」

「源哉，你不記得我了，對不對？」

「不記得。」

「我們七年前見過面喔。」

她把手上的遺照面向源哉。

「和她一起。」

「一起？」

她輪流指了指自己和遺照，又說了一次「一起」。相框裡的女人靜靜微笑，樣貌和眼前的女子十分相像——

「啊。」

「想起來了？」

「大概。」

自己在家門前見過她們。源哉當時還是小學五年級，忘記是星期六還是星期日，那一天他衝出家門，準備和朋友出去玩，差點在巷子裡撞上一對母女。後來他一邊走，一邊微微回過頭，看到母女穿過庭院，走向自家玄關。源哉傍晚時回到家，感覺父親態度有點奇怪，還對母親特別溫柔。他突然有點在意那對母女是誰，向父親問了問，父親不知為何眼神游移，答說「只是朋友」。這答案未免太理所當然了。

「她……死掉了嗎？」

源哉說完，才驚覺自己這麼說不太禮貌。幸好對方並不介意。

「對，在那之後過了半年多，她就去世了。小孩子真的長得好快。雖然長得快是應該的。」

女子從沙發上挺起上半身，想仔細瞧瞧源哉的模樣。

「你都唸高中了呀。」

「請問，妳們和我爸爸究竟是怎麼——」

「嗯，只是朋友。」

她和爸爸說了一模一樣的話。源哉也沒有特別在意，只點了點頭，打開仙貝的包裝袋。

女子叫做藤下步實。

「我剛好想找個人說話，不過這裡也沒有人可以聊天，想說乾脆回家。結果正好有人坐到旁邊來，那個人還是崎村源哉，真是嚇我一跳。源哉怎麼會來這裡？」

源哉想回答，但他嘴裡還塞著仙貝。

他會跑這一趟，只是因為父母終於幫他買了機車。父母一再叮嚀他注意安全，他雖然覺得煩，騎車的時候還是有點害怕。腦內不斷浮現在駕訓班時看到的車禍照片、影片，擔心自己萬一出車禍、死掉了，該怎麼辦？父母一定會很自責，責備自己不該買機車給兒子。自己是獨生子，要是碰上車禍死了，家裡就只剩下父母。源哉想到這裡，不禁思考起人類的生與死。

「像源哉這個年紀，應該會開始思考很困難的問題吧？像是生死之類的。」

「不，我才沒有。」

「是喔？」

他一開始思考生死問題，內心就不自覺產生疑問。人生究竟是什麼？自己會一直在這座小鎮生活？父母會一直經營農業和火漁，天天做著差不多的事，慢慢老去？祖父以前也和自己的父母做著相同工作，但是源哉出生時，祖父已經無法工作了。據說祖父五十多歲的時候，和盜捕香魚的罪犯大打出手，受了重傷，後來就沒辦法工作。祖父總是在家看電視，或是對源哉說故事。源哉升上四年級的時候，祖父心臟出了問題，重複住院、出院好幾次，就這麼去世了。像祖父那樣上年紀，身體生了病，慢慢察覺自己即將死去，究竟是什麼感覺？幾天前，源哉望著佛壇上的祖父遺照，默默思索這些問題。

遺照中的祖父張嘴大笑。源哉幾乎沒見過祖父笑得如此爽朗。他當時即將死去，為什麼笑得出來？他暗自疑惑，忽然想起父親說過，鏡影館還放著另外一張遺照。祖父在那張遺照裡笑得比較平靜。所以源哉今天才會來到這裡，想看看祖父的另一張遺照，試圖解決自己內心的人生煩惱——話雖如此……

「我只是突然想來而已。」

向長輩解釋這些太丟臉了。

「妳呢？妳怎麼會來？」

「我啊……」

步實輕撫母親的遺容，側了側頭。

「我去年開始工作，當上護理師了。」

以前她母親生病的時候受到醫院諸多關照，她才選擇了這份工作。

「我剛上任就被分配到癌症病房大樓，那裡很多病人去世呢。資深護理師或許習慣面對死亡，可是我還是新人，不自覺煩惱起很多事情。」

當她覺得煩悶，總是會在家望著母親的遺照。

「該怎麼形容……就像是和她傾訴煩惱一樣。不過這次這個方法好像不太管用……我值完班要回家，中途就在這裡下了公車。想說來看看另外一張遺照。」

她來訪的理由和源哉有點相似。但也只是相似，自己的煩惱和對方相比根本無關緊要。幸好自己沒說出口。

「說起來，我剛才聽說，**超直球**下次會來這間店呢。」

「咦！」

超直球佐藤是風靡全國的搞笑藝人。他資歷豐富，最近還扮演古怪的餐廳老闆，經常出現在電視連續劇。

「他要來拍遺照？」

「不是，聽說電視節目想來製作特輯，節目主持人就是超直球。」

「電視節目啊……」

無論他來做什麼，這座城鎮還是第一次有明星到訪。

「你知道『上下興盛會』嗎？」

「是那個名字寫了上下的團體嗎？啊……不好意思。」

源哉在桌上不小心掉了點仙貝碎屑。步實用手掃了掃碎屑，放進自己的空包裝裡。

「對，是振興城鎮的團體。那個團體向東京的電視臺提起這間照相館，對方似乎很感興趣。剛才那個團體的代表來了一趟，和店裡的老闆商量採訪的事。源哉在店門口和他們擦身而過。」

原來剛才那兩個人就是「上下興盛會」的代表。

國中社會科的課堂上，老師向同學講解志工團體，源哉此時才第一次知道這個組織。「上下」就是「上上町」和「下上町」，他們會向外縣市宣傳鎮上的夏季火漁活動、香魚料理、西取川以及海水浴場，試圖招來更多觀光客或居民。去年秋天，源哉和五、六個好朋友一起去車站附近遊玩，商店街裡有幾間餐廳放了直立旗，上頭寫著「KAMISHIMO・B級美食大賽」，主辦單位也標著「上下興盛會」。似乎是讓各店家較勁自家B級美食的活動。商店街出入口放有投票箱，讓顧客投票給自己喜歡的餐點。源哉等人買了中華餐館的香魚包子，但味道比不過便利商店的肉包或披薩包，最後還是沒有投票。

電梯門開啟，佐佐原高大的身體又出現在電梯裡，身後還有一名老婆婆，她的身高只有佐佐原的三分之一。老婆婆非常瘦弱，白髮經過精心梳理，還用木簪整齊地紮在後頭。

「野方太太，辛苦您了。那麼，麻煩您在那邊的沙發上稍待片刻。」

佐佐原朝兩人的方向擺手示意。

「啊、那我就先告辭了。」

身旁的步實隨即起身，源哉也跟著站起來。

「不要緊。沙發這麼大，三個人也坐得下呀。」

源哉聽老婆婆這麼說，原本正要坐回去，然而聽到步實用一句「真的沒關係」婉拒，他又抬起了臀部。

兩人隔著櫃檯向老闆娘道謝，正要將遺照各自歸回原位——

「家屬其實可以直接將店裡的遺照帶回去。」

佐佐原這麼說。

「那我就先借回去了。」

步實將母親的遺照收進手提包，源哉也決定借走祖父的遺照。

兩人又一次鞠躬致意，走向門口。

步實伸手撫上玻璃門，突然回頭看去。她看向沙發上的老婆婆，對方察覺視線，正要抬起頭時，她又轉回門前，拉開玻璃門。方才在店內就能聽見油蟬鳴聲，開門後，蟬鳴更加響亮。豔陽直晒臉龐。

「剛才那位老婆婆……」

步實邁開步伐之前，問道：

「老闆說她姓什麼？」

「好像是『野方』。妳認識她？」

她收了收下巴。

「她住在我工作的那間醫院裡。我不負責照顧她，但在院內見過幾次。」

「這樣啊。」

「那個人……」

步實回頭望向玻璃門，欲言又止。

＊＊＊

三十五年前的冬天。

野方逸子獨自凝視昏暗的榻榻米。

她和丈夫當初在尋找房屋建地時，希望蓋一間屋內容易迎進朝陽的房子。於是選擇上上町的這塊土地。然而越早見到朝陽，夜色就越早來臨。兩年前，丈夫英年早逝，享年四十八歲。逸子在丈夫死後，才第一次注意到這件事。

今天是星期天。野方建設週日公休，但逸子從早上開始就在自家確認帳務文件，中途又去了公司兩趟，拿回需要的文件。她大可直接在社長室工作，但她不希望讓員工見到自己在假日工作。

逸子原本在野方建設擔任行政人員，由於逝去的丈夫請託，她才擔起社長的工作。她還不太熟悉工作內容，怎麼也無法在星期天之前完成所有工作，只好每週在自家整理文件。現在的野方建設沒有能力多雇用新的行政人員。

逸子擔任社長之後，工地數量明顯減少，今年甚至發不出員工的夏季獎金。

之前的招標是公司起死回生的機會。西取川下游決定進行護岸修建工程，而這次工程另一個目的是活化地區經濟，只允許上上町和下上町的建設公司投標。不，實際投標的公司只有中江間建設和野方建設。這次工程規模很大，鎮上的四間建設公司，只有這兩間公司有能力承包工程。

然而，工程卻是由中江間建設得標。

這下該如何是好？她還得支付創設公司時的借款、房屋貸款，以及兒子在東京的大學學費。公司業績惡化，赤字日漸高升。鎮上的不動產業者原本是透過丈夫建立合作關係。而逸子接任社長後，有幾間不動產改和中江間建設合作。或許是逸子不夠努力。那些客戶的確十分仰仗丈夫的能力。

玄關響起門鈴聲。

又響了一次，也可能已經響第三次了。

逸子撐起膝蓋，穿越走廊，走向大門。

「您好……」

假日經常有金融業者上門推銷融資業務。他們可能是聽到風聲，得知野方建設已經被銀行拒絕放款。他們總是聲稱能隨時提供現金，但一問利率，全都不合法。假如還不起這筆錢，可能會被迫收起公司，兜售土地和建築物還債。

仔細聽了聽，大門另一頭傳來模糊的聲音。

逸子走向前窺看貓眼。一名身材高瘦、身披大衣的男子站在門前。對方佩戴黑框眼鏡，低著頭。逸子不認得對方的長相。

「請問……？」

她又問了一聲，對方報上自己的名字，並不是公司名稱。所以逸子解開了防盜鍊。她微微推開門，男人快速站到門縫前方。

「不好意思，剛才聽不清楚您的姓名……請問是哪位？」

「敝姓井澤。」

她不認得這個姓氏。

「野方社長，我想和您說幾句話。」

經過了三十五年，井澤此時的嗓音仍在逸子的耳裡迴盪。這道嗓音宛如玻璃碎裂時的第一聲，極其輕微，卻無法挽回。逸子之後又聽見了數次，每一次響起，玻璃便應聲破碎。無數玻璃碎片層層交疊，而自己就深埋於其中。即便家中生活逐漸富裕，她將重振後的野方建設轉交兒子經營，甚至等到醫生宣告自己患上不治之症，那層層玻璃的朦朧景象仍緊緊糾纏著她。

（二）

「我根本搞不懂妳在好奇什麼！」

源哉大聲怒吼，步實也不甘示弱地吼了回去。

「我就說我沒有好奇啦！」

「那妳幹麼特地跑去！」

「我不知道啦！」

兩人現在騎著機車雙載，不這麼吼叫，根本無法對話。

現在是下午。今天距離源哉第一次見到步實又過了兩天。步實那天走出鏡影館後，說要搭公車回家，源哉便騎上自己的機車。他偶然間回過頭，發現步實望著自己。

——我從來沒搭過機車呢。

——想搭搭看嗎？

源哉沒打算邀她雙載，只是單純問她要不要坐坐看機車。步實卻像是早在等對方開口，主動坐到源哉身後。

——太感謝了，公車還要等十五分鐘。後座的人也要戴安全帽嗎？

他自己其實很期待載人，假如在鎮上遇到同學，對方或許會要求自己載他回家。所以坐墊旁的鉤子總是掛著備用安全帽。

源哉萬萬沒想到，第一次雙載居然能載到成年女子。

他聽從步實的指示，載她抵達家中。步實家非常漂亮。房屋位於市區，不像源哉住的地區，空有寬廣的庭院。但整棟建築物方方正正，富有未來感，一看就知道花了不少錢。源哉忍不住脫口說出「妳們家真有錢」，一回想起來就覺得這句話很白痴。但步實無動於衷地點點頭，表示自己的祖父在經營公司。那間公司是負責清潔河川、處理工業廢水，原本總公司位於神奈川，十二年前才將公司遷到現址。

——妳那麼在意剛才那位婆婆嗎？

源哉把安全帽交給步實，順帶問了一句。

——那個人是建設公司的社長，叫做野方逸子……

原來這世界上到處都有公司社長。

——我原本就認得她的長相，一開始在醫院見到對方的時候，就一直在猜是不是。剛才聽到姓氏，就想說自己猜對了。

源哉聽完，覺得似乎解開疑惑，便點了點頭。回頭仔細一想，才發現對方根本沒回答自己的問題。

——要不要交換一下聯絡方式？

離別之際，步實隱隱回頭看了一眼，並對源哉這麼說，彷彿在做壞事似的。兩人拿出智慧型手機，交換通訊程式的帳號之後，步實揮了揮手，走進家門。源哉把步實戴過的安全帽扣回掛鉤時，隱約聞到了髮香。回到家之後，他一如往常將兩頂安全帽放回房間架子上，下意識用運動服外套蓋住步實用過的安全帽。

入夜後，父母前去火漁工作。源哉一個人吃著父母準備的晚餐，一邊在智慧型手機上輸入並搜尋幾個關鍵字：「野方逸子」、「上上町」、「下上町」、「建設公司」，程式找到了「野方建設」。看了看公司網站，野方逸子不再是社長，而是會長。他有藉口可以傳訊息給步實了。

『哦？是喔，我以為她還是社長。』

步實馬上就回覆訊息。

『我看了網站，現在的社長和野方逸子同姓氏，可是個男人。網站上有照片，看起來大概五十多歲。不知道那是誰。』

『可能是她兒子吧。』

源哉猶豫了片刻，再次回覆：

『妳和那位野方逸子有什麼關係嗎？』

『為什麼這麼問？』

『看妳白天有點怪怪的，想說問一下。』

這封訊息之後，步實的回覆就此中斷。

源哉以為自己說了什麼讓對方不高興，開始檢查自己傳送的訊息，對方忽然回了很長一段訊息：

『以前我爺爺曾經在這鎮上經營建設公司，當時接下了西取川的護岸修建工程，但是工程途中改由野方建設接手。聽說野方建設因為這次工作日漸壯大，就覺得這個世界真是複雜。』

源哉原本沒想太多，差點直接帶過，回過神仔細思考，他還是不懂哪裡「複雜」。

『有什麼複雜的？』

『啊，這麼寫你看不懂吧。抱歉，沒什麼。』

『聽妳這樣說，我反而很好奇。』

過不了多久，步實用通訊軟體打了免費電話過來。

步實在電話中說起一件他出生前發生的案件，那就是西取川的藥劑外漏意外。三十五年前，步實祖父經營的中江間建設在進行護岸修建工程時，不慎讓熟石灰流入河中，造成西取川內魚群暴斃。公司原本試圖隱匿意外，卻還是讓週刊雜誌掌握消息踢爆，引起當地居民抗議。中江間建設被迫放棄護岸修建工程，整項工程由野方建設接手。中江間建設和野方建設是同規模的建設公司，原本屬於中江間建設的所有客戶全都改和野方建設合作，野方建設業績蒸蒸日上，中江間建設則因此倒閉。

自己當天才認識步實，為什麼她會把家族的醜聞告訴自己？

——所以，我看到那位社長、不對，是會長，看到她到店裡拍遺照，不自覺想了很多。那位老太太一直都在鎮上經營建設公司，我有點驚訝。而且不管是她、還是我爺爺，那時候的所有人都年紀很大了，有點感嘆時光飛逝呢。

——那位會長的病情還好嗎？

雖說她都去拍遺照了，病情可想而知。

——我不負責那一區，所以不清楚她的狀況。想查當然是可以查，但是擅自查看病歷不太好。啊、對了，乾脆去還媽媽遺照的時候，順便問問鏡影館的人好了。問他們就可以？

——店裡的人會知道嗎？

——他們不能洩漏隱私就算了，我也不是特別想知道。她說，後天是傍晚前下班，所以準備那時候還遺照。

——乾脆我去醫院載妳下班？

源哉鼓起勇氣說出口。

——我正好也想在那天還遺照。

這當然是謊話。

「啊——喉嚨好痛……我都不知道自己多久沒這麼大聲吼了。」

步實在鏡影館對面下了車，從托特包拿出瓶裝茶，大口喝起茶來。源哉看著瓶中的氣泡微微往上漂，把書包放在機車坐墊上。他從書包裡拿出遺照，和上次一樣掀開掀蓋露出自己的名字。但步實說把書包丟在機車上太危險，要他帶進店裡，他只好無奈地把書包背回肩上。

兩人進到玻璃門內，見到兩個人站在櫃檯前，很像一對夫妻。

太太正對佐佐原大肆抱怨。

「可是，學，你的傳單和網站上又沒有寫只服務人類。」

從這位太太的口氣來看，可能是佐佐原的親戚。她身材纖細，頭髮留到腰際，又長又直，她的腰際還有一撮褐色毛團正在搖晃。那是尾巴？

「智繪姊，就算沒特別標示，這種照相館一般來說都只服務人類。妳去哪間店都一樣。」

「你說得好像我們不是一般人似的。」

「我不是這個意思。啊，不好意思，歡迎光臨。」

佐佐原終於發現源哉和步實。夫妻也跟著轉過身，這時才第一次看清楚，太太手上抱著一隻褐色小狗。那位太太叫做智繪，她的聲音和背影比實際年齡年輕許多，但是她長得很美。相較之下，她的丈夫頂著一頭亂髮，戴著俗又有力的眼鏡，整個人看起來很瘦弱、很陰沉。丈夫的年紀似乎比太太更小。

步實說自己來還遺照。佐佐原可能是想逃離智繪，特地繞過櫃檯，親手接過步實和源哉帶來的遺照。接著他慢吞吞地走到木架前蹲下，把遺照放回原本的位置。源哉的祖父在右邊，步實的母親在左邊。但是佐佐原隨即又拿起兩張遺照，轉過身來。

「假如你們有空，要不要再用點茶跟仙貝？可以一邊觀看遺照一邊享用。」

源哉看步實點了頭，自己也點點頭答應。佐佐原可能以為兩人留在店裡，智繪會稍微收斂一些，結果她根本不在乎。

「我老公之前說過，包括人類在內，比老鼠更高等的動物都是一樣的。人類可以拍遺照，憑什麼狗就不行？」

「我沒有說不行，可是今天我老婆不在，先讓我跟老婆商量一下再決定啊。」

「智繪，妳錯了。」

陰沉的丈夫第一次開口說話。

「我說的是動物的身體構造。比老鼠高等的動物都擁有七塊頸椎，從嘴巴攝取飲食後從肛門——」

「你閉嘴。」

丈夫頓時垂頭喪氣，不知為何看著源哉和步實面露苦笑。兩人也尷尬地笑了笑，走到店鋪內側的沙發坐了下來。

「學，你小時候我那麼疼你，把你當作自己的弟弟耶。我沒辦法太常不開店，你想想辦法，今天就拍啦。再不快點幫牠拍照，牠隨時都會死掉啊。」

「奧比的病情這麼嚴重？」

佐佐原垂下眉，看著那隻狗。

「很嚴重。牠得了惡性腫瘤，獸醫還說沒辦法幫牠動手術。牠連過來這一趟都很吃力了。」

「那妳應該事先通知我呀？」

「我忘了嘛。」

那隻叫做奧比的狗，看起來應該是柴犬。動物的年齡不像人類那麼容易辨認，但從牠的長相和毛色看來，年紀似乎非常大。

「對了，聽說**超直球**要來店裡，對不對？」

智繪突然話鋒一轉。

結果她的下一句話，又說回同一件事：

「我乾脆挑那時候來一趟，跟他說這間店會挑客人好了。」

佐佐原像是看到鬼怪似的，一臉驚恐。

「妳威脅我！間宮哥，幫幫我吧。這人根本無理取鬧。」

「呃、不，我……」

「什麼間宮，我也是間宮啊。我都姓間宮姓了快二十年了。」

這麼聽來，他們似乎已經結婚二十年。不過這對夫妻的外貌十分年輕，實在看不出來。

「啊，對了。」

佐佐原突然拍了拍手。

「我剛才突然想起一件事。我這裡有一樣東西，想說等間宮哥來的時候給你看一看。」

智繪正想繼續說下去，佐佐原直接無視她，巨大的身軀在櫃檯內側蹲下去，接著又馬上起身，從手上的大信封拿出照片。

「你看這個，會發光的水母。」

佐佐原滿懷期待地等待對方反應。間宮扶正眼鏡，仔細查看照片一番，又抬起頭望向佐佐原，滿臉疑惑。

「嗯……？」

「水母，會發光的水母。」

源哉和步實坐在沙發這裡，看不見照片，想來對方應該是在開玩笑。佐佐原過了一陣子，狼狽地乾笑。

「對不起，之前我跟朋友說了一模一樣的話，對方完全上當了，我就想說間宮哥看了不知道有什麼反應。果然騙不了專家呀。」

「我主要是研究動物生態，不是水母……呃，所以這到底是什麼照片？」

「你看不出來？」

「看不出來。好像有什麼東西在發光？」

佐佐原又擺出自豪的表情，公布答案：「是海螢。」

「這一帶以前不是有很多海螢嗎？最近比較少見。照片裡拍到海螢浮在海面上發光。」

「少騙人了。」

「我說真的。以前西取川的護岸工程不是曾發生意外？」

身旁的步實倏地抬起頭。

「間宮哥那時候還沒有轉職到這邊的大學，不知道智繪姊有沒有告訴過你。我父親以前工作的建設公司發生工安意外，害死很多西取川的魚。」

「啊，我有聽說。公司後來因為那次意外倒閉，雅也大哥為了維持生計轉行了。」

「沒錯，就是這件事。有人偶然在意外發生當天清晨拍到這張照片。死魚浮在海面上，然後有很多海螢聚在魚屍旁邊發光。我認為建設公司的人應該是看到這些光，才發現出意外了。」

間宮把照片湊到臉前，近得差點連鼻子都貼上去，然後又拉遠，又拉近，最後瞇起雙眼，眼縫細得像是自動販賣機的投幣口。他的表情像是在說：自己已經解開所有謎題。

「學，你又在說謊了。」

「我這次真的沒有——」

「這才不是海螢。」

「就是海螢。」

「不可能。」

「嗄？」

「海螢不會像這樣浮在海面上發光。牠們住在海底沙層裡，日落後才會浮起，食用死亡的魚類或其他生物維生。但是浮在水面的魚屍絕對不會吸引海螢。」

「是嗎？」

「是。」

「那……牠們可能是被沉下去的魚屍吸引，後來跟著魚一起浮到海面上？」

「這也不可能。海螢有『海中清道夫』之稱，食慾非常旺盛，十分鐘就能吃掉整隻小魚。就算魚稍微大一些，這麼多海螢聚在一起啃食魚屍，會直接咬穿控制魚身沉浮的魚鰾，或是把整隻魚身啃得支離破碎，總之海螢跟魚屍一起浮上海面的例子非常稀少。就算真能浮上來，數量這麼多未免太不自然了。」

「搞不好……魚不是靠魚鰾，而是腐爛之後才浮起來？你想想，溺水的屍體都會浮起來呀。」

「可是這張照片是意外當天拍攝的吧？魚身要靠腐化時的氣體浮起，至少要花上好幾天。再說海螢啃食後的魚身全身都是洞，氣體會直接流出體外。」

佐佐原盯著照片，眼睛瞪成了鬥雞眼。

「這不是海螢啊……」

「不是。」

「那這到底是什麼光？」

「不知道。」

步實站起身。佐佐原、間宮和智繪都望向她，連智繪懷裡的奧比也歪頭疑惑著。

「可以讓我看看那張照片嗎？」

＊＊＊

「要把熟石灰給……？」

對方說，要把熟石灰倒進西取川。

熟石灰是一種白色粉末狀的建材，大多用於凝固水泥。幾乎所有工地都會用到熟石灰，野方建設的使用量也非常大。

「我想您應該很清楚，熟石灰會使水轉為強鹼性。河魚黏膜接觸到石灰水，會立刻暴斃。」

「我聽不懂你在說什麼……」

她何止聽不懂。

這名自稱「井澤」的男人突然到訪，想和逸子談談關於西取川的護岸工程。逸子暗自提高戒心，點頭請對方繼續說，他卻說這事很重要，沒辦法在門口談。逸子很害怕，不知道該不該讓陌生男子進到家中。她猶豫了好一陣子，還是領著井澤前往起居室。她將四散的帳務文件收進文件箱中，正要準備茶水，井澤簡短婉拒了茶水，大衣也沒脫，直接坐了下來。

——我或許能讓野方建設重新接下西取川的護岸工程。

井澤坐在矮桌另一側，突然開門見山說道。

——中江間建設旗下有一個工人是我的老朋友。我可以請那個男人幫忙。對方很值得信賴。雖說那是對我們而言就是了。

她不懂井澤要請對方幫忙什麼，也聽不懂「我們」指的是哪些人。

——我已經想好具體手段了。所需道具也透過特定管道準備齊全。

——您說的手段究竟是指什麼——

井澤的答案就是剛才那句話——「把熟石灰倒進西取川」。

「那個男人就在護岸工程的工地工作，他會負責把熟石灰倒入西取川。大約二十公斤裝的熟石灰，總共會倒兩袋。工地存放的熟石灰袋很靠近河邊，要偽裝成意外事故並不難。我們也是因此才決定用熟石灰當道具。」

據井澤所說，熟石灰流入河川之後，或許會殺死魚隻，魚隻也可能平安無事。但就算沒死魚也不要緊。

「我們只需要讓大量死魚浮在水面上。」

逸子仍然不明白這些話的用意，但是井澤補上這句話之後，她終於了解對方的一部分企圖。

他打算事先準備因熟石灰而死的魚隻，撒在二之橋附近。

「準備完成後再向週刊爆料，中江間建設意外造成熟石灰外漏。浮在水面的魚隻就是證據。整起意外被報導出來後，居民想必會群起抗爭，中江間建設就無法繼續承包護岸工程。這時下一個承包商有很高的機率會指定您經營的野方建設。如您所知，這次護岸工程另一方面也是為了活化地區經濟，只允許上上町和下上町當地的建設公司投標。不，鎮上足以承擔本次工程的建設公司只有中江間建設和野方建設，所以實際上只會有這兩間參與投標。」

一切正如他所說。

「最好是中江間建設的人比別人更早發現那些魚屍。他們或許會嘗試隱匿意外。畢竟清除魚屍之後，誰也不會察覺這起意外。」

逸子正想開口。井澤阻止了她，又繼續說下去。

「假如他們隱匿意外，我們就更方便行事，可以連同隱匿行為一起爆料出來。針對中江間建設的反彈、抗議運動想必會更加擴大。」

井澤的語氣始終冰冷無情，彷彿在背誦寫好的稿子。

「我已經想好對策，可以讓中江間建設的員工率先發現魚屍。那個工地在深夜會進行一定程度的施工，我打算在天亮前讓魚屍浮在水面，再故意讓中江間建設的員工發現魚屍。」

天亮之前的水面還很陰暗，中江間建設的員工或許不會發現魚屍？逸子並不打算答應井澤的詭計，純粹是感到疑惑。井澤隨即說下去，彷彿在回答逸子心中的疑問。

「我會利用海螢讓水面發光。鎮上居民應該都知道那一帶海域棲息許多海螢。中江間建設的員工一旦發現水面發光，馬上就會聯想到附近有死魚。他們急急忙忙確認，果不其然就會看到大批魚屍。」

不過——井澤此時第一次改變神情。他的嘴邊勾起微笑，但彷彿只是靠肌肉扯出笑容，反而使他的表情更加詭異。

「我們用來使水面發光的海螢，其實也是屍體。野方社長，您知道嗎？海螢死亡之後也會發光呢。海螢死去、變得乾燥以後，重新將屍體放進水裡還是會發光。」

逸子的確不知道這回事，但她只是默默凝視對方的臉孔。井澤接二連三吐出的陰謀深深震撼了她，使她無法開口。

「我打算把乾燥海螢和熟石灰混成丸子，撒進河中，以便吸引中江間建設員工注意，進而察覺魚屍。您身為建設公司的社長，應該很清楚，熟石灰吸收空氣中的二氧化碳之後會硬化，可以輕鬆製作出混有乾燥海螢的石灰丸。我不久前做過實驗，結果很成功。」

井澤說到這裡，突然沉默下來，像是給逸子時間釐清整項計畫。

把海螢和熟石灰混合製成丸子，從二之橋撒進河川。中江間建設的員工發現水在發光，就會聯想、確認河中是否有魚屍。隨後就會發現河面上漂浮許多事先以熟石灰殺死的魚隻。員工急忙檢查工地現場，便會發現疑似熟石灰流入河川的痕跡。中江間建設此時必須選擇是否隱匿意外，可能會，可能不會。無論他們如何選擇，井澤都會向週刊雜誌曝光整起意外。他們沒有選擇隱匿意外，就只是一場工安事故；他們倘若試圖隱匿，或許會演變成違規案件。

「然後呢，野方社長。」

井澤第一次移動身體，上半身隔著矮桌湊上前。

「假如事情順利，野方建設成功接手護岸工程，您到時可否提供謝禮？」

（三）

源哉覺得眼前人觀看景色的方式有點獨特。

一般人只會讓視線在外滑動，她卻是整張臉面向窗外，瞇起雙眼。窗外的景色沒什麼特別，只是一整片陰暗的家庭餐廳停車場。車頭燈、車尾燈時不時緩緩移動，但步實的雙眼並未追逐那些燈光。源哉望著步實，彎下背，吸了一口吸管。冰塊使可樂的味道變得清淡，下沉的檸檬片喝起來有點酸。看了看店內牆上的時鐘，早已過了晚上八點。源哉吃完自己的薑汁豬肉套餐，步實也享用完炸雞。店員早已撤走兩人的餐盤。

他問步實在看什麼，步實回了一個字：「臉。」

「自己的？」

步實遲疑了片刻，點點頭。

「源哉，你也試試看嘛。像這樣面向窗戶，瞇著眼睛。」

源哉照做，窗戶上只映著自己的臉。

「看起來像不像自己的爸爸？」

問說像不像——當然是很像。但是這和自己平時看鏡子、照片沒什麼不同，他感受不到差異。

「不太像。」

「這樣啊。我有一次偶然發現這樣看自己的臉，不是看鏡子，而是瞇著眼看這種透明玻璃。會覺得自己看起來很像媽媽。」

自從他們在鏡影館見到那張神祕照片之後，已經過了數天。

——可以讓我看看那張照片嗎？

三十五年前，步實祖父經營的中江間建設引發藥劑外漏意外。而眼前這張照片，就是意外當天清晨拍下的影像。

漆黑的水面各處浮現一點一點帶有缺口的圓形光點。步實請教間宮，像照片這種水面發光的現象有什麼可能原因？間宮只是不解地歪著頭，沒半點頭緒。

後來，智繪和佐佐原開始閒聊，源哉和步實坐在一旁得知不少事，但幾乎都是一些雞毛蒜皮的小事，對解謎完全沒幫助。間宮在大學研究動物生態，但他是放棄原本的升遷機會來到這個鎮上，薪水因此大暴跌，卻能盡情地做研究。智繪在下上町經營小吃店。間宮喝不了酒，只為了店內知名的拿坡里義大利麵成了熟客，最後和智繪結了婚。智繪的薪水比間宮多很多。雄鮟鱇魚比雌鮟鱇魚小很多，會像疣一樣寄生在雌鮟鱇魚身上。奧比是間宮帶來的「孩子」。智繪經營的小吃店牆上掛著超直球佐藤的簽名板，簽名右側的小吃店店名其實是智繪自己寫上去的。

「那場意外……當時鬧上新聞報導的部分，和事實是不是有出入啊？」

步實凝視著紅茶茶杯。

「有出入是指什麼？」

「我也不知道。」

那一天兩人離開鏡影館之後，步實將藥劑外漏意外的詳細經過告訴源哉。步實是從祖父口中聽說整件事的前因後果。

三十五年前，意外發生當天，中江間建設的工人正在進行深夜施工，他們發覺西取川的河面在發光。這附近的海域和汽水域棲息了不少海螢，該名工人心想可能有魚隻死亡，用燈光照了照河面，便發現河面浮著一大群魚。他急忙告知其他工人，立刻盤點工地現場。現場留有熟石灰外漏的痕跡。此時才正式通知社長，也就是步實的祖父。步實的祖父隨即趕到現場，見到天還未亮，或許有辦法隱匿整起意外。於是他指示在場的工人打撈魚屍。這些工人需要養家，他自己也一樣。工人將魚屍打撈乾淨後，社長向工人表示，公司不會公開熟石灰外漏的真相。沒有人反對這個決定。然而在那之後過了三個月，週刊雜誌不知從哪裡掌握意外的消息，將整起外漏意外當作違規案件大肆報導。中江間建設因此退出護岸修建工程，外漏意外引發的惡評導致公司失去所有委託，因而倒閉。

「妳那麼在意意外的真相？」

「當然在意。爺爺、奶奶和媽媽都是因為這場意外，不得不搬離城鎮。」

「可是都過了三十五年，步實的爺爺也開了新公司，還經營得不錯啊？」

步實昨晚傳訊息，問源哉要不要一起吃晚餐。源哉當時內心一陣小鹿亂撞。這股悸動整整持續了一天，從他提議「要不要明天就去？」，步實回覆「那就明天見囉」，兩人約定時間地點，到今天上學，放學回家直盯著時鐘，父母出門捕火漁，甚至是帶著備用安全帽來到約好的家庭餐廳，胸口都跳個不停。他不覺得步實會找自己約會，但她說不定對自己有意思。不過，現在看來，步實純粹是因為只有源哉能和她聊聊照片、三十五年前的往事，才找他吃飯。說老實話，自己可是冒著車鑰匙和駕照遭沒收的危險赴約，這種結果真是非常不愉快。

「話是這麼說沒錯……可是，我自己是因為這個事件出生的，總是會在意。」

步實的父母似乎是在祖父創設的新公司裡邂逅。社長女兒，也就是步實的母親當時在公司擔任行政人員，父親則是公司的業務。的確，步實的祖父若是沒創設新公司，步實可能不會出生——

「妳真要這麼說，所有人都差不多吧。我爸媽也是因為媽媽在漁協工作，兩個人才偶然認識。」

步實瞥了源哉一眼。

「幹麼？」

她猶豫半晌，說了莫名其妙的話。

「這件事和源哉也有關係呢。」

「什麼？」

「三十五年前若是沒發生那場意外，源哉也不可能出生。」

這話是什麼意思？中江間建設引發的熟石灰外漏意外，和自己有關？源哉隔著餐桌回看步實，她緩緩揚起雙頰。

「抱歉，騙你的。」

「嗄？」

「我只是說說而已。因為我很好奇，假如這件事也關係到源哉的人生，你會有什麼想法。」

「什麼意思啊？」

步實喝了口紅茶，輕嘆一聲。

「我今天還是在醫院看了野方逸子的病歷。」

「妳還說偷看不太好。」

「我真的在意得不得了，忍不住查了一下。結果她和我媽媽得了同一個癌症。病歷上也寫了癌症進程，她大概沒剩多少時間。」

源哉腦中浮現野方逸子消瘦的臉孔。

她那天在二樓拍攝時，究竟露出什麼樣的神情？她的公司成長茁壯，事業有成，表情想必十分滿足。不、正因為事業有成，她會不會更想活下去？她在一樓笑得和藹，然而現在仔細回想，她並非整張臉都浮現笑意。源哉現在記得不太清楚，但印象中，野方逸子只有雙眼的神色不一樣。彷彿有人為她畫了一張肖像，只有眼睛部分是另一個人描繪的，非常不協調。

「我看了逸子太太的資料，忽然起了奇怪的念頭。」

「奇怪？」

「三十五年前的意外裡，只有她一個人得利呢。」

「是沒錯，畢竟護岸工程最後是由她公司接手。」

「也不是因為她得利就能懷疑她什麼……」

一輛汽車駛進停車場，車頭燈照向整片窗戶玻璃。兩人一起望向窗外，又重新看向餐桌。步實喝完剩下的紅茶，凝視杯底，彷彿杯中寫了字。

「時間也晚了呢。」

「也沒這麼晚。」

「源哉，我沒有別人可以聊這些事，你還願意陪我聊聊嗎？」

果然是這麼回事。
「我是沒關係。」
「約白天比較方便吧？」
「晚上也可以，不過滿月或是下雨天不行。」
「為什麼？」
步實問道，源哉還沒回答，她又自己接下去。
「對喔，火漁休漁的時候，你父母會待在家裡。」
「妳知道？」
「知道呀。」
步實不知想起了什麼，在餐桌另一邊低下頭，像是在掩飾笑容。
「原來如此，滿月和下雨天不能見面啊。」
良久，她抬起頭，臉上還藏著些許笑意。
「完全相反呢。」

＊＊＊

當初修建房屋的時候，丈夫熟識的造園業者用便宜的價格種下庭園樹。其中一棵是柊樹。這棵柊樹在十年內長到和逸子同高，前年春天，兩人坐在外廊欣賞庭院，聊到這棵樹有一天也會超過丈夫的身高。然而過不了多久，丈夫就發現腦部長腫瘤，夏天來臨前就過世了。

那年春日之時，兩人在外廊欣賞好一陣子柊樹，丈夫套上拖鞋，走進庭院。逸子也穿上自己的拖鞋跟上前。丈夫站在柊樹旁，摘下一片樹葉，對她說起柊樹的尖刺。

——聽說只有年輕柊樹的葉片帶刺。

隨著柊樹樹齡增長，葉片的尖刺會漸漸消失，變成橢圓狀。年輕柊樹的葉片會長出尖刺自保，待成長茁壯，不需要擔心動物啃食葉片之後，尖刺會逐漸褪去，葉片面積變大，能比以往吸收更多陽光，變得越來越強壯。

逸子聽完這段描述後，柊樹的尖刺在她看來宛如幼小的生命，拚命伸展嬌小的手腳，努力求生。她想像著有一天，當這棵柊樹和他們一起上了年紀，自己還能和丈夫一起欣賞那逐漸圓潤的葉片。一邊輕撫葉片，一邊感嘆兩人變得圓滑，公司也已經做大，不需要擔心受怕了。

在那之後，只過了僅僅兩年。

如今丈夫已經逝去，柊樹的尖刺在逸子眼中，猶如一片片扭曲的凶器。

——野方建設成功接手護岸工程之後，您到時可否提供謝禮？

——請問謝禮——

倘若時光能夠倒轉，不知該有多好？

——需要多少……？

自己是否一開始就打算進行交易？

如今已不得而知。這句話或許只是要對方繼續說下去。

不、不對。她當時聽完井澤的計畫，的確認為他可能挽救自己的公司與生活。井澤的提議彷彿一道曙光，頓時照亮那抹滿灰暗的日常。井澤翕動薄唇，低聲說出實際金額。她聽完，更感覺那道光逐漸籠罩四周，眼前一片明亮。

——倘若您此話不假……

井澤要求的金額，遠比逸子設想的更加廉價。只有區區五十萬日圓。

——我也沒理由拒絕。

井澤僅是點了點頭。

他的臉上毫無滿足，也不見狀況一變的緊繃。他簡短道了謝，站起身，走出起居室。逸子腦中一片混亂，只能愣愣地注視對方的舉動。等到她回過神、跟著起身，玄關大門早已關上。逸子追上前，只穿著襪子奔出玄關，井澤的背影轉進轉角，消失在巷弄角落。

那時明明來得及阻止一切。

但是逸子沒有追過去。她竟然渴望起那道幽暗餘光，希望他繼續照亮自己的一切。逸子等到再也看不見井澤的身影，便藉口自己沒穿鞋，回到門內鎖上門鎖。

在那之後，她的手偶爾會突然顫抖。

過了一星期、兩星期。手的顫抖漸漸消失。因為什麼也沒發生。中江間建設仍然穩定進行護岸的基礎工程，她和井澤從此再也沒有聯繫。自己可能只是被人開了玩笑，或者井澤在那個當下確實想實行計畫，後來又反悔。肯定只有這兩種原因。

一個月、兩個月過去。公司業績持續惡化，逸子仍然不擅長招攬生意，她雖然苦惱，卻又感到十分平靜。即使業績繼續惡化，或許還有其他方法保護丈夫留下的公司。大幅度縮減公司規模，改成一間小型建築公司，可能還勉強過得下去。付不起房貸，可以直接賣掉房子，改租舊房子或是公寓。兒子還在東京唸大學，她至少要湊齊大學學費，但這段期間也不會長達五、六年。這股希望暖和逸子的冰冷身軀，為乾涸的心靈降下甘霖。

春日逝去，香魚的稚魚全數洄游至西取川。一份新聞報導令鎮上一片譁然。不，不只這個小鎮。報導幅度日漸擴大，鬧上全國性報紙版面，甚至連電視新聞都在報導相關消息。中江間建設引發熟石灰外漏意外，還試圖隱匿事實——井澤執行了他的陰謀。

居民展開抗議行動。許多野方建設員工也加入抗爭。員工情緒高漲，認為絕對不能讓中江間建設繼續施工，這樣一來，那些工作就會轉由野方建設承接。年輕人、老員工全都露出興奮無比的恐怖眼神，讓逸子忍不住憶起電視上的外國鬥牛活動，那些鬥牛翻起鮮紅眼瞼的雙眼。逸子無法控制這一切。她只能機械式地點頭回應員工那些憤慨言論，獨處時，回想井澤的臉孔，雙手不停顫抖。

於是，中江間建設退出護岸修建工程。

上上町和下上町共同町議會發出委託，整項工程改由野方建設承包。委託中江間建設的大部分業者，幾乎全數改用野方建設。狀況接踵而來，自己像是分裂成兩個人，一個身處於恐懼，另一個包辦所有公司營運。逸子大量雇用臨時工、安排人員配置，她在忙碌之中聽說，中江間建設遲早會倒閉。

——好久不見。

某個傾盆大雨的夏夜，井澤再度來訪。

井澤身穿白襯衫，站在玄關前，他撐著傘，肩膀卻溼了一大片。

——請問您準備好謝禮了嗎？

逸子早已將約定的現金放進自家金庫。她希望盡快忘卻眼前發生的一切。自己犯了錯，無法挽回，又把這些現金當作贖罪券，期望這些錢能消除自己的罪惡。這股念頭多麼任性，內心卻寄託在這些贖罪券上。井澤的來訪能讓逸子如此喜悅，肯定也是基於相同理由。她想早點將錢付給井澤，越快越好。

井澤在玄關接過信封，並未確認現金數量，直接放進手提包。接著如同上次來訪，默默轉身走出門外。

逸子勉強壓下悔恨與懺悔的衝動。她不顧一切地投身於公司管理。而在忙碌之中，體內萌生一股詭異的念頭。這一切會不會只是巧合？井澤雖然提出那項計畫，卻沒有執行。中江間建設後來湊巧如井澤所計畫的，引發藥劑外漏意外。井澤或許是這麼心想——野方逸子一定以為自己執行了計畫。那何不去嘗試索討謝禮？逸子傻傻地上了井澤的當，將金庫的現金交給了他。

簡單說，自己會不會只是一時不查，落入愚蠢的詐欺陷阱？

自私的幻想漸漸沖淡悔恨和罪惡感。逸子仰賴幻想，投注所有心力經營公司。然而，每當夜晚來臨，緊閉的眼瞼內側卻如泥水般汙濁。井澤的臉孔、藥劑外流意外的報導、新聞主播播報時的臉龐、員工參加抗議時的激昂神情。種種景象在那片漆黑中交疊、重現。
柊樹樹葉的另一端，有什麼往一旁移動。
「好久不見。」
外側籬笆上方出現井澤的臉孔。
「那個、我已經……」
聲音刮搔喉嚨深處，逸子彷彿吞了支木棒似的，動彈不得。
井澤從籬笆外舉起了一個方形物體。
「先讓您聽聽看這捲帶子。」
他按下錄音機的播放鈕，喇叭傳出逸子和井澤的聲音。那是兩人當天的對話內容。逸子聆聽這段對話，幾乎窒息。
「我想再麻煩您提供一點資助。」
逸子在這一刻，第一次聽見體內玻璃粉碎的聲響。

（四）

源哉把機車停在停車場，和步實一起走向醫院大門。
「妳穿成這樣不熱嗎？」
「這裡的醫生、護理師都認得我啊。」
「那有必要穿長袖？」

「之前護理師學姊曾經稱讚我的上臂，說是看起來很細。」

步實戴了眼鏡、口罩，長袖T恤裹住上半身。她突然轉頭看向源哉。

「我剛才可不是在自豪自己手很細。只是她們曾經這麼說過，或許很顯眼，有機會被認出來，我才想辦法遮住手臂……唉呦，頭好暈。一定是眼鏡害的。」

步實臉上那副褐色塑膠鏡框的眼鏡，似乎是她祖父淘汰的老花眼鏡。

「我從來沒想過自己必須喬裝打扮，潛進自己的工作地點。」

「我想也是。」

午後豔陽高照，醫院入口的玻璃門、前方的門廊顯得特別潔白。

那一晚過後，源哉又和步實約了兩次晚餐，地點都在家庭餐廳。這兩天他本想告訴母親別做晚飯，但都來不及說，母親早在廚房忙進忙出，源哉只能各吃兩次晚餐。

除此之外的時間，源哉都在被窩中把玩智慧型手機，遲遲不肯放下。他所有的朋友都會這麼做，原本他自己很鄙視這種行為。在陰暗的地方一直看手機，不旦容易讓視力惡化，聽說還會影響腦部，重點是很浪費時間。然而源哉最近天天都這麼做。不，他的舉動搞不好比朋友更浪費時間。別人會互相傳簡訊，但他只是不斷重看自己和步實的對話——他很清楚這麼做無濟於事，但每當他回過神來，自己已經鑽進被窩拿起手機，手痠了就趴著看，脖子痠了就躺著看。他一邊把玩手機，一邊思考該找什麼藉口傳訊息給步實，又什麼都想不到，最後只能不停重複翻看對話紀錄。等到要入睡的時候，眼瞼中央殘留方形的手機餘光，難以成眠。天亮以後，他明明睡眠不足，又勉強睜開雙眼，確認智慧型手機是否有新訊息。不過，步實至今從未在深夜聯絡源哉。

「他們有幫矮牽牛澆水嗎？」

步實在門廊前停下腳步，看向一旁的盆栽。烈日直晒，粉紅和黃色花朵都垂下頭，彷彿十分疲憊。護理師也需要照顧花草？步實一聽，答道「那是行政人員的工作」。

「護理師很少離開負責區域。不過我上下班都會看看這些花。在這裡工作之前，我也經常觀察這附近的花草。這裡的盆栽每個季節都會更換花卉，我記得媽媽最後一次住院的時候是仙客來呢。」

「這麼說來，步實妳——」

對方提起母親的事，源哉也趁機問了之前的疑問。

「妳在這間醫院工作，不覺得難過嗎？」

步實的母親就是在這間醫院回診、住院，最後在這裡嚥下最後一口氣。

「怎麼會？」

「想說妳會不會常常想起媽媽。」

「會喔，我每天都會想她。就算不在這裡工作，我也是每天想她呀。」

兩人經過櫃檯，走進電梯。

他們在二樓出了電梯，步實以習慣的步調走進走廊，源哉跟在她身後。步實提到，野方逸子在這週剛開始的時候又需要住院治療，但這次治療已經平安結束，現在病情穩定。

「妳打算找野方太太說些什麼啊？」

「不知道，也許什麼都不會說。」

步實昨晚傳了訊息，說她要去見野方逸子。源哉回覆說自己也想一起去，所以今天才跟過來。但他其實不知道步實來醫院想做什麼。

「妳該不會是想跟她說：『三十五年前那場藥劑外流意外，是不是只對妳有利』——」

「怎麼可能跟病人說這種話。即便對方沒生病，我也說不出口。我這次只是來探病。」

她當真這麼想？

「你看，我還帶了探病禮物。」

步實露出手提包裡的書店紙袋。據她所說，紙袋裡放著一本澳洲作家的成人繪本。作品本身很奇特，作品中完全不寫文字，只有精心描繪的圖畫，讓讀者閱讀時自行想像故事或臺詞。步實的母親以前住院時，步實在書店苦思許久才買了這本繪本，母親收到的時候非常開心。

步實為何跑這一趟？源哉自己擅自想像了原因。

步實自從在鏡影館見到那張水面發光的照片，始終對三十五年前的藥劑外漏意外耿耿於懷。倘若那些光點不是海螢，究竟會是什麼？那一天，中江間建設的員工正是在黎明前見到水面發光，才注意到意外發生。當時天未亮，公司認為來得及掩蓋事實，才開始回收魚屍。假如當時水面未發光，大量魚屍就這麼浮在水面上，直到天亮，肯定百口莫辯。另一方面，中江間建設就是試圖隱匿真相，最後才會被迫退出整個行業。步實祖父說過，他若是誠實公開所有事實，或許不會激起居民抗議，中江間建設得以繼續護岸修建工程，之後也許能繼續在當地經營建築相關事業。這樣一來，步實的父母就不可能在新公司邂逅，也不會有她的出生。究竟是什麼因素讓步實降生在世界上？三十五年前，使水面發光的物體究竟是什麼？又或者是有某人刻意造成這種結果？那個人又是基於什麼目的——能獲得何種好處——

不、實際上是源哉自己在思考這些問題，所以他昨天才傳訊息要求同行。源哉一步步走向野方逸子的病房，內心有點雀躍。彷彿自己化身為偵探，正要陪伴步實尋找她出生的祕密。

有個男人從走廊另一側走了過來。

對方低著頭，看不清長相。外表大約五十歲左右，穿著白襯衫。對方離源哉和步實越來越近，終於察覺兩人，簡單點頭問候。兩人此時才看到他的長相。源哉和步實一起回禮，心想好像在哪裡見過這個男人，又遲遲想不起來，就這樣抵達單人病房的拉門前方。

病房房門旁的門牌用奇異筆寫著「野方逸子」。

源哉縮起心窩，挺起胸膛，心想終於要開始了。雖說他也不明白是什麼要開始了。

「剛才那位就是野方建設的現任社長呢。」

源哉直到步實提起，才終於驚覺對方身分。沒錯，自己在野方建設的網站上看過那個人的照片。可能是逸子婆婆的兒子，叫做野方什麼什麼社長。他是來探病？

步實敲了敲門，房內傳出細微的回應。

她拉開門，走進病房，源哉跟在後頭。

病房裡的人的確是之前在鏡影館見到的老婆婆。她現在躺在病床上，望著兩人。病床可以自動升降，稍微撐起野方逸子的上半身。距離上次見面其實沒過多久，她卻彷彿在這段時間內變老許多，或許是病情影響。還是她在鏡影館見面時化了妝，又將頭髮盤得整整齊齊，看起來比較年輕？

「不好意思，冒昧前來打擾。」

源哉見步實低頭道歉，也跟著彎下腰。野方逸子輕輕點了點頭，露出微笑，來回看了看步實和源哉，試圖回想兩人的身分。

「我們之前在斜坡上那間照相館見過一次。」

「哎呀……我還在想我們是在哪裡認識的呢。」

她輕柔地抬起眉。

「不好意思，我居然忘記了。」

她看起來就是一個隨處可見的老婆婆，感覺不出她曾經長年擔任建設公司社長。雖然源哉並不知道，所謂的社長究竟是什麼模樣。

「我叫做藤下步實。我其實是這間醫院的護理師，得知野方夫人住院的消息……所以想來探望您。」

野方逸子半是不解地點了點頭。步實在這間醫院上班，知道自己住院，但她為什麼要來探病？

步實靠近病床。

「我的祖父以前是中江間建設的社長——」

野方逸子瞬間變了臉色。不，她的表情沒有變，只是忽然間停格了。一般會形容人僵住了臉，但對於病床上的野方逸子，「靜止不動」恐怕是最貼切的形容。步實當然察覺對方的異狀，兩人維持了一小段尷尬的沉默，直到步實繼續解釋。

「我來這一趟，是想向您道謝。」

「道謝……」

野方逸子低喃了一句，嘴唇幾乎沒有動作。

「那個，我想您應該有印象……是有關三十五年前的西取川護岸工程。」

野方逸子的表情仍舊僵硬，然而她靜止的臉孔四周，彷彿空氣為之緊繃。

「我從祖父口中聽說許多當時的狀況。公司引發熟石灰外漏的意外後，假如鎮上沒有另外一間同規模的建設公司，不論抗議活動多麼激烈，恐怕他仍必須完成整項工程。啊、祖父並不是覺得遺憾。公司犯下如此重大的疏失，還得一邊承受居民白眼，一邊工作，想必會非常辛苦。祖父說過，幸好鎮上還有野方建設，還有另一間建設公司能夠接手這項重責大任。」

從步實的語氣聽來，兩人確實聊過這段往事。

「所以，祖父一直很想向當時擔任社長的野方夫人致謝。但我的感謝，其實是為了更私人的事情。當時多虧野方建設接手工程，我現在才能站在這裡。」
野方逸子的眼神一陣游移，看向牆壁或是自己的腳下，似乎以為步實口中的「這裡」是指病房。
「呃、不，我不是那個意思。我的父母是在祖父新創立的公司裡認識，所以才有此淵源。」
野方逸子終於聽懂步實的來意，點了點頭，但是神色仍然僵硬。不對，她變了表情，不自然地揚起雙頰，開口問道：
「請問令祖父之後在哪高就？」
步實解釋，祖父帶著全家人搬到神奈川，之後設立新公司，並在十二年前將總公司地址遷來這座城鎮。
「公司現在主要業務為淨水，像是處理工業廢水、接受縣政府委託淨化西取川河水。祖父說過，他其實是想為三十五年前的意外贖罪，才開設淨水相關的公司。」
步實解釋到一半時，野方逸子看似想問些什麼。她在步實說完的瞬間詢問：
「請問貴公司大名是……？」
步實說出公司名稱。野方逸子聽完，望著她許久，給出意想不到的答案。
「敝公司其實也受貴公司諸多關照。」
「有這回事？」
真的假的？
「敝公司曾和令祖父的公司合作數次，主要是協助處理工地現場排水事宜。我大約在十五年前就將社長職位交給小犬，並不清楚詳細的施工內容，更不知道貴公司社長的姓名……」

原來是這麼回事。野方逸子虛弱地低喃，若有所思地沉默一會兒。

「原來那就是中江間先生經營的公司啊。」

源哉原以為接下來會聽到各種祕辛。或許無法徹底揭開三十五年前藥劑外漏意外的祕密，至少能解開一部分真相。但是，野方逸子說完這句話，不言不語了許久。她倚靠在微微升起的床板上，雙眼緊盯半空中，像是在凝視不知名的事物。雖然他們要再過幾天，才會明白野方逸子凝視著什麼。

緊接著，野方逸子的眼神轉為強硬。她的改變十分突然。她露出的堅決神情一掃源哉方才的疑惑。原來這就是生意人的表情。

「我已時日無多，醫生也宣告過我的壽命。我鄭重接受妳的感謝，也非常感謝令祖父的公司願意與敝公司往來，在此誠心致上謝意。倘若沒有其他要事——」

野方逸子的臉上閃過一絲扭曲，彷彿在強忍即將潰堤的情感。

「麻煩兩位請回。」

＊＊＊

每當夏季尾聲，附近務農的夫妻總是會送來收成的南瓜。

這個習慣從這棟房子落成後就持續至今，已經維持十一年。夫妻總是送來三顆南瓜。丈夫死後，兒子又前往東京生活，他們仍然送了三顆南瓜。逸子說自己吃不完，於是他們又挑了特別小的南瓜，但沒有改變數量。對方為何堅持不改數量？其實逸子隱約察覺他們的理由，但又覺得可能沒有特別的用意。以往每年收到南瓜，總是會用拇指指甲戳戳看表皮，偏硬的果實就收起來，保存到冬至當天。

然而她並沒有幫今年收到的南瓜測試硬度，放在原本收到時的塑膠袋裡，用乾燥土壤裹住後放置在廚房角落。

今年春天，中江間建設倒閉了。

逸子從合作的材料廠商那裡聽說，中江間社長即將帶著家人離開城鎮。野方建設接手護岸修建工程以後，委託數量本就日漸增長，中江間建設一倒閉，委託量更是扶搖直上。公司不斷雇用臨時工人，現在甚至必須從外縣市雇用人手。不久前，秋颱造成一之橋橋墩受損，政府又向野方建設委託橋墩整修工程，公司再度追加人手趕工。

人人都認為野方建設非常成功。

事實上，以一間小鎮建設公司來說，不會有其他公司比野方建設更有成就。

自從井澤出現在柊樹後方，已經過了一年多。鎮上迎來第二次秋季，港口開始捕撈秋刀魚，西取川的火漁漁期也接近尾聲。

井澤在那之後，總共來訪了五次。每一次都向逸子勒索金錢。從第二次開始，討要的金額增加到一百萬日圓。她無法拒絕。公司越是成長，她越無法抗拒對方的要求。

家中的金錢比逸子的精神更早瀕臨極限。底線已經近在咫尺。她不能動用公司的資金。她解約定存、提領存款，不夠的部分就動用自己擔任社長的薪資補洞。逸子一再計算收支，現在也在陰暗的起居室攤開存摺與筆記本，不斷撥算盤，然而再算幾次都於事無補。只要自己再答應一次井澤的要求，這個秋天恐怕就湊不出兒子最後的學費了。透過信用貸款或許能借到足夠數量，付得出學費，但天曉得井澤會不會繼續索討金錢。考量到信用貸款偏高的利率，過不了多久又會陷入困境。

門鈴響了。從剛才開始就響了好幾次。逸子聽著門鈴聲，扣在算盤上的手指直打顫，彷彿連心臟都漸漸失去血色。

賣掉這棟房子和土地就能取得現金。但她該如何向兒子解釋？公司明明日漸茁壯，自己要用什麼理由賣掉自家的房地產？兒子明年春天就要大學畢業了。之後他會回到鎮上，在野方建設一邊工作一邊學習經營管理，總有一天會從逸子手中繼承社長職位。倘若日後井澤仍繼續勒索，無論她如何隱瞞，兒子總有一天察覺異狀。比較一下逸子的社長薪資和銀行存款金額，馬上就知道出事了。他會發現自己所知的母親，與母親實際度過的人生並不相符。到時候自己該怎麼解釋？難道要向兒子坦承，他即將繼承的這間公司，其實是靠著母親與莫名到訪的陌生男子勾結，以卑劣手段設計中江間建設倒閉，才成長到現在這個規模？

門鈴又響了。這次是不間斷地響著。

逸子用兩手壓住矮桌，站起身。膝蓋關節喀喀作響。自己身體發出的悶響，忽然在逸子的腦海中播放起人生的走馬燈。在這座城鎮度過的童年、就學時期。自己與丈夫結褵。在盛冬寒冷的夜晚生下了兒子。兒子是早產兒，比助產院其他嬰兒還要幼小，卻健健康康地長大。兒子在幼稚園的合唱表演上，繃緊肩膀喘著氣，努力唱完一整段樂句。丈夫從小型建築公司獨立。逸子對於建設業界一竅不通，還是選擇自己能力範圍內的工作，協助丈夫經營公司。她能做的不多，丈夫卻每一次都不忘出言感謝。兒子沒有經歷叛逆期，總是津津有味地吃完逸子準備的菜餚。他決定獨自到東京生活時，各寫了一封信給逸子和丈夫。那天早上，兒子出門上學之後，這兩封信就並排在鞋櫃上方。逸子和丈夫進公司前讀完自己的信，又彼此交換，讀了對方的信。當天晚餐雖然吃得很不自在，時而傳出的笑聲卻持續得特別久。他們一家人曾經活得如此善良。丈夫過世後，突如其來的殘酷現實令她以淚洗面多日，不斷質問蒼天為何如此對她。但她終究得收起悲傷，重新展開自己的人生。逸子當時心想：今後不會再發生比這更痛苦的事。第二次支付井澤金錢的時候，她也這麼認為。之後每一次交錢，她都起了相同的念頭。

逸子走出起居室，手指的顫抖已經減輕些許。沒錯，不可能再發生了。玄關前的人或許不是井澤。就算是，井澤或許是來婉謝日後的資助。她通過漆黑的走廊，來到玄關。她單眼湊向貓眼，門前空無一人。

她出聲詢問，仍然毫無回應。

轉開門鎖，輕推大門。井澤站在貓眼的死角處，緊貼著門縫邊。臉孔仍舊冷酷。

「我想麻煩您再資助相同金額。」

心頭那抹微薄的希望應聲散去。逸子從喉頭擠出聲音。

「我沒有準備。」

這是實話。

「那就明天交款。」

他默默轉過身。對答的態度不像在面對人類，比較像是看到一臺故障的提款機。瘦弱的白襯衫背影即將離開玄關外。逸子注視著那道背影，緩緩舉起左手，伸向鞋櫃上的花瓶。五隻手指握緊花瓶瓶頸。丈夫死去那年，匆匆忙忙度過了許多時日，回過神來才發現，從庭院剪下的玫瑰早已枯萎。逸子扔掉那些乾枯的玫瑰，不再插上花朵。花瓶現在仍然空蕩蕩的。左手抓起花瓶，右手扶住瓶底。大門在眼前漸漸闔上，井澤的背部逐漸藏入門板後方。逸子以肩膀推開大門，井澤忽地轉頭看向身後。

井澤訝異地來回查看逸子的臉和花瓶，像是發現某種珍奇異獸。

「我拒絕。」

井澤聞言，隨即瞇起眼鏡後方的雙眼。

「不只這一次，今後我不會再付錢了。」

逸子緊抓著花瓶，身體卻搖搖欲墜，彷彿靠著手中的花瓶支撐全身。

「這可不行。」

井澤面不改色地回道，像是對方提了不可理喻的請求。他轉過身來。

「其實我早就料到，野方社長或許是時候想回絕請求了。所以我早有準備。」

準備——

「話雖如此，我的『準備』可不是說在您面前提高警戒、雇用保鑣。野方社長絕對做不出那方面的危險勾當。您現在就做不出來，是吧？」

花瓶原本抓在心窩附近，現在高度卻漸漸下滑。她感覺眼前所有事物開始上下左右晃動，輪廓越來越模糊。

「野方建設現在正在整修西取川的橋墩吧。您若是不願意像以前一樣支付現金，我就去橋墩工地附近傾倒熟石灰。」

他到底在說什麼？

「火漁好像快接近最後一天了，那天應該是個好時機。等漁夫把香魚趕進一之橋下的建網，趁機在附近倒入熟石灰，效果應該十分顯著。網內的大量香魚一口氣沾染熟石灰，可能在捕撈前或捕撈途中死亡。反正我預計倒入的熟石灰量非常多，魚群應該會直接暴斃。而且今年火漁的最後一天正好是新月，聽說是漁獲最豐收的日子。」

他特地殺死火漁的香魚漁獲，究竟用意何在？

「我事後再透露消息給週刊雜誌。就和上一次一模一樣。消息內容就是：『野方建設進行橋墩整修工程時，工地使用的熟石灰外漏排入河中。』那附近只有野方建設正在施工，可信度極高。」

井澤深深凝視逸子的雙眼，彷彿在確認對方是否明白自己的意思。

「一開始錄下的錄音帶錄到我自己的聲音，可以的話我並不想公布這捲帶子。而且這捲錄音帶一旦公諸於世，野方建設恐怕撐不了多久就會倒閉，野方社長就再也付不出錢了。所以我才想出這個辦法。」

吸入肺裡的空氣找不到出路。井澤像是代替逸子，輕嘆一口氣，自他現身以來第一次露出了表情。那是憐憫。薄唇再次開啟，平淡地唸完剩下的的臺詞。

「我會等到火漁最後一天的傍晚再次前來叨擾。請您務必在那一天之前備好現金。假如您不在家、收不到錢，我就會執行方才的計畫。請您鄭重考慮。」

他不可能真的下手。

「聽說上次傳出熟石灰外漏意外的時候，香魚銷量因此大受影響。漁夫發現香魚狀況不對勁，或許會趕緊藏起那些漁獲。但是火漁最後一天一定有很多觀眾聚集在河畔，漁夫不可能完全掩蓋事實。大批觀眾親眼目睹河川的香魚群暴斃，經過數天，週刊雜誌終於查出熟石灰外漏的消息。」

這個人在說謊，他想嚇唬自己，好讓自己老實服從。

「無論野方建設如何極力否認，居民仍會懷疑你們。他們對於之前的意外仍然記憶猶新。另一間建設公司會不會又引發相同的意外？您想洗清自家公司的嫌疑，只能將我供出來，讓大眾知道是一個名為『井澤』的人擅自傾倒熟石灰，殺死香魚，野方建設是清白的。但是您也說不口，對吧？您若想將我供出來，就得將真相全盤托出。讓大眾知道，上一次並非中江間建設意外造成熟石灰外漏，而是您向一名來路不明的男人支付金錢，託他傾倒熟石灰來設計競爭對手。」

無處可逃。自己毫無活路了。

「總而言之，您不付錢，我就傾倒熟石灰。假如熟石灰計畫不成功，我就將錄音帶賣給週刊雜誌換錢。野方社長，您現在只有一條路可走。」

（五）

「可是，對方最後還是沒有亂撒熟石灰，對不對？」

步實和源哉肩並肩坐在摺疊椅上。她聽到這裡，第一次插嘴問道：

「野方建設現在還在鎮上經營，是不是代表他也沒有把錄音帶賣給雜誌社？」

野方逸子在病床上挺起上半身，無力地收緊下巴，點頭同意。

「熟石灰沒有流入河裡，那捲錄音帶也從未曝光。」

源哉和步實再次來到逸子的病房。

他們搬來兩張摺疊椅，放在病床旁，聆聽逸子描述往事。病房窗外早已天色陰暗，時間不知不覺接近八點，會客時間即將結束。

——麻煩兩位請回。

逸子下達逐客令之後，已經過了四天。

今天野方逸子向另外一位護理師表示，她想和一名叫做「藤下步實」的護理師說話。當時還是正午，步實正在其他樓層工作，她接到那名護理師傳話，立刻前來這間病房。

野方逸子說，自己有些話非告訴步實不可。

步實當天要值班到六點。逸子聞言，便希望她值班結束後，能抽空再來病房一趟。步實答應逸子一定會來，便回到工作崗位上，並向源哉傳了訊息。時間剛過晚間六點，源哉和步實在醫院入口碰頭後，一起來到逸子的病房。

步實率先進了病房。步實說要先向逸子報備源哉的事，進了病房好一陣子，她才緩緩打開拉門，請源哉進病房。野方逸子半坐臥在病床上，向源哉低頭問候，源哉也跟著回禮。步實究竟是怎麼向對方解釋自己的事？她難不成告訴對方，自己只是偶然在鏡影館遇見的普通高中生，彼此父母是舊識？步實大概只能這麼介紹，除此之外大概也無話可說。然而，野方逸子為何又願意在自己面前談起如此重要的往事？

——昨晚，我和小犬商量過了。野方建設現在已經是小犬的公司，我不能擅自做出可能危及公司的舉動。

她先向兒子解釋，自己湊巧在鏡影館遇見步實、不久後步實來探病，最後才主動揭曉過去的一切。

野方逸子說，兒子要求自己遵守一項約定。

——我很清楚，這個請求實在是無理取鬧。但我希望兩位聽完我的話之後，千萬別洩漏給任何人。

步實點頭答應。源哉其實不知道步實預想了什麼樣的談話內容。她或許是純粹基於好奇心才答應野方逸子。至少源哉自己除了好奇心，沒有什麼義務答應對方。

他萬萬沒想到會聽見如此驚人的真相。

源哉聽著野方逸子的告白，一股憤怒湧上心頭，怒意隨著故事進展忽大忽小，但熱流逐漸積聚於胸腔，現在仍然滿溢著怒火。他氣得想馬上反悔，直接在全鎮居民面前大肆宣傳野方逸子的罪行。

三十五年前，她付錢給那名叫做「井澤」的男人，讓他在西取川的工地傾倒熟石灰，並從二之橋撒入大量死魚。同時又利用乾燥海螢，故意讓中江間建設的工人發現魚屍，中江間建設也中了計，在社長指揮下匆忙回收魚屍。井澤故意把回收魚屍的消息當作隱匿熟石灰外漏的證據，透露給週刊雜誌，中江間建設不只退出護岸修建工程，整間公司因此倒閉。步實的祖父、祖母與母親被迫離開城鎮。而野方逸子所做的一切，全是為了重振搖搖欲墜的公司。

步實的側臉不帶半點怒意。源哉見狀，更覺得莫名其妙。明明她的家人才是受害者，為什麼她比源哉還冷靜？

「我想在病死之前，向妳賠罪。」

野方逸子語帶泣音。她的雙眼溼潤浮腫，每說一句話，消瘦的喉嚨就多浮起一條細筋。然而源哉看著眼前人病懨懨的模樣，心中卻沒有一絲同情或憐憫。

「我一定得這麼做，不然我會死不瞑目。小犬告訴我，假如我坦承一切、向受害者道歉之後，能讓我好過一點，就隨我的意。他只希望能守住那間公司。我偶然間在照相館遇見妳，又住進妳工作的這間醫院，好像冥冥之中註定我必須面對這些事，所以……」

所以她特地請步實過來，是為了傾訴心中的祕密。會事先請步實、源哉保密，則是為了守護公司。

「我原本應該親自向令祖父表明事實真相，並向他致歉。但是令祖父或許不願再回想起那些傷心事，我害怕自己多此一舉，可能會讓他徒增悲傷……」

「說得直接一點——」

源哉一回神，才發現話語早已脫口而出。

「妳只是想讓自己解脫吧。」

步實從旁握住源哉的手臂。她握得十分用力，像是在阻止他衝動。但是源哉不理會步實，繼續說道：

「妳只是在照相館湊巧遇見中江間建設的社長孫子，對方又在妳住的醫院當護理師，妳才想利用這些巧合，在死前說出真相，想一了百了吧。」

「源哉。」

步實的手更加用力。源哉見狀，更是怒火中燒，他正想開口對步實說話，然而他一見到步實的臉，到口的聲音又吞了回去。源哉以為步實會一臉憤怒地責備自己，沒想到她卻直視自己，眼神滿載著懇求。

「聽到最後再說。」

走廊另一頭傳來輕響，似乎是抽換卡片的聲音。

步實仍然抓著源哉的手臂，面向野方逸子。

「後來發生了什麼事？」

＊＊＊

火漁最後一天，逸子癱坐在佛壇前。

時間過了晚上八點。天花板的燈未開，陰暗的屋內早已看不清丈夫的遺容，逸子仍然跪坐在佛壇前方，眼神空洞，茫然地注視丈夫臉孔的位置。

不只這間房間沒有開燈。整棟房子一片漆黑。

門鈴在傍晚時分響個不停。逸子摀住耳朵，靜待鈴聲停歇。等到家中重回寧靜，她仍跪坐在這裡，從未起身。

那應該是井澤來訪。

門鈴靜下來之後，逸子在腦內重複幻想一連串畫面。井澤開車駛過西取川沿岸道路。他在杳無人煙的地方下了車，繞到後車箱，從車廂拖出裝有熟石灰的袋子。他將袋子扛上肩，踏進路旁草叢。草叢呈斜坡狀，西取川就在斜坡下方的幽暗中，水聲潺潺。井澤扛著熟石灰，謹慎確認腳邊，一步步走下草叢。抵達之後，他悄悄躲在河邊，屏息等待火漁漁船到來。良久，漁船群終於來到井澤面前。一艘、兩艘、三艘、四艘。船隻從上游駛向下游，船上的火把舞著「8」字。火漁漁船經過一之橋，船速逐漸趨緩。井澤用小刀割開袋子，將熟石灰倒入西取川。橋梁前方，漁夫各自將船停在掛有建網的地方。他們兩人一組，一邊吆喝，一邊配合節奏開始收網。下上町那一側的河畔聚集大批人潮，有大人、有小孩、有老人，人人凝視漁夫收網的模樣。漁夫收起的建網上開始閃爍金色。魚鱗在火光照耀下，顯得光彩奪目。然而漁夫馬上察覺異狀。卡在建網上的每一條香魚都不逃不掙扎，有氣無力地隨漁網拉上船。漁夫滿懷疑惑地彼此交談。那些討論也傳進觀眾耳裡，他們開始走向河邊，想聽得更清楚……

電話機淒厲的鈴聲，登時抹去腦內的幻想。

逸子呼吸一滯，看向身後。電話放在牆邊的電視櫃。刺耳聲響迴盪在漆黑的房間內，彷彿某種尖銳的物體正在劇烈晃動。她在榻榻米上拖著沉重的膝蓋，緩緩爬動。那尖聲的聚合物越拉越近，離她只剩咫尺之遙。逸子伸出右手，握住並拿起話筒的瞬間，彷彿自己聾了似的，寂靜再次充斥整個房間。

她把話筒靠向耳邊。

『我在河邊附近的公共電話亭。』

是井澤。

『我打算最後再向您確認一次——您也許有什麼逼不得已的急事，傍晚才會離開家裡。』

汽車引擎聲從井澤的聲音後頭呼嘯而過。

『現在還不遲。我已經在河邊準備好熟石灰，您如果已經備好現金，我現在就上門取款。假如沒有——』

井澤的聲音聽起來越來越遠，細若蟲鳴，內容也越聽越模糊，最後直接掛斷了。

逸子將話筒放回電話機，手卻仍然牢牢握住話筒。她的手臂完全沒放鬆，好像自己一鬆手，耳邊就會再度傳來井澤的聲音。緊閉的眼瞼內再次映出方才想像的一切。那些畫面如同自己親眼所見，鮮明無比。逸子猛地睜開雙眼，把那些景象趕出眼前。她在黑暗中撐起膝蓋，放開話筒，摸索下一個能掌握的物品。她走出起居室，進到廚房，打開流理臺下方的櫃門，抓住菜刀。瀝水架旁放著一條擰乾的抹布，她攤開抹布。雙手在漆黑之中緩慢動作。逸子的手看似成了不知名的黑影，不停蠕動，她自己則是茫然地旁觀。黑影用抹布裹住菜刀刀刃之後，伸向廚房角落的塑膠袋，將袋內的三顆南瓜扔在地板上，最後把裹了抹布的菜刀放進袋內。

她回過神來，發現自己在一片漆黑中奔跑，還特意挑了無人的巷弄，奔向西取川。

菜刀在塑膠袋內亂跳，逸子將整個袋子小心抱進懷裡。兒子滿一歲的某天夜裡，她摸了摸兒子的額頭，發現兒子渾身火燙，她當時就像現在一樣，焦急地奔向小兒科。她來到西取川沿岸道路，快步跑向下游的一之橋。汽車引擎聲逐漸接近身後。逸子發現聲音幾乎緊貼在後，她轉過頭。一輛汽車沒開車頭燈，快速駛向自己。她趕緊扭身撲向路旁，腦中閃過一個想法。那司機可能是井澤？她顧不得腳抽筋，急忙望向汽車駕駛座。但她錯了。駕駛座上一團漆黑，看不清司機樣貌，逸子剎那間只看到司機的輪廓。那名司機身材削瘦，留著短髮。下一秒，逸子摔倒在地，懷裡的塑膠袋掉到地上。她痛得呻吟，抬頭一看，一輛輕型卡車逐漸遠去。卡車似乎從頭到尾都沒有發現逸子，就這麼消失在黑暗盡頭。

逸子撿起塑膠袋，袋底破了個洞，似乎是脫手的時候弄破了袋子。逸子從袋中抽出菜刀，握住裹了抹布的刀刃，站起身，再次邁步奔向一之橋。深邃黑幕之中，她早已分不清哪裡是路面。她忘我地跑。淚水接連滑落，淚痕一路延伸至頸部。右手邊的草叢前方終於亮起些微橘光。那是火漁的火把。距離一之橋還有多遠？眼前的黑暗濃如墨，她分不清自己跑了多遠。井澤躲在哪？橘光逐漸轉亮，而且亮度越來越鮮明。漁船可能放慢了速度。一之橋就在附近。不，漁船可能已經準備停靠在橋的另一側。此時，某處傳來聲音。

那是**驚慌失措**的男人嗓音。

人聲再次響起。這次還夾雜許多人的驚呼。

（六）

「兩位可知道……那一年的火漁最後一天發生意外。有人從一之橋上扔石頭，砸中其中一名漁夫，對方因此身受重傷。」

這簡直像是在電影裡看見自己的家人登場。源哉忘記方才的憤怒，詫異地直視野方逸子。他瞥了步實一眼，她一臉呆愣。不過野方逸子並未察覺兩人的異狀，繼續說道：

「我趕緊跑到一之橋。火把照亮了橋下，下方的模樣還算清楚。有一名年輕漁夫倒在其中一艘漁船上，頭上血流不止。救護車不久後也抵達現場，載走了漁夫……」

她當下不明白發生了什麼事，只能默默佇立在橋邊，凝視眼前的景象。

「我腦中一片混亂，還以為是井澤設計這場意外。那個人故意砸傷漁夫，來取代傾倒熟石灰的計畫。我其實完全不明白井澤的理由或目的，只是一味認定犯人就是井澤。結果，那場意外的真相不了了之。警方沒有找到扔石頭的犯人……井澤在那之後也不再出現……我從此再也沒見過他了。」

「他也沒有繼續勒索金錢？」

步實一問，野方逸子虛弱地點點頭。

「從那之後整整三十四年，我沒有接到井澤的任何聯絡，甚至連他的身分都一無所知——」

「那是我爸爸。」

野方逸子聽源哉這麼說，頓時驚訝地瞪大雙眼，目光轉向源哉。

「呃、不是，我是說那個被石頭砸中的漁夫，受傷的那位，他是我爸爸。」

「是嗎？」

她雙眼中的震驚稍淡，但沒有完全褪去。

「照您剛才所說的，難不成就是那個井澤丟石頭砸傷我爸爸？」

「不，我其實也不清楚……」

野方逸子困惑地搖了搖頭。反而是步實莫名果斷地否定：

「不可能是他。」

「為什麼？」

「呃、直覺吧。就覺得不是他。」

「所以我問為什麼啊？」

「別管那麼多啦！」步實粗魯地拍了源哉的膝蓋。

「總之我是這麼認為的。那天晚上，那個井澤原本打算依照計畫傾倒熟石灰，但不巧的是，某個人故意從橋上扔石頭，害源哉的父親身受重傷。間接讓井澤錯過傾倒熟石灰的時機，不得不放棄計畫。」

步實的解釋的確比較合理。扔石頭的犯人身分也因此變得無所謂了。雖然對不起父親，但是這個故事源哉從小一聽再聽，事到如今也不太在意犯人是誰。

話說回來，一切彷彿是由無數巧合串聯在一起。倘若那天夜裡，那顆石頭沒有落在父親頭上，井澤也許會按照計畫，把熟石灰倒入西取川，殺死建網內的大量香魚漁獲。之後狀況又會如何演變？井澤會向週刊雜誌透露，魚群暴斃是因為一之橋橋墩工地有熟石灰外漏。那時想必早有專家從香魚魚屍或河水驗出熟石灰。週刊肯定會把這項結果連同消息寫進報導中。即便報導內文不指名野方建設，居民光是看到「熟石灰」這個名詞，馬上就會聯想到上一次熟石灰外漏事故，緊接著就會懷疑負責整修橋墩的野方建設，認為工地裡的熟石灰又外漏了。野方建設會因此臭名遠播。慘一點，也許會害得公司破產，但結果也可能不如井澤預想的那麼嚴重。於是井澤就會按照預告，把自己和野方逸子之間的密會錄音帶賣給週刊。無論結果如何，野方逸子、野方建設都會陷入無法挽回的窘境。

偏偏就在井澤打算倒入熟石灰的那一刻，石頭砸破父親的頭。井澤不得不中止計畫，從此下落不明。沒人知道井澤為何消失。總而言之，在三十四年前的最後一天火漁之夜，就是那一顆石頭阻止他傾倒熟石灰，拯救了野方逸子與野方建設。

然而另一方面，萬一那顆石頭恰巧砸中父親頭頂，父親搞不好會因此喪命，源哉就不可能誕生。沒有源哉，步實也無法在鏡影館遇見野方逸子。當時步實原本打算離開，是因為源哉偶然間坐在她身旁，她才留了下來。

無論是扔石頭的時機、地點或精準度，全都恰到好處。那晚在一之橋扔石頭的某人恐怕萬萬沒料到，自己扔的一顆石頭，竟然引起這麼多事件。

（七）

「我覺得逸子夫人也是逼不得已，才出此下策。」

兩人來到停車場，準備走向機車停車處。步實一邊走一邊說道。

他們在病房待到會客時間結束前一刻，停車場幾乎沒剩幾輛汽車。剩下的應該都是醫院工作人員的車。

「我爺爺為了保護自己的公司，也像她一樣犯了錯。」

「可是他是被人騙了啊？」

「爺爺根本不知道自己上當，所以一樣有錯。」

步實為什麼可以這麼冷靜？為什麼她不生氣？老實說，源哉和這件事毫無關聯，但他還是覺得野方逸子很卑鄙。是她和井澤聯手，把步實的家人害得那麼慘。自己其實也同情野方逸子，但那好比是在整缸浴缸的水裡放進一小顆糖球，完全無法和滿腔怒火相提並論。

「一樣嗎……」

源哉輕嘆，仰望天空。朦朧星河橫跨天際，夏日大三角顯得格外明亮。步實跟著抬頭仰望，喃喃自語：

「結果，那個叫井澤的人……到底去哪了？」

這件事似乎帶給野方逸子非常大的壓力。

——井澤現在或許還藏著那捲錄有我們對話的錄音帶。

淚水不知不覺間沾溼了她消瘦的臉龐。源哉才剛察覺，她隨即低下頭，隱藏自己哭泣的模樣。淚珠一滴又一滴落在棉被上。晚上八點，會客時間即將結束，她仍然無法止住眼淚。步實和源哉坐在夜深人靜的病房，聆聽那聲聲泣音。她喘得虛弱，彷彿隨時都要斷了氣。源哉的祖父不太表露情緒，他還是第一次目睹老人哭泣。兩人離開病房前，步實拿出上一次來不及送出的繪本，遞給野方逸子。

「逸子夫人雖然沒說出口，但我想她至今從未忘記那捲錄音帶。她生了病，仍舊惦記著這件事，擔心對方在自己死後將錄音帶公諸於世。」

源哉也有同感。

記得自己還在唸小學二年級還三年級的時候，有一次擅自把父親的相機帶到院子，玩起假裝拍照的遊戲。他朝倉庫屋頂上的灰喜鵲舉起相機時，手一滑，不小心把相機摔到地上。相機鏡頭摔到脫落，怎麼也裝不回去，源哉哭得一把鼻涕一把眼淚，只敢偷偷把相機和鏡頭擺回父親在二樓的房間。不過他只是放回原本的架子，總有一天會東窗事發，讓他擔心了好幾天。然而，父親一句話也沒說，他直到某天才發現，父親將手上的相機和鏡頭又接了回去。相機並沒有壞，只是自己不懂怎麼裝鏡頭。但源哉看到相機完好如初之前，仍是驚恐萬分。野方逸子的擔憂想必比自己大上一萬倍。這股憂慮甚至可能隨著死期接近，日漸放大。

「可是我還是沒辦法同情那個老婆婆。」

源哉說完，步實沒有回話，他又急著說下去：

「但是啦，妳是因為那個老婆婆才出生，也難怪妳會覺得她很重要。」

步實忽然停下腳步。源哉緊急煞住腳，差點往前摔。

他回過頭，步實臉上帶了點笑意。

「你會這麼認為吧？」

「呃，因為逸子婆婆要是以前——」

「不是，我的意思是，你以為這件事只關係到我。只有我會因此無法出世。」

「不，我當然知道也有別人受影響。不是有人說稍微改變過去，就可能產生各式各樣的未來。一定有很多人——」

步實揚起脣角。

「源哉會慶幸自己出生嗎？」

「嗄？」

「慶幸自己來到這個世界。」

他當然這麼想。

源哉沒有點頭，但似乎把答案表現在臉上。步實又說道：

「你得答應我，接下來聽到的故事，一字一句都不能告訴別人。」

「今天怎麼老聽到這種要求？」

「尤其是你媽媽，絕對不能告訴她。可以答應我嗎？」

源哉答了句「可以」。

（八）

源哉和步實離開醫院停車場，僅僅過了十分鐘，兩人便來到家庭餐廳，面對面坐在餐桌兩側。步實剛才在停車場說完自己母親與源哉父親的戀愛故事，但故事太過漫長，時間早已超過晚上九點。

兩人趕緊點完餐。源哉剛才趁著騎車思考很多事，他主動開口：

「井澤在三十五年前不是把消息賣給週刊了嗎？就是中江間建設誤排熟石灰，還企圖隱蔽真相。應該可以去問問雜誌社還有沒有當時的交易資料吧？搞不好能找出井澤的身分。」

他甚至捨不得喘口氣，一股腦說出自己的想法。

「就算雜誌社還留著，他們也沒道理隨便讓我們看。向雜誌社解釋前因後果，又可能被寫成報導，逸子夫人做過的事會曝光的。」

「可是……呃、幹麼？」

步實強忍著笑。

「我沒想到源哉的態度會變這麼多。」

他自己也沒料到這點。

步實的母親竟然和自己的父親交往過，這點讓源哉相當震驚。但除此之外，故事開頭雖然非常令人不快，源哉卻不知不覺聽得入迷。中江間建設倒閉，步實的祖父不得不帶著家人搬到遠處，兩人也就此分開。所以步實、源哉才得以出生。假如野方逸子在三十五年前沒有答應井澤的交易，不只是步實，連自己都不可能誕生在世界上。

今天傍晚，步實進到野方逸子的病房，就是在向她解釋這些經過。她當然沒說得太詳細，但野方逸子就是聽完這種種緣由，才答應讓源哉在場聆聽自己的往事。

源哉一發現整件事和自己的人生息息相關，他對於野方逸子與她的過去忽然有了不同看法。沒有她，就沒有自己——源哉還不會如此看重野方逸子，但自己突然能對她的痛苦與憂傷感同身受，種種情緒湧上心頭。兩人在病房聆聽野方逸子的告白時，源哉原本對於步實的平靜感到不可思議，他這時終於明白步實當時的心情。自己當下還忿忿不平地脫口責備野方逸子，現在卻覺得萬分羞愧。然而會客時間早已結束——不、就算還有時間，他也不知該如何修正自己的失言或道歉。

總而言之，現在源哉內心只有一個念頭。那位老婦人即將懷抱龐大的恐懼而死，他希望能讓她安穩走完最後一程。他知道這很困難。野方逸子滿懷憂慮活了三十年以上，現在最令她掛心的就是井澤的行蹤，以及錄有兩人對話的那捲錄音帶。但是自己根本不知道井澤是何許人也，沒有半點線索。步實認為「井澤」這個名字可能是假名，源哉也有同感。

「一捲錄音帶有多大啊？」

「我在爺爺房間裡看過，大概這麼大。」

步實雙手的大拇指和食指碰在一起，比了一個長方形。

「真希望他已經把那玩意當成垃圾，失手處理掉。」

「逸子夫人自己早就不知道想像這結果幾百次了。又沒辦法實際確認，光是想像也沒用呀。」

「如果知道井澤那傢伙的長相，可能還好找多了。」

「現在我們只知道他瘦瘦高高的，還戴了眼鏡。眼鏡搞不好還只是偽裝。」

步實說著，手正要伸向茶杯，突然僵住。

她怔怔地凝視半空中。

「怎麼了？」

步實喃喃說了「照片」兩個字。

「照片？」

「搞不好有照片。」

「什麼照片？」

「井澤的照片。」

「在哪裡？」

她說在源哉家裡。

「三十四年前，我媽媽在火漁最後一晚拍了照片。她似乎是受源哉的爸爸拜託，在相機鏡頭裝上萬花筒，從下上町那一側的河畔拍了很多照片。」

步實急促地大略解釋當時的狀況。

「我以前和媽媽一起去源哉家裡，就是為了還相機。我七年前就是在那天第一次見到源哉。火漁最後一晚，井澤如果扛著熟石灰袋躲在一之橋附近，應該就會躲在上上町那一側的草叢裡。火光經過的時候會照亮四周嘛。那些照片又是朝上上町方向拍下的，背景裡也許會拍到井澤的臉。」

雖然機率極低——

「但的確有可能拍到。」

「我們去還相機的時候，源哉的爸爸說會試著沖洗底片。」

「那搜一下爸爸的相簿可能找得到照片！」

兩人同時滑出座位。源哉的牛肉咖哩和步實的千層麵還沒上桌，不過問了問櫃檯，廚房似乎還沒開始準備餐點，於是兩人說有急事要離開，向店家道了歉之後就離開店裡。源哉很想跳上機車，猛催油門，一邊滑過後輪一邊轉過車身。不過自己根本不會這種高超特技，只能腳踩地面緩緩向後退，慢慢轉過車頭，載著步實離開停車場。機車駛向西取川沿岸道路，逐漸加速，便見到火漁的火光在河上一字排開。其中一盞火光就是源哉的父親負責持火，他還不知道自己的祕密照片即將被兒子看個精光。源哉正想和步實提起這件事，最後還是打消念頭，飛快超越火光而去。

（九）

「我覺得太難了。」

佐佐原苦思著，大顆腦袋幾乎側向肩頭。

「這底片……已經有三十四年的歷史吧？擺了這麼久……」

源哉昨晚在父親房裡大肆翻找相簿，仍然找不到類似的照片。他心想父親可能還沒沖洗底片，轉而尋找那臺相機。相機不知為何放在一個老舊保冷箱，源哉從櫥櫃深處翻出那保冷箱，才找到相機。步實還記得相機的形狀，確定就是這臺相機。看了看相機背面的小窗口，底片還放在相機裡。源哉的父親並沒有嘗試沖洗底片，這令步實有些遺憾。源哉當然不知道父親的想法，不過他安慰她，或許父親害怕無法順利沖洗底片，才保持原狀。總之，源哉和步實拿到裝有底片的相機，決定等到隔天再處理。今天是星期六，步實向醫院請了假，兩人一早前往鏡影館，準備將擺在相機裡三十四年的底片沖洗成照片。

「失敗了也沒關係，請幫忙洗看看吧。」

源哉拚命拜託佐佐原。佐佐原穿著圍裙，縮脣蹙眉。

「沖洗失敗的話，底片會完蛋的。」

「完蛋？」

「就是會壞掉。」

「沒關係。」

「沒關係嗎？」

步實訝異地問。源哉則是一個勁地直點頭。佐佐原這才答應兩人，在櫃檯放上一張申請書。源哉還沒寫完姓氏，佐佐原已經拿著相機走向店內。

「你們急著要吧。」
他扶上暗房房門，回頭看向兩人。
「對，很急。」
源哉用力點了點頭。佐佐原穿著短袖，卻作勢捲起袖子，走進門內。
老闆娘端上茶水和之前的紀念仙貝，兩人坐在沙發上享用點心，一邊等待結果。暗房裡隱約傳出苦惱的呻吟聲，彷彿在挑戰某種艱鉅任務，不時還能聽見「這也太棘手了」、「只能硬著頭皮上啦」等等臺詞。老闆會不會是故意講給他們聽？步實可能也有相同想法，不過兩人都沒說出口，靜靜等待沖印工作結束。
大概過了一個小時，暗房房門終於打開了。兩人站起身，便見到佐佐原滿頭大汗地站在門邊。他走向沙發，笑容燦爛得像是剛接生完的產婆。
「照片聞起來酸酸的，那可不是我的汗味，是沖洗照片用的醋酸。」
兩人老實地點頭。佐佐原見狀，反而露出有些失望的表情，剛才那是在開玩笑？
「結果怎麼樣？」
源哉滿懷期待地湊上前。佐佐原則是揚起笑容，直喊著「真是奇蹟」。
「底片勉強能沖出影像。這臺相機一定保存得非常完善。」
步實向佐佐原解釋，這臺相機長年都收藏在衣櫃最內側。
「先是在我家放了將近三十年，後來又保存在他家裡。」
「相機一直都放在照不到光的地方，怪不得會成功。」

步實的母親怕潮溼，衣櫃裡總是放有除溼劑；相機轉手到源哉家之後，又莫名在老舊的保冷箱擺上七年。這些要素可能都加強了相機的保存狀況。

「相機裡的底片，是當年市售底片中感光度最高的一種。雖然都是拍夜景，還是能呈現一部分細節。不過這些照片真奇怪，要怎麼拍才能拍出這種影像？」

步實隨即解釋，當初是在相機裝上萬花筒之後，拍下火漁的景象。佐佐原聞言，讚嘆連連。不過他遲遲不讓兩人看照片。佐佐原右手上拿著一個白色大信封，步實母親在三十四年前所拍下的火漁萬花筒照片，就放在信封裡。源哉現在就想搶過信封，把照片攤開來看。他差一點就要下手搶信封，佐佐原這時才終於將信封遞給他。源哉和步實取出一疊照片，一張張排在桌面上。

說實話，兩人的期待落空了。

雖說佐佐原拖泥帶水的態度來看，沖洗結果可想而知。然而實際看到照片，不清晰的照片遠比想像中還要多。其中甚至有照片一片漆黑，什麼都看不到。但一想到底片經歷三十多年的歲月摧殘，眼前的結果確實稱得上「奇蹟」。

照片上切成數個三角形。橘光分裂成無數光點，後頭拖著長尾。前幾張照片裡的光點都偏小，後半部分的照片則是又大又亮。前半應該是從遠處拍攝，後半則是身在近處。不過兩人的重點不在於火光本身，而是火光照亮的背景。源哉和步實仔細觀察每一張照片，簡直連鼻子都貼上照片了。盯著遠處的照片意義不大，所以兩人聚焦在這些近處拍攝的照片。火把拖著長尾，從河川的正前方排到對岸。其中一盞火光為何會特別明亮？原因不明，但有幾張照片拍到這盞特別亮的火光，火光位在景色深處，正好照亮對岸的草叢。有些甚至清晰映出樹幹的凹凸紋路、每一根樹枝以及每一片樹葉。源哉在這些照片找尋人類的身影。沒拍到全身也無所謂，只要有拍到臉，不、甚至是臉部的一角都好——啊。

「啊！」

步實早他一步發出驚呼。

兩人的臉頰幾乎湊在一起，瞪著同一張相片。

草叢中出現一張臉。明亮的火光照亮四周，樹幹之間浮現了**那張容貌**。這張臉偏長，有些瘦弱。短頭髮，長脖子。

「咦？拍到人了？」

佐佐原大如坐墊的臉忽然擠進源哉和步實之間。源哉下意識想藏起照片——

「嗯？」

佐佐原的上半身更加貼近桌子，然後馬上拉遠了臉，瞇起眼，又再次湊上前，瞪大雙眼，做出驚人的發言。

「我好像認得這個人。」

兩人同時看向佐佐原。

「呃、其實我不太肯定……我只看過他一次，而且只是看到他下了樓梯……不過那時候的事太印象深刻了……」

那時候是什麼時候？樓梯又是什麼意思？佐佐原嘴裡碎唸著莫名其妙的字詞，疑惑地歪了歪頭。他是在哪裡見過這個人？源哉追問，佐佐原指著地板，說是「在這裡見到的」。

「可是我也不確定是不是，又沒辦法確定……呃，你們想知道？」

兩人一個勁地搖頭。佐佐原見狀，從圍裙口袋取出智慧型手機。

「當時還有另一個人在場，我問問他。可不可以讓我照一下那張照片？」

源哉遞上照片。佐佐原用智慧型手機拍下照片，粗大的手指生疏地操作手機，向某人撥了通電話。小小的回鈴音響了一會兒——

「啊，阿鬥？抱歉，工作時間打擾……喔，你不是在工作？也對，今天星期六。嗯……嗯……嗯？不是，有個東西想讓你看看。是照片。嗄？不是，我根本還沒生小孩。阿鬥家的幾歲了？喔，已經六歲啦。我們去醫院檢查過了，好像滿困難的……沒有，也不是說叫我放棄什麼的，反正我這個年紀還行、還行啦，哈哈哈哈哈哈哈哈哈。」

佐佐原閒話家常了好一陣子，讓人不禁懷疑他故意吊胃口，好不容易才終於切入正題。

「那我等等傳給你，你認得是誰的話再告訴我。」

他掛斷電話，傳送照片。

智慧型手機馬上就收到訊息，佐佐原瞥了一眼，得意地點點頭，將螢幕面向源哉和步實。

「果然如我所想。」

兩人撲上前查看螢幕。上頭顯示「阿鬥」傳來的訊息內容：

『這傢伙就是在相機店二樓，被你老爹揍飛的那個人啊。』

「咦？這是怎麼一回事？」

兩人追問，才知道這間照相館以前還是相機店的時候，發生過一場小意外。

「我爸爸當年還經營這家店的時候，惹上一群奇怪的混混——還是說被纏上？總之他就是被關在店裡。已經二十……不對、三十……唔嗯？」

「該不會是三十五年前吧？」

源哉提起井澤出現在野方逸子面前的時間點。佐佐原扳著手指數了數，一臉驚訝地看向他。

「嗯，就是三十五年前，我當時才小學五年級。你怎麼知道？」

佐佐原開口追問，但似乎不太在意答案。他望著拍有井澤的那張照片，突然露出懷念的神情。

「我其實不認識這個人——」

結果他還是不認識。

「不過這個人很倒楣。聽說他的興趣是攝影，早上湊巧去西取川拍照，結果拍到不得了的東西，出一大堆問題。對了，之前我給你們看過，那張我原本以為是海螢的照片。那就是這個人當時拍到的其中一張。那一年，承包西取川護岸工程的建設公司似乎不小心把有毒物質排進河裡，還讓工人打撈魚屍，打算毀屍滅跡。這個人恰巧拍到打撈現場。後來他因為那些照片鬧了點糾紛。說是糾紛嘛……其實是這個人和同夥打算把照片賣給週刊。但因為我爸爸始終不肯把照片交給他們，他們也沒得賣。」

自己好像快弄懂什麼了，腦袋卻跟不上對方描述的一切。

「我剛剛回想起來，覺得這個人真是倒楣。雖說他不應該拿偶然拍到的照片撈錢，不過最後我爸爸在這間店的二樓，狠狠揍了他一頓。」

「他有同夥？」

步實開口問了源哉正想問的問題。

「你知道那同夥是誰嗎？」

「這個嘛，不知道。我只記得是雙人組，一個人燙著像大佛的捲髮，另外一個理平頭。」

只知道髮型根本沒意義。狀況彷彿有所進展，直到這時候才突然碰壁。源哉焦躁地想跺腳，不過——

「大佛般的捲髮跟平頭……大佛……平頭……」

步實在他身旁碎唸著什麼。

「我媽媽的故事裡好像也出現過這兩個人。」

「步實的媽媽見過那些人？」

步實沒有回答，倏地抬起頭。

「問他就好啦。」

「問誰？」

「另外一個人也在場。」

「誰？」

「源哉，你可以現在打電話給你爸爸嗎？」

（十）

正在幹農活的父親接到電話，被源哉的問題嚇得驚慌失措。不，他驚訝的不是問題本身，而是自己的兒子居然知道**那件事**。很久很久以前，源哉父親和步實母親的戀愛故事。那段故事發生在三十四年前——也就是井澤出現在野方逸子面前，佐原的父親遭到監禁的隔年。步實母親告訴女兒的往事中，曾經出現源哉父親遭小混混痛毆的橋段。地點就在居酒屋外頭，出手的是一組雙人組。源哉向父親詢問雙人組的模樣。父親突然慌了手腳，講話也結結巴巴的。不過，源哉不打算追問其他事，對父親的陳年往事也沒半點興趣，要父親直接回答問題。母親可能就在父親身旁，他飛快地答出雙人組的樣貌，想趕快逃離這段對話。雙人組中的大哥的確頂著大佛般的捲髮，小弟則是理著平頭。

這兩組人是同一組雙人組的機率有多高？這世界上不知道有多少大佛捲髮配平頭的雙人組，但說到三十五年前到三十四年前，在這座城鎮附近逗留的兩人組合，應該有很高的機率就是同一組人馬。

「我們也可能完全猜錯了啊！」

源哉喊道，步實也喊了回去。

「不去確認怎麼知道！」

兩人現在騎著同一部機車，正要前往下上町鬧區。目的地是某個人物的家，她名叫真也子。

──那個人或許知道。

這次也是步實想到了線索。

──她叫做真也子，她媽媽可能認識那組雙人組。

真也子曾經在步實母親的故事中登場，兩人當時還是好朋友。步實母親和源哉父親兩人一起去居酒屋約會，真也子的母親正好在那間居酒屋工作。這時大佛捲髮男和平頭男進店裡的時候，她一看到兩人，就露出不耐煩的神情，似乎在說他們「又來了」。

真也子的母親很可能知道這兩人的身分。兩人想立刻前去拜訪真也子，卻不知道她的住址或電話號碼。這時，步實憶起母親的葬禮。當時母親的許多老同學都到場致意，真也子也在其中。

──我當時不知道哪一位是真也子。是之後確認奠儀的時候看到真也子的名字，才在猜想這位可能是媽媽曾經的好友。她現在不姓秋川了。

她或許是結婚改了姓。源哉和步實趕緊前往步實家，查看喪禮簽名簿，找到「吉岡真也子」，名字旁邊還登記了住址。於是源哉將住址輸入智慧型手機，確認地點，兩人再次騎上機車，現在正在通往目的地的路上。

「──在那裡。」

兩人將機車停在下上町鬧區邊緣的一處臨海地帶。附近都是外型相同的成屋，其中一間住宅的門牌上寫著「吉岡」。

（十一）

兩人抵達後，僅僅經過四十分鐘。

「人有可能改變這麼多嗎？」

「我自己在媽媽去世前不久，就改變不少了呢。」

源哉和步實來到站前大街的中段，兩人面前是一棟處處發霉的住商混合大樓。

「妳是說，壞人也有可能變成好人嗎？」

「等我們見到他們，就讓他們親口回答這些問題吧。」

這棟住商大樓約有五層樓高，左右各有一棟更新、更高的大樓，彷彿合力支撐中間這棟舊大樓。兩人踏進滿是灰塵的大廳，便看到一整排郵箱，其中一個郵箱標示一間事務所的名字。這間事務所就是兩人的目的地，在四樓。

這棟樓沒有電梯，兩人沿著樓梯上樓。

──我叫做藤下步實。

真也子接通了吉岡家的對講機。步實報上姓名之後，又簡短補上一句。

──我是中江間奈津實的女兒。

對方驚呼一聲，隨即掛斷對講機，快步來到門外。兩人一見到她，當下就知道眼前的人非常直率，情感會外露在臉上。真也子單手按住門板，她一看見步實，先是瞇起眼、揚起笑容，接著雙眼蒙上一層哀傷，雙唇微開，彷彿正在回憶中尋覓著什麼，又突然瞪大雙眼。

——之前非常感謝您前來家母喪禮上致意。

步實簡單問候了一句，直截了當解釋自己的來意。她因為種種原因，正在調查三十五年前中江間建設的藥劑外漏意外，真也子的媽媽或許能幫助自己找到真相。

——咦？步實難不成妳當了警察？怎麼會……？

步實馬上否認，解釋自己現在是護理師，只是私底下很在意這些往事，才和朋友一起調查。她口中的朋友應該是指源哉。真也子非常輕易地接受步實的解釋，領著兩人進屋。真也子的老公外型有些發福，正躺在客廳看電視。他一見到有人突然走進門，嚇得趕緊起身，不知為何一邊盯著真也子，一邊將防寒衣紮進褲子。真也子擺了擺手要他出去，他才匆匆走出客廳，接著又走回來，用遙控器關掉電視，再次離開客廳。真也子趁老公上二樓時，拿來兩杯冰麥茶放在桌上，隨即打開落地窗，去了庭院另一端。她回到客廳時，身旁跟著一名老婆婆。老婆婆戴著寬大的遮陽帽，單手拿著園藝剪刀。

——我當然記得。

步實問起大佛捲髮和平頭雙人組的事，真也子的母親馬上想起這兩個人，還補上一句驚人的話語。

——你們應該也認識他們呀？

源哉和步實震驚地探出脖子，瞪大雙眼。

——他們現在在鎮上很有名。唔，年輕人搞不好不認得呢。就是那個振興城鎮的志工團體，好像叫做『上下興盛會』。

兩人同時表示知道這個名字。

——丸山和谷垣，就是那兩個人創立了『上下興盛會』。他們也不算流氓，就是地痞、呃、混混……總之是有名的壞胚子。那兩個小子給我打工的店裡添了不少麻煩，像是喝醉了就吼人、騷擾其他客人。那間居酒屋不在這鎮上，但是他們老是在上上町、下上町鬧事，讓警察和居民都很頭痛。

這兩個壞胚子，最後竟然成了上下興盛會的代表與副代表。

——若非如此，我也不會這麼印象深刻。不然，他們就算給我添了不少麻煩，終究過了整整三十多年，哪還記得這種人。

源哉赫然記起一件事。

——步實，我見過他們。

他目瞪口呆地望向身旁。

——我也見過。

步實也露出一模一樣的神情。

那是源哉第一次在鏡影館見到步實當時的事。他正要走向玻璃門時，玻璃門忽然從內側打開，兩名六十多歲的男子雙人組走了出來。他們的短髮混了些白絲，對源哉露出相似的笑容。

——都是些年輕人哪。

——是不是很有趣？

——也說說這事吧。都跟電視臺說說。

三十五年前，這兩個男人和井澤有所往來，還將佐佐原的父親監禁在店裡。沒想到源哉和步實早就見過他們了。

真也子以及母親都不知道上下興盛會的辦公室地址，不過用智慧型手機查一下就一清二楚了。之後兩人和真也子聊起步實母親的往事，不小心說溜嘴。真也子得知母親在三十四年前愛上的那名漁夫，就是源哉的爸爸，非常震驚。兩人聊到一個段落後，簡單告辭後，飛也似地奔出真也子家。

兩人兩階梯一步地飛快上大樓樓梯，途中又一階一階老實地走著，終於抵達四樓。眼前是一道鐵門，門上處處有油漆剝落的痕跡。鐵門旁有門鈴。兩人盯著對方，用眼神決定誰來按門鈴。步實朝按鈕伸出手指。「叮咚——叮咚——」電鈴的電池似乎快沒電了，但鈴聲還是拖著長音，迴盪在屋內。

「來了、來了。」

出來應門的那個人，的確就是在鏡影館門口擦身而過的其中一人。他的笑容仍像當時一樣和藹，他看著源哉和步實，用表情詢問來意。他似乎完全不記得兩人。

步實主動表示，自己正在調查西取川以前發生的事件。

「這是……是學校的功課之類的？」

「不是，我已經在工作了。這邊這位還是高中生。我們兩個因為某些因素，正在私下調查相關事件。有些問題想來打擾一下。」

「呃，怎麼會問到我們這來？也罷，總之先進來吧。來。」

他讓兩人進到辦公室。

眼前先是通過一段兼當廚房的狹窄走廊，走廊另一頭則是一間房間，房內只有一張小小的會議桌與摺疊椅，牆邊擺著一張電腦桌。當時見到的另一人就坐在電腦桌前。他的雙手各用一根指頭，生疏地敲打鍵盤。他好奇地看向兩人。

「來，不好意思，我就一次給你們介紹一下。」

一開始見到的男人分別將兩人的名片遞給源哉和步實。他是谷垣，身分是「副會長」；正在用電腦的人叫做丸山，名片上的職稱是「會長」。

源哉和步實並肩坐在會議桌旁的摺疊椅。丸山將電腦椅轉向兩人，谷垣從小冰箱拿出麥茶，倒進玻璃杯中。

「丸大哥也喝茶嗎？」

「嗯，給我一杯。」

依照目前的情報來看，丸山就是當年的大佛捲髮男，谷垣則是平頭男。三十四年前，這兩個人在居酒屋遇見源哉的父親和步實的母親，並在路上痛毆父親。他們還幹了不少壞事，讓居民和警察傷透腦筋。不過眼前的兩人看起來沒那麼壞——不，源哉實際上也不知道真正的壞人長成什麼樣。

總之，重點在於井澤的下落。

三十五年前監禁佐佐原父親的那三人組，其中兩人究竟是不是眼前的雙人組？源哉和步實手上都沒有確切證據。如果他們的假設是正確的，丸山和谷垣很可能知道井澤的下落——究竟該如何從兩人口中打聽消息？

「所以呢？你們想問西取川的什麼事？」

谷垣將三只玻璃杯放在桌上，把另一只玻璃杯遞給丸山，接著坐在一旁的摺疊椅。

步實來回看了看兩人，開口說道：

「我們正在調查三十五年前，中江間建設引發熟石灰外漏意外的相關事實。」

下一秒，兩人當場僵住，像是化身成兩幅圖畫。源哉見狀，隨即肯定心中的推測。三十五年前，的確就是這兩個人和井澤聯手監禁佐佐原的父親。步實似乎也有相同見解，咄咄逼人地質問兩人。

「斜坡上那間鏡影館還是相機店的時候，當時的老闆因為捲進那起意外，被人囚禁在店裡。我們這次前來叨擾，是想知道當年囚禁老闆的犯人。」

源哉腦內原本想像十分逼真的場面——步實話還沒說完，丸山和谷垣登時變了臉色，兩人臉上閃過一絲凶惡，其中一人隨即衝出房門口，堵住自己和步實的退路。不過他的妄想落空，眼前的兩人只是微微瞪大雙眼，依然呆若木雞。

「說得直接一點，我們想知道囚禁老闆的那三名犯人的身分。」

丸山和谷垣的眼睛瞪得更大。

「再說得更具體一點，我們已經知道兩位的身分，所以這次來是想探聽最後一人的下落。」

源哉沒料到步實會如此開門見山。他的胃早就緊張地縮成一團，這下更像是被人捏爛似的，一陣翻攪。丸山和谷垣互瞧了一眼。身為大哥的丸山一個猛搖頭，速度快得讓人看不清動作。

「我聽不懂妳在說什麼……請別拿我們開玩笑。」

谷垣望向手上裝有麥茶的玻璃杯，悄聲說道。

「我們、那個，今天還有工作……」

對方堅稱聽不懂，他們的確無計可施。畢竟他們沒有確切證據，原本也沒有立場打聽這些往事。現在仔細一想，他們本來就不可能老實承認自己是犯人。丸山和谷垣以前在鎮上到處作亂，連真也子的母親都認識他們，想來這根本不是祕密。但現在這個時間點並不適合提起相機店的往事。因為超直球佐藤即將來訪。他們請來電視節目採訪，打算向外縣市宣傳鏡影館，事到如今怎麼可能坦承，兩人曾在鏡影館前身的相機店裡囚禁店老闆。

說到電視節目，佐佐原應該和丸山、谷垣見過面，也一起討論採訪事宜。事情已經過了三十五年，他根本不記得兩人。源哉忽然起了衝動，想向佐佐原坦承一切，請他幫忙揭穿兩人。然而這麼做可能會讓超直球佐藤來訪一事告吹。佐佐原得知兩人就是三十五年前監禁自己父親的犯人，一定不會答應和兩人合作。

「請問你們認不認識一位叫做『井澤』的人？」

兩人聽見這決定性的一問，反應卻出乎意料。他們不約而同露出狐疑的神情，直盯著步實。

「不是井澤，是井川——」

谷垣說到一半，丸山忽然狠踹他的腳。踹得非常用力。但是谷垣沒有痛得皺起臉或撫摸傷處，反而縮了縮脖子苦笑，彷彿自己只是被人輕輕糾正。他似乎很習慣被踢。

「很遺憾，妳說的這事，我們是幫不上忙了。」

丸山放下茶杯，站起身，作勢要請兩人出去。自己該跟著起身，還是坐在原地堅持下去？對了，乾脆請步實揭露自己的來歷？對方聽了或許願意開口。不對，也可能起反效果。兩人知道步實和中江間建設有淵源，也許會更堅決保持沉默。步實沒有動作，源哉也按兵不動。他們會不會突然踢過來？還是朝兩人大吼？到時該怎麼辦？

此時，門外突然傳來沉重的腳步聲。腳步聲逐漸靠近，接著在門口停了下來。門板外響起粗重的呼吸聲。那聲音有如見到獵物的熊，鼻息劇烈，又夾雜些許低吟。丸山朝谷垣使了使眼色，谷垣隨即起身，繞過會議桌走向玄關。

「——哎呀，這不是鏡影館的老闆嘛。」

谷垣打開門，竟然是佐佐原站在門外。他爬樓梯爬得氣喘吁吁，遠遠就能見到他不斷撐大鼻孔。

「不好意思，突然來打擾。我想為電視節目採訪的事，正式向兩位致謝……咦？」

他見到源哉和步實，訝異地縮起嘴唇。

「你們怎麼會在這裡？」

丸山和谷垣面面相覷。

「我們得招呼客人了，麻煩兩位自便吧。」

丸山揮揮手，要求源哉和步實離開。佐佐原站在門口，雙眼直盯著兩人看。

自己應該可以相信佐佐原。

他知道丸山和谷垣曾在三十五年前囚禁自己的父親，或許不會發怒。

「那個，請問一下。」

源哉鼓起勇氣，輪流指了指丸山和谷垣的臉，直截了當地問：

「就是這兩個人把老闆的父親關進相機店裡吧？」

「喂！」丸山登時僵住了臉。

「你說這兩位？呃，剛剛提過的那件事？嗯？怎麼會？」

佐佐原回問，並且仔細觀察一旁的谷垣。谷垣趕緊撇過臉逃避視線，佐佐原湊上前窺看，谷垣又閃得更遠。佐佐原繼續逼近。此時他靈光一閃，突然轉向後方，從正面把丸山的臉瞧個仔細。丸山沒料到對方突然轉過頭，當場愣住。谷垣見狀，更是慌了手腳。佐佐原接著又拉近距離，細細觀察谷垣的臉。

一陣沉默充斥四周。牆上時鐘的秒針聲響顯得清晰無比。佐佐原突然猛吸一口氣，說了「我！」然後上半身向前傾，停在這個姿勢老半天。

「……完全沒發現！」

（十二）

「風是如何吹來的呢？」

步實在一旁仰望夏季的天空。

醫院停車場根本沒有起風。斜陽灑在柏油路上，一排排汽車的引擎蓋反射著強光。

「什麼意思？」

「剛開始一定有個契機。」

遠處傳來如雨般的蟬鳴，與步實的嘆息相互交織。

「最初起風的地方先出現那契機，才吹起了風。」

源哉想了想，仍然不懂對方的言下之意。

步實並未期待源哉回答，茫然地望向天際。醫院門口有一名身穿制服的女行政人員，她正拿著灑水壺為矮牽牛澆水。兩人走向門口，女職員發現步實，朝她笑了笑，步實也回以微笑，說了聲「辛苦了」。

兩人方才在上下興盛會得知事實後，來到醫院，準備把所有真相告訴野方逸子。

他們在停車場停好機車後，稍微商量是否該坦白全部事實，但終究沒有得出結論。於是兩人做出模稜兩可的決定。他們只主動告知逸子最想知道的答案，她若是繼續追問細節，再告訴她真相。

井澤真正的姓氏其實是井川。他編造假名，卻只改了真名的其中一字。源哉認為這或許隱約透露他當時的心情。

佐佐原得知兩人的身分後，谷垣為他準備了麥茶，五個人圍繞在會議桌前。步實先是表明自己的身分，源哉也做了自我介紹。最後雙人組要求兩人，不向外人透露真相，開始娓娓道出三十五年前的真鍋相機店監禁事件。

丸山和谷垣首先深深一鞠躬，向佐佐原表示歉意。佐佐原完全沒放在心上，興匆匆地聆聽兩人的描述，又是低吟、又是驚訝，最後沮喪地駝背，縮起嘴脣默默不語，一副泫然欲泣的模樣。源哉和步實聽到一半，也說不出話。井川和兩人想像中的犯人形象天差地遠。

井川是丸山和谷垣的高中學弟。

三人邂逅之初，丸山是高三，谷垣是高二，井川則是剛上高中一年級。

——那傢伙腦子聰明，個性又古板，不知為何老跟在我們後頭。

丸山聊起往事，表情雖然十分懷念，雙眼卻染上陰沉深邃的色彩。一旁的谷垣也露出一模一樣的眼神。源哉見狀，隱約察覺故事結尾或許不太愉快。

——高中畢業之後，他繼續升學，我們則是一如往常幹些蠢勾當，好一陣子沒有見面。頂多聽說他進水產試驗所工作，結了婚，還生了孩子。

三人分別滿三十幾歲的時候，兩人才聽說井川的孩子遭逢意外。

他的兒子當年才小學三年級，叫做小悟。

——於是我和谷垣一起去探望小悟。

丸山此時才第一次知道，井川的妻子婚後沒幾年就離家了。

——我沒見過對方，也不知道她是什麼性子……總之是個不適合建立家庭的女人。井川當時說過，她把兒子丟給老公照顧，老泡在酒店喝個爛醉，最後還拋家棄子。

井川之後繼續在水產試驗所工作，獨自扶養小悟。一開始是仰賴幼稚園的延長托育時間、小學的課後托育，才能同時身兼二職。小悟升上三年級之後，無法繼續申請課後托育，只能將自家鑰匙交給小悟。從此小悟放學後不是和朋友出去玩，就是自己在家看家。

早春之時的某次放學時間，發生了落水意外。

小悟和幾個朋友一起去西取川河畔玩耍時，不慎跌進冰冷的河川。根據同行的朋友所說，當時他們正在下游河畔的大石頭間跳來跳去，突然間颳起一陣強風。那群孩子嚇得趕緊抓住石頭，但只有小悟來不及抓穩，就這麼掉進河裡。當時融解的雪水從西取川上游沖下來，十分湍急，小悟一瞬間就失去蹤影。

——偏偏是井川的兒子出事。

源哉覺得話不是這麼說。但丸山並不是因為小悟是熟人的兒子，才有這種感嘆。

——井川因為家有幼子，又在漁業相關產業工作，從以前開始就不斷提倡在西取川修建護岸。說是出海口必須以水泥覆蓋，設置柵欄。大概是過了二之橋的下游一帶吧。那一帶在護岸建好之前，的確很危險。但是西取川位在上上町和下上町的邊界，兩邊老是談不攏，所以護岸工程遲遲沒有下文。

井川便叮嚀小悟，千萬不能在西取川玩耍。

——小孩總是不聽話呀。

小悟終究不顧父親囑咐，和朋友一起去了西取川，最後遭逢不幸。

——那傢伙很後悔，說是都怪自己老是在小悟耳邊嘮叨不能去西取川，才害他更想去。男孩子就是會有這種脾氣。

兩人去醫院探病時，小悟已經昏迷不醒。

——他的臉、伸出被子外的手都白白淨淨的，似乎是傷了腦袋。

小悟身上接著人工呼吸器，始終沒有恢復意識。丸山和谷垣去探望了好幾次，鼓勵井川，祈禱小悟有一天能清醒。不只是兩人誠心祈禱，小悟的病房裡總是擺滿同學的留言板、信件以及千羽鶴。

同一時間，西取川也開始進行護岸修建工程。井川至今提案無數次，始終毫無下落，卻因為小悟出事，同年夏季又發生落水意外，城鎮才有所行動。

說到這裡，佐佐原告訴眾人，那年夏季的受害者其實是好友的父親。而佐佐原口中的好友，就是他在鏡影館通電話的那位「阿鬥」。那年夏天，阿鬥的父親在一場大雨的隔天，拿著相機前去觀察西取川，從此與世長辭。

——所有事件一環扣一環啊。

丸山緩緩撫過自己浮現皺紋的手。那雙手曾經對源哉的父親又推又打。

——這座城鎮不大，也是會有這種巧合。

西取川的護岸工程持續進行，而井川也帶著小悟出院，回到自家調養。

當時小悟昏迷早已超過一年。

——井川之後在白天請了看護，晚上則是自己照顧小悟。在家療養雖然比住院便宜，但井川……我們沒有問過實際金額，總之似乎花了不少錢，甚至欠了一屁股債。我們偶爾手頭有閒錢，會上門給一點慰問金。但我們當時沒幹什麼正經工作，實在拿不出多少錢。

有一天，丸山和谷垣前去探望小悟的時候，井川忽然提到有事拜託兩人。

——他說自己偶然間拍到不得了的照片。

兩人一問之下，才知道是中江間建設誤排藥劑的證據照片。

井川並非偶然間拍到證據照片，而是事先和野方逸子做過交易後，刻意捏造的證據。然而，源哉和步實並沒有坦承這件事。他們已經和野方逸子約好，不向任何人透露真相。

——他原本去了上上町的相機店，打算沖洗底片，後來覺得不該在附近店家沖洗，才離開那間相機店。老闆卻突然追過來，搶走那捲底片。

井川拜託兩人奪回那捲底片。

接著換佐佐原解釋這部分的經過，阿鬥也在故事中登場。阿鬥的父親對攝影很感興趣，他原本打算分期付款買一臺新相機，並且和阿鬥約好，要把淘汰的舊相機送給阿鬥。但是，父親卻在約定實現之前，不慎摔進大雨過後的西取川，就這麼去世了。阿鬥想模仿父親拍下許多照片，但是單親家庭生活並不富裕，所以他決定偷一臺自己的相機。當時正巧店裡有一名穿著白襯衫的男人。阿鬥便向老闆謊稱，那名襯衫男子偷了店裡賣的底片，想趁機偷走相機。後來佐佐原的父親才陰錯陽差搶走井川的底片。丸山和谷垣第一次聽聞此事，十分吃驚。然而兩人也上了年紀，驚愕神情轉眼即逝，丸山再次開始描述經過時，他的雙眼再次染上哀傷的陰霾。

——我們問他搶回底片之後想幹什麼，他竟然說要賣給週刊，我和谷垣都勸他別幹這種蠢事，這麼需要錢，大不了我們想辦法多出點。但是井川怎麼也不聽勸，我們無奈之下只能幫他一把。說來慚愧，我們當時比起做正當工作……更擅長這種勾當。

兩人和井川一起前往真鍋相機店，準備從佐佐原的父親手中搶回底片。對方堅決不給，三人無計可施，只好把對方監禁在店裡。兩人原本不打算做到這種地步，但他們太想幫忙這位深陷不幸的學弟，一時衝動下犯了錯。當時還是小五生的佐佐原和阿鬥在隔天闖進真鍋相機店。佐佐原的父親直到最後都沒有交出井川的底片，三人只能鎩羽而歸。

——但是過了三個月，週刊突然刊出熟石灰外漏意外的報導。報導上並未刊登照片，中江間建設卻因此退出護岸修建工程，公司最後破產收場。

——我們不知道是不是井川把消息賣給週刊。我們後來去探病的時候，也曾委婉地詢問後續，他卻敷衍了事。

換言之，根本無人知曉真相。

井川失去底片，仍按照計畫將消息透露給週刊，也許這些消息就足以寫成一篇影響力十足的報導；又或者是，週刊偶然透過其他管道掌握相關消息。井川只是欺騙野方逸子，假裝自己按照計畫透露情報。無論如何，井川都順利達成自己的目的。

——問起週刊的那次探病……其實是我們最後一次探望小悟。

丸山說完這句話，默默凝視只剩半杯麥茶的茶杯。雙眼的陰霾從內側漸漸擴散開來。源哉見狀，隱約猜到丸山接下來會說些什麼。

——小悟之後就去世了。

他直到死前都沒有恢復意識，靜靜地在家中嚥下最後一口氣。

——小悟遭遇意外之後過了三年。從現在算起來，正好是三十四年前。那年秋天，火漁漁期結束後沒多久，他就走了。

根據野方逸子所述，三十四年前的火漁過後，井川從此下落不明。他失蹤的原因似乎就是兒子去世。井川不擇手段地獲取金錢，全都是為了小悟，所以才持續勒索野方逸子。小悟去世之後，他就沒必要現身。

然而，事實卻不如源哉所想。

真相比他的幻想更令人哀傷。

——過不了多久，我們聽說井川自殺了。

有人發現他在公寓上吊自縊。

——他處理掉所有家具、物品，就這麼死在空蕩蕩的房間裡。

井川沒有留下遺書，遺體旁邊放著攤開的相簿，裡頭放滿小悟的照片。丸山說著，忍不住老淚縱橫。淚水沿著雙頰的皺紋緩緩滑落。一旁的谷垣抽了張面紙。佐佐原垂下大頭，一動也不動，難過得彷彿有人剛剛離世。

故事到此結束。

一些謎題獲得解答，另一些事實仍深埋在迷霧中。

「井川為何要用那種方式湊錢呢？」

步實來到醫院的電梯大廳，喃喃低語。遠處傳來節奏感十足的拖鞋聲，是小孩子的聲音。

「他為什麼要陷害爺爺的公司，假裝熟石灰外漏，又不斷恐嚇逸子夫人？明明還有更多、更好的方法，他為什麼偏偏要做壞事？」

一切只是想像。

不過，源哉稍微能諒解井川的心情。

井川很早以前就在提倡西取川需要修建護岸，卻始終沒有實現。直到小悟、阿鬥的父親意外落水，工程才突然進展神速。井川很可能因此懷恨在心，所以打算利用工程獲取金錢醫治小悟。

源哉笨拙地向步實解釋自己的想法。步實望著電梯的樓層指示燈，微微收了收下巴，同意源哉。她或許早有相同的推測。

電梯遲遲未到。源哉和步實靜靜等著。

此時，源哉耳邊再次響起步實在停車場的喃喃自語。

——風究竟是如何吹來的？

早在源哉和步實尚未出世，那遙遠的過去。

——剛開始一定有個契機。

一陣強風，掠過西取川的河畔。

風神的手無情地將小悟推進冰冷的河川。小悟從此陷入長眠。井川需要大筆金錢支付小悟的醫藥費，於是向野方逸子提出那項計畫，她也同意了交易。井川實行計畫，偽造中江間建設引發意外的證據，中江間建設因此倒閉——同時，井川長年勒索野方逸子，即便他不再現身，野方逸子仍然深陷恐懼三十年以上。步實的祖父被迫舉家遷居到遠方，間接牽連步實的母親與源哉的父親，相戀的兩人從此分隔兩地。最後，步實和源哉才得以出生，站在這裡。多年以前吹襲的強風，引發許許多多的不幸。然而，源哉和步實卻是因為這些不幸，才能來到這世上。

四散的迷霧凝聚一處。源哉等著電梯，腦中不知不覺只剩下一個疑問。他們是否應該出生？假設自己和步實不存在，這個世界是否會有更多人獲得幸福？源哉深知這是一個沒有意義的疑問，他卻按捺不住內心的疑惑，脫口而出。

「誰知道。」

步實面向電梯門，淡淡答道。

「我們已經來到這個世上，再去想也沒意義呀。」

回頭一想，他們如今能現在站在這裡等電梯，究竟牽扯了多少緣分？阿鬥的父親如果沒有在西取川出事，阿鬥就不會想去真鍋相機店偷相機。佐佐原的父親不會因此遭到監禁，佐佐原和阿鬥更不會相約前去相機店拯救父親，也不可能見到井川的真面目。如此一來，源哉和步實永遠無法得知那張三十四年前的萬花筒照片，上頭的人物究竟是何許人也。再者，倘若步實的母親不曾搬家，也許不會拍下那張萬花筒照片。即便她拍了照，卻沒有患上不治之症，步實根本無從得知照片的下落。不只如此，還有許許多多的事件。火漁最後一天落在父親頭上的石頭、源哉祖父在鏡影館拍攝遺照，以及源哉前去瞻仰遺照時，湊巧坐在步實身旁。是過往發生的一切，將兩人送往此地。

的確，他再怎麼煩惱，也無濟於事。

「我們只能盡自己的本分。」

他們只能這麼做。

電梯的門扉終於敞開。兩人搭上電梯，前往之前去過的樓層。他們走在寧靜的走廊上，彎過轉角，前往野方逸子的病房。走到一半，步實忽然輕呼一聲。源哉沒聽清楚她說了什麼，正要回問，她卻倏地加快腳步。

「她不在……」

野方逸子的病房房門未關上，床上不見她人影。步實送給她的繪本孤零零地躺在病床旁的桌上。

「我去問問怎麼回事。」

步實奔向護理站，過了不久，她回到病房。據說昨晚野方逸子突然病情惡化，現在轉送加護病房接受治療。

五天後的下午，源哉在學校午休時間接到步實的訊息。

野方逸子已在病房嚥下最後一口氣。

終章

待宵月

「要用豬肝當餌。」

間宮哥上一秒還坐在保冷箱上，下一秒就拿出超市的包裝盒。保鮮膜緊緊裹住盒子，幸虧月色明亮，可以清楚看到盒內擺著一排光滑的紅褐色物體。

「用一般市售的豬肝就可以了。」

碼頭延伸到海面，秋日海風輕輕拂過碼頭。大人讓創穿上了救生衣，胸口附近特別暖和。

「牠們體型小，食慾卻很旺盛，一下子就會把餌吃得破破爛爛。所以要用紗布裹住豬肝，吃剩的碎屑才不會弄髒海水。」

「海中生物怎麼會喜歡吃豬肝？」

源哉是一名大學生，他問了創也想問的問題。源哉身旁的女生叫做步實，是一名護理師，她和源哉一樣露出好奇的神情。兩人騎著同一部機車抵達港口的集合地點，他們是不是男女朋友？

「只要是蛋白質，牠們幾乎什麼都吃，連竹輪都吃。我試過很多餌食，發現牠們最喜歡豬肝。後來我就只用豬肝了。」

間宮哥自豪地舉起超市包裝盒。

「今天月亮這麼亮，看得清楚海螢嗎？」

智繪姊摳了摳眼角，問道。智繪姊是創的祖父的妹妹，原本應該稱她為「姑婆」，間宮哥是她丈夫，所以應該叫「姑丈公」。但是，創都跟著父母叫「智繪姊」、「間宮哥」。

「放心，海螢的光很顯眼。」

十三個人加一隻動物圍著間宮站成一圈。其中「一隻動物」是指間宮哥和智繪姊帶來的奧比，那是一隻老狗。創還在媽媽肚子裡的時候，奧比老爺爺得了重病，差一點就沒命。等到智繪姊開始在網路上找動物陵園的價目表，牠又突然康復。如今創已經滿六歲，奧比仍然活蹦亂跳。這群人裡面只有創是小孩子，其他人則是智繪姊、創的祖父母和父母，父親的寬額頭好友。源哉和步實、「上下興盛會」的丸山和谷垣，以及經營建設公司的野方先生。另外還有一名陌生老爺爺。老爺爺很親切地和大家聊天，卻沒有人叫出老爺爺的名字，所以創不知道他是誰。他覺得這位老爺爺似曾相識。老爺爺抵達集合地點的時候，說自己碰巧想起這座城鎮，上網搜尋才找到這場「海螢觀察會」，所以他應該不是鎮上的居民。創這下更猜不到他的身分。在場所有人和老爺爺交談的時候，態度都有點拘謹，他似乎是個大人物。

遠處不時傳來笑鬧聲。那裡還有另一群人，他們也正在聆聽海螢的解說。創的爸爸策劃了這次「海螢觀察會」。

以前海螢棲息的數量一度銳減，近年又漸漸在上上町、下上町海邊出沒。爸爸想讓更多人知道這件事，於是向鎮上提議舉辦這場觀察會。爸爸的老朋友丸山和谷垣也極力相挺，今天才能成功舉辦第一屆海螢觀察會。

丸山和谷垣在鎮上的宣傳雜誌刊登召募參加者的廣告，報名人數超乎預期。主辦人擔心人數過多，無法聽清楚解說或順利觀察海螢，便將所有人分為兩隊。不過，主辦單位只請了一個人來解說海螢生態以及如何製作捕海螢的陷阱，最後又請來在大學研究生物的間宮哥和爸爸一起擔任解說員。參加者在港口集合後，間宮哥的隊伍不知為何都是熟面孔，創便加入他們的隊伍聽取解說。

間宮哥首先拿出較短的寶特瓶，用錐子在上半部戳出許多孔洞。海螢會從孔洞鑽進寶特瓶。加上參加者正在製作的，總計要做三個相同的陷阱，創也幫忙在寶特瓶上戳洞。他是第一次使用錐子，寶特瓶的表面又很圓滑，錐尖一直滑開，讓他戳得很辛苦。

「現在請把豬肝放進剩下兩個陷阱裡。」

間宮哥分別把寶特瓶遞給丸山和爺爺。奶奶一把搶過爺爺手上的寶特瓶。

「他這人笨手笨腳的，讓我來。」

「少來，我怎麼不會？把肉塞進寶特瓶能有多困難。」

爺爺搶回了寶特瓶。奧比走過爺爺身邊，腳踩得啪啪作響。牠嗅了嗅放在保冷箱旁的豬肝，正要張口咬下，野方先生急忙拿走包裝盒。

丸山拿著寶特瓶，在野方先生旁邊蹲下。

「我年輕的時候，這附近的海上經常看到海螢在發光啊。社長您看過嗎？」

「看過，沙灘和護岸附近有時會發光。起風或浪大的時候，海浪拍上岸的地方經常看到海螢呢。那是因為水在動才會發光嗎？」

野方先生說著，拿起一片紗布裹住豬肝。

「我老爸創立公司之前，有一次帶著老媽和我出門，說是要去抓海螢。當時我還是小學生。不過我們那時候根本不知道能用魚餌抓，三個人就在海岸繞啊繞，一看到水邊有東西發光，就像這樣用水桶一舀。」

野方先生做出舀水的動作。

「我不知道舀第幾次，水桶終於舀到幾隻海螢，全身發出很微弱的藍光。我當時抱著水桶把海螢帶回家，想說裝進小瓶子之後放在房間裡，牠應該還會發光。海螢當天晚上是發了光沒錯，但撐不到隔天早上，等我放學回家就死掉了。」

漁船的燈光在天海之際一閃一亮，像是劃出一條虛線。海流在腳底下竊竊私語。

「各位有許多海邊的回憶，真令人羡慕。」

神祕老爺爺走了過來，在兩人身旁蹲下。

「我從小在山裡長大，剛滿二十就一直待在東京，說到海邊的回憶，頂多只有小學時期去臨海學校校外教學呀。」

「而且您年輕的時候這麼忙碌，沒什麼時間去海邊玩樂吧？」

谷垣說得像是和對方相識已久，但是兩人今天交談的態度又不像熟人。神祕老爺爺的謎團越來越多了。

「外頭的工作多起來之後，偶爾還是有機會去海邊。但根本沒時間在沙灘散步，或是像這樣悠哉地蹲在棧橋上。更別說欣賞海螢啦。」

谷垣點頭稱是，指向西取川的出海口。

「那附近河水和海水混在一起，海螢就棲息在那一帶。之前已經好一陣子不見海螢的蹤跡，河水變乾淨之後，牠們又回到原本的棲地。」

「我們業界常說『水至清則無魚』，但有些生物終究只能活在乾淨的水裡呀。」

兩人聊得起勁。源哉戳了戳步實的手肘，步實朝他露出愉快的笑容。

「好了，要準備拍照囉。」

爸爸從包包裡拿出相機。他說了句「交給你了」，把腳架遞給創。創馬上將腳架架在棧橋上。他經常幫忙爸爸架腳架，做法早已刻在腦海裡。

「小創以後不知道會不會長得跟你一樣高？」

爸爸的好友來到創的身旁。

「難說。他比較像我老婆。」

爸爸很高大。媽媽和普通女人比起來還是偏矮。創似乎也遺傳母親的小個子，現在在班上排第二矮。他身材矮小，個性也很膽小，他和朋友一起玩的時候，經常待在角落望著大家。班上同學都叫他「阿角」。是因為他名字的「創」字看起來尖尖角角，還是他老是待在角落？他沒問過同學，所以不知道綽號的由來。

「阿鬥怎麼不把老婆、兒子帶來？」

「我跟他們提過了，不過明天兒子上的補習班好像有小考。這裡太遠了，近一點或許還有機會帶他們來玩。」
「他幾歲了？」
「小六。之前不是隔了很久才和你見面？就是你介紹老婆給我認識的那次。我那年就結了婚，沒多久就懷上孩子了。」
微風徐徐吹過，阿鬥似乎很在意自己的凸額頭，馬上收緊下巴。圓月掛在阿鬥的額頭上方，皎潔月光隱隱滲入四周的雲朵。
滿月——應該還差一點點。
源哉和步實按照間宮哥的方法，將石頭各自放進三個寶特瓶中。似乎是用石頭增加重量，讓寶特瓶沉入水裡。蓋上瓶蓋，在瓶頸纏上風箏線，捕海螢的陷阱就大功告成。
「我們現在就要讓陷阱沉進海裡。」
間宮哥站在棧橋邊緣。
「各位請過來這邊。」
隊伍成員分別站在間宮哥身旁。間宮哥自己拿了一個寶特瓶陷阱，一個交給源哉，並讓創拿著最後一個陷阱。
「把陷阱扔進水裡後，陷阱一開始會浮在海上，等到水從洞口流進瓶內，瓶子就會慢慢沉進海裡。大概會落在海底上方三公尺左右。等到陷阱看起來碰到底之後，就慢慢拉起風箏線，然後放開，一拉一放，應該會感覺到寶特瓶敲到海底的觸感。不可以放開風箏線，風箏線脫手就沒辦法把陷阱拉上岸了。」

間宮哥的提醒只是一些理所當然的常識。接著他喊了口令，三人同時拋出寶特瓶。三支寶特瓶啪的一聲落在水面，先是漂浮一陣子，隨後冒著小泡泡沉了下去。右手的風箏線追著寶特瓶不斷滑去，不久後便停了下來。創輕拉一下，手腕感覺到重量，慢慢放下風箏線，中途又感覺線變輕了。看來寶特瓶已經碰到海底。

「接下來就等一會兒吧。」

間宮哥舉起手臂，看看手錶。

「大概擺上十分鐘，海螢就會鑽進陷阱裡。不過海螢聚得越多越美，我們就等個十五到二十分鐘好了。」

間宮哥將繫著陷阱的風箏線收集起來，綁在保冷箱的背帶上。

不知道能不能抓到很多海螢？

創已經聽爸爸描述好幾次海螢會如何發光，今天是他第一次欣賞海螢。

媽媽來到創的身旁坐下，他也直接坐在棧橋上，手搭在短褲外的膝蓋。海風迎面吹來，每當他抬臉、低頭，風聲聽起來都有所不同。

聽說海螢會發出很亮的藍光。把手泡進泛著藍光的海水，再伸出來，會看到手上隱隱發光。創想像手發光的場面，腦中莫名跳出「透明人」這個詞。手發光應該會很顯眼，他卻一直聯想到人透光的模樣。

「請問……你知道風是怎麼吹的嗎？」

源哉像是偶然想起這個疑問，開口問道。

「風？」

間宮哥回過頭，臉上的眼鏡映著月光。

「我一直很疑惑，風是從哪來，又怎麼起風的。」

「風的起源嗎……」

間宮說著，眺望夜空，接著突然一臉雀躍地轉過身，整個人面向源哉。他彷彿身上打開了某種開關，雙眼發亮，作勢調了調根本沒有歪的眼鏡。

「風其實是源自於太陽。」

是這樣嗎？

「大家都知道，太陽的熱度會溫暖地面與海面，產生上升氣流。氣流上升之後會產生一塊空氣的空洞，別的空氣就會流進去，填滿那塊空洞。」

據說這就是風的起因。

「不過呢，」間宮摸索自己的包包，拿出備用的空寶特瓶。那支寶特瓶和陷阱用的寶特瓶一樣，已經將外層標籤撕乾淨了。

「之後的成因和地球自轉有關。」

間宮哥單手抓著瓶蓋，慢慢轉動瓶身。

「先假設這個寶特瓶就是地球。不對，應該假設我們所在的北半球才對。這個瓶蓋的部分就是北極。」

清洗寶特瓶的時候似乎殘留了水珠。瓶內的水珠隨著瓶身旋轉，左右流動。

「大家應該知道，地球的直徑會從上到下，也就是從北極往赤道的方向逐漸變大，旋轉速度也會漸漸變快。同樣都是轉一圈，直徑越大，地球表面旋轉的速度就會越快。」

正如間宮哥所說，寶特瓶上方和較粗的瓶身都沾了水滴，瓶身的水滴看起來就是轉得比較快。

「先假設北半球有一陣風，從北吹向南方，也就是從上到下。此時風乍看之下是直直吹過地面，實際上卻是和地面一起水平移動。」

原理和投球十分類似。

「球從北方投向南方，球會和地面一起橫向移動，所以會往前直線飛出去。不然球應該會自己轉彎。風也會和地面同時水平移動，所以才會向前吹。不論是球、風還是我們，只要存在於地球一天，大家無時無刻都在橫向移動。」

間宮哥說出難以置信的發言後，再次說回風的話題。

「而北風往南吹時，每當地面橫向移動速度變快，風速就會越來越追不上地面。換句話說，風會漸漸往西邊吹。從大家的角度來看就是向左偏。所以真正的北風實際上是從東方吹來。反之，南方往北吹的風就會變成西風。也就是俗稱的『偏西風』、『貿易風』。換成南半球，風的成因就會全部相反。」

一連串解釋雖然難以理解，創還是明白間宮的意思。總之就是，風向會隨著地球自轉變化。

「還有各種要素會影響風向，像是山脈、大樓或房屋的位置，每個人站立的場所。所以我們實際感受到的風，其實是經歷各式各樣要素影響之後的結果。這些要素千變萬化，誰也無法預測呢。」

結果創還是不知道，這一大串解釋究竟有沒有回答到源哉的問題。

他仰起頭。風輕撫鼻頭，隱約夾雜北極冰的味道。

創試著嗅出那些味道——

「聽了這段話，讓我想起以前讀過的外國小說。」

神祕老爺爺來到創的身旁，盤腿坐在棧橋上。

「我已經忘記那篇小說的劇情了，不過小說裡有一段小故事，讓我非常印象深刻。」

老爺爺說，他是在高中的時候讀到這篇小說。老爺爺還說了作者的名字，創理所當然地毫無印象。只是作者的姓氏和名字都是兩個字，感覺很好記。

「有一天，在寬廣海底的某處，一小粒沙子跑進貝殼裡。這顆貝分泌物質包住沙子，殼中生出一顆珍珠。潛水夫找到了那顆珍珠，賣給仲介，仲介又把珍珠賣給寶石商人。寶石商人再把珍珠賣給顧客。這時有兩個小偷闖進顧客家裡，偷走了珍珠。兩個小偷雖然成功偷到贓物，卻因為分贓大吵一架，其中一個小偷殺死了同夥。殺了人的小偷最後遭到逮捕，被判了死刑。」

老爺爺的聲音不大，卻流暢地傳進耳中。

「這段故事聽起來，就像是小小一粒沙子殺死了兩個人。哪怕那粒沙子根本不想殺人。間宮先生剛才說到，我們感受到的風，其實受到各式各樣的事物影響。不過這世上的一切不也是如此？」

創忽然想起很久之前，媽媽曾經帶他一起去超市。他忘記是去年還是前年，當時開了許多蒲公英，所以應該是春天。回家路上總是會經過一間破舊的房子，那時候房子的窗戶開著，屋裡露出一個老婆婆的側臉。屋裡聽得見電視的聲音，老婆婆應該是盯著電視螢幕，不停扭動嘴脣，滿懷怨恨地碎唸著。從此以後，創只要看見和當時一樣破舊的房子就覺得有點害怕，總以為裡面也住著一位老婆婆。不過那位老婆婆一定都不知道，自己在創的心中留下陰影。

某處傳來汽笛聲。創望向遠處海平線上的燈光，以為汽笛是從那裡傳來的。但是他轉頭看向附近的港口，又覺得是港邊其中一條船拉響了汽笛。

「不好意思，這麼說或許有點失禮。」

阿鬥伸長脖子，仔細瞧了瞧老爺爺。

「您給人的印象還真是大不同啊。」

老爺爺挑起黑白相間的眉頭，以表情回問阿鬥。

「呃、那個，就是——」

阿鬥用手掌往老爺爺擺了擺，苦惱地笑了笑。

「抱歉，我從剛剛開始就不知道該如何稱呼您。應該喊您佐藤先生，還是超直球先生？感覺都很奇怪。」

原來如此。創終於想起來了。

他經常在電視上看到這位老爺爺。

「**超直球**就可以了。」

超直球先生瞇起雙眼旁的許多皺紋，溫和一笑。

「電視上那是在工作呀。我平常在電視上搞怪，在舞臺上也讓許多觀眾放聲大笑，私底下就是這副模樣。我這人其實挺無趣的。」

「不不不……」阿鬥急忙想反駁，不過又想不到該說什麼，只能順勢點了點頭。創蹲下身，撿起棧橋上的小石子，扔進海裡。小石子馬上就消失了，甚至連落水聲都聽不見。水面閃爍著月光，阿鬥凝視了水面一陣子，忽然想到了什麼，起身走向保冷箱。

「還會用到這些石頭嗎？」

保冷箱旁的塑膠袋裡，還剩下幾顆增重用的石頭。

「不會用到。」

阿鬥聽聞宮哥說完，又問：「可不可以拿來扔？」

「扔到哪？」

「海裡。」

「這些石頭原本就是在海邊撿的，應該沒關係。」

「喂，大塊頭。」

阿鬥抓起一顆石頭，拋向爸爸。爸爸單手接住了那顆石頭。

「你能丟多遠？」

「多遠啊……」

爸爸半張著嘴，望向海平線。他看了幾秒後，回頭喊了創的名字。

「過來一下。」

創站起來，走到爸爸的正後方。

「看好了，要投囉。」

爸爸左手握緊石頭，扭轉身體，抬高右腳，膝蓋快接近腹部。接著右腳踏向棧橋，身體使勁一轉。左手用力一揮，石頭在圓月中央化為小塊陰影，陰影的位置完全沒有偏移，漸漸變小、變小，越來越小，最後陰影彷彿融進月光，就這麼消失無蹤。有幾個人高聲讚嘆。阿鬥低喃一句「不愧是大塊頭」。超直球先生則是半開玩笑地說：「超好球！」

「我說，現在那是滿月嗎？」

智繪姊問道。

「是待宵月。」

間宮哥輕撫下巴，望向天際。

「什麼待宵月？」

「就是第十四天的月亮，距離滿月只差一天。」

陷阱沉進海底之後過了多久？

應該差不多十五、二十分鐘了。

「據說『待宵月』的意思是『期待即將來臨的滿月』。」

創想知道現在的時間，可是他沒有手錶。就算有手錶，自己又不記得寶特瓶是何時沉下去。感覺有點想睡。創用力抬起下沉的眼瞼，海風刺得差點讓他流淚，又閉起了眼。只差一日就盈滿的圓月浮在眼瞼內。剛才拋飛的石子彷彿還在月亮中央，他心想，是不是有很多不曾相識的人，也從遠處仰望同一顆石頭？遠處傳來歡呼，有人把海螢陷阱拉上岸了？大人和小孩的呼聲相互交織。聽起來又像方才閃過的幻想中，那群遠方人們發出的讚嘆。爸爸在身旁悄聲說：「還差一點。」創也心想，還差一點。但他不是在說海螢。問他是什麼還差一點？他自己也說不清楚。創凝視著閉上的眼瞼內側，總之就是覺得還差一點。自己一睜開眼，天空的月亮或許會變成滿月。遠方的人們會在滿月之下，各自歡笑、哭泣。眼瞼裡依然浮現渾圓的明月，正中央有一塊小石影，海風掠過臉頰，散發淡淡潮水氣味，某人的鞋底擦過棧橋，發出輕響——除此之外的未來，尚未發生。

嬉文化

風神之手（原名：風神の手）

著　者／道尾秀介
發 行 人／黃鎮隆
副總經理／陳君平
副　理／洪琇菁
執行編輯／劉銘廷
美術監製／沙雲佩

譯　者／堤風
美術編輯／李政儀
企劃宣傳／邱小祐、劉宜蓉
國際版權／黃令歡、梁名儀
文字校對／施亞蒨
內文排版／謝青秀

出　版／城邦文化事業股份有限公司 尖端出版
台北市中山區民生東路二段一四一號十樓
電話：（〇二）二五〇〇—七六〇〇
傳真：（〇二）二五〇〇—二六八三
E-mail：7novels@mail2.spp.com.tw

發　行／英屬蓋曼群島商家庭傳媒股份有限公司城邦分公司 尖端出版
台北市中山區民生東路二段一四一號十樓
電話：（〇二）二五〇〇—七六〇〇（代表號）
傳真：（〇二）二五〇〇—一九七九

中彰投以北經銷／楨彥有限公司（含宜花東）
電話：（〇二）八九一九—三三六九
傳真：（〇二）八九一四—五五二四

雲嘉經銷／威信圖書有限公司 嘉義公司
電話：（〇五）二三三—三八五二
傳真：（〇二）二三三—三八六三

南部經銷／威信圖書有限公司 高雄公司
客服專線：〇八〇〇—〇二八—〇二八
電話：（〇七）三七三—〇〇七九
傳真：（〇七）三七三—〇〇八七

香港經銷／城邦（香港）出版集團有限公司
香港灣仔駱克道一九三號東超商業中心1樓
電話：（八五二）二五〇八—六二三一
傳真：（八五二）二五七八—九三三七
E-mail：hkcite@biznetvigator.com

新馬經銷／城邦（馬新）出版集團Cite（M）Sdn. Bhd.
E-mail：cite@cite.com.my

法律顧問／王子文律師　元禾法律事務所
台北市羅斯福路三段三十七號十五樓

二〇二〇年十二月一版一刷

■中文版■

郵購注意事項：
1. 填妥劃撥單資料：帳號：50003021戶名：英屬蓋曼群島商家庭傳媒(股)公司城邦分公司。2. 通信欄內註明訂購書名與冊數。3. 劃撥金額低於500元，請加附掛號郵資50元。如劃撥日起 10～14日，仍未收到書時，請洽劃撥組。劃撥專線TEL：(03)312-4212 ・ FAX：(03)322-4621。E-mail：marketing@spp.com.tw

國家圖書館出版品預行編目(CIP)資料

風神之手 / 道尾秀介作 ; 堤風譯. -- 1版. -- [臺北市] : 尖端出版 : 家庭傳媒城邦分公司發行, 2020.12
面 ; 公分
譯自 : 風神の手
ISBN 978-957-10-9249-2 (平裝)

861.57 109015846